BENJAMIN BERTON

AM POOL

BENJAMIN BERTON

AM POOL

**Aus dem Französischen
von Hinrich Schmidt-Henkel**

Roman DuMont

Die Originalausgabe erschien 2001 unter dem Titel »Classe affaires«
bei Editions Gallimard, Paris.
© Editions Gallimard 2001

Erste Auflage 2006
© 2006 für die deutsche Ausgabe:
DuMont Literatur und Kunst Verlag, Köln
Alle Rechte vorbehalten
Aus dem Französischen von Hinrich Schmidt-Henkel
Umschlag: Zero, München
Gesetzt aus der WalbaumBuch
Gedruckt auf säurefreiem und chlorfrei gebleichtem Papier
Satz: Greiner und Reichel, Köln
Druck und Verarbeitung: Clausen & Bosse, Leck
Printed in Germany

ISBN 10: 3–8321–7824–4
ISBN 13: 978–3–8321–7824–6

*»Desgleichen möchte ich mich für einige Zeit
in einen Vogel verwandeln, um die Zufriedenheit
und Heiterkeit seines Lebens zu erfahren.«*

Giacomo Leopardi: *Lob der Vögel*

1 Risorgimento

»Je mehr man die Mailänder Kuh melkt,
desto besser geht es ihr«

Carlo Emilio Gadda: *Das Märchenbuch*

Im Spätwinter Urlaub zu nehmen ist eine Dummheit, wenn
man nicht Ski laufen will oder jemanden hat, der einen unter
der Bettdecke vögelt.

Um Punkt neun Uhr betritt Éléonore Caribou die Ge-
schäftsräume von Ernst & Young für einen neuen Arbeitstag.
Rémi Le Puant, der Stinker, lauert ihr bereits an der Aufzug-
tür auf. Er trägt eine Leinenjacke von C & A und präsentiert
seine runden Hoden. Händereibend wartet er gelassen, dass
seine attraktive Kollegin auftaucht, um ihr zwei Wangen-
küsse zu verpassen. Der Generaldirektor hat veranlasst, dass
zwecks Entspannung der Angestellten im Fahrstuhl Musik
läuft. Für heute früh hat man ein Album von Sam and Dave
ausgesucht, um die Mitarbeiter zu wecken.

Man muss schon naiv wie ein Reh sein oder sich am Rande
des Nervenzusammenbruchs befinden, um sonnige Tage
gegen einen Landregen und einen Mordsschnupfen einzu-
tauschen. Gewöhnlich folgen vernünftige Leute eher dem
Gesetz des Sonnenschirms als dem des Papiertaschentuchs
und der Grippemittel. Gegenteiliges werden nur Verrückte
und Arbeitslose behaupten, die nicht mehr über genügend
Zeitgefühl verfügen, um selbst noch den Wert der Freizeit zu
maximieren.

Éléonore Caribou aber geht schon seit Januar auf dem
Zahnfleisch und hat ein enormes Schlafdefizit. Als sie ein-
trifft, hat sie den Urlaubsantrag fertig ausgefüllt in der Akten-

tasche, und Le Puant fragt sie, ob die entsprechenden Tage schon im Urlaubsplan eingetragen sind. Die Idee, Sommerurlaub für einige Frühlingstage zu opfern, hat sie bisher nie auch nur von fern gestreift. Der Urlaubsplan wird zu Beginn jedes Trimesters neu von der Direktionssekretärin zusammengestellt und innerhalb der ersten Woche vom Personalchef abgezeichnet. Aktualisierungen und Veränderungen des Plans nach diesem Stichtag sind verpönt und bedürfen einer eigenen Prozedur, für die der stellvertretende Geschäftsführer bemüht werden muss. Dieser schätzt es ganz und gar nicht, mit derlei zweitrangigen Problemen behelligt zu werden. Er widmet seine Energie lieber komplexen Vorgängen oder solchen mit politischer Implikation.

– Noch nicht abgezeichnet, antwortet sie. Ich hatte nichts geplant, aber jetzt brauche ich's.

– Monsieur VanHede genehmigt nie und nimmer einen verspäteten Antrag, sagt Rémi Le Puant. Du siehst übrigens wirklich elend aus, fügt er hinzu. Seit einiger Zeit siehst du wirklich elend aus.

Le Puant lächelt, während er genüsslich wiederholt, dass sie wirklich elend aussehe. Seine Zähne sind perfekt regelmäßig, dank einer mehrjährigen Behandlung, von der ihm auch eine Deformation der Unterlippe und einige Kleberreste an den Schneidezähnen geblieben sind. Der junge Angestellte ist in Éléonore verliebt, seit sie die Handelsschule abgeschlossen haben, und wahrscheinlich schon länger. Sie hegt den Verdacht, dass er nach dem Kaffee auf dem Klo von ihr fantasiert und sich dann das Geschlecht an Papiertaschentüchern abwischt. Auf Rémis Krawatte befinden sich verdächtige Spuren, der untere Rand seines Hemds ist zerschlissen. Seine klebrigen Küsse haften noch lange an den Wangen, nachdem er sie einem aufgedrückt hat. Le Puants Jacke stinkt nach Dosenerbsen, neben seinem Hosenschlitz befinden sich Ränder von lauwarmem Urin. Nein, es ist eher der Gestank der Flüssigkeit von Dosenerbsen.

Das Mobiltelefon beult seine Brusttasche aus. Es klingelt durchschnittlich alle sieben Minuten und droht in den Abteilungssitzungen jedesmal Herzstillstand auszulösen.

Wenn neue Mitarbeiterinnen eintreffen, heftet sich Le Puant ihnen an die Fersen und verabreicht ihnen, um sie zu beeindrucken, in einem Zuge seinen Fortbildungskurs, dann lädt er sie in die Cafeteria ein. Er verfolgt sie durch die Flure und schnüffelt ihnen nach wie ein Jagdhund. Er lädt sie zu Tee mit Zitrone und Buttergebäck ein. Bald gehen die jungen Frauen ihm aus dem Weg, und er muss allein sein Mittagessen, Salat und Taboulé, aus den Tupperdosen löffeln, die seine Mutter ihm mitgibt.

– Du siehst wirklich elend aus.

Le Puant mag zwar seit Jahren am Rande der Verwahrlosung leben, dennoch können seine Beobachtungen durchaus stichhaltig sein.

Als sie ihn endlich abgeschüttelt hat, stellt Éléonore ihre Sachen im Büro ab und geht in die morgenkühle Toilette, um ein Stündchen zu schlafen. Kaum grüßt sie ihre Kolleginnen. Auf dem Scheißhaus zu schlafen ist das perfekte Sinnbild für Éléonores Wahrnehmung der Arbeitswelt: Ein ermüdendes Theater, in dem derjenige, der kacken müsste, selbst zum Scheißhaufen wird. Die Beleuchtung der Frauentoiletten ist neonweiß und erinnert an die Sonne. Wenn sie die Augen schließt, träumt sie, sie sei im Urlaub, und statt der anderen Klos, der Arbeitssitzungen und der unterirdischen Metrostationen umgebe sie die Natur voll fröhlicher Vögel und Hasen. Das Zentrum von Bagnolet ist nicht fern und reckt seine gläsernen Hochhäuser vorm Fenster empor. Der Einkaufsmarkt HYPERAUCHAN hat noch nicht geöffnet, doch schon drängen sich Hausfrauen mit Einkaufsrollern vor der Tür, während einige Gymnasiasten auf den Stufen vor der Reinigung eine rauchen. Der Bahnhof des öffentlichen Personennahverkehrs befördert Arbeiter nach Vincennes, Montreuil oder zur Place d'Italie. Die Jahreszeiten haben keinerlei Wirkung auf Nanou, sie bemüht sich das ganze Jahr über, Gedanken und Bäume erblühen zu lassen und zum Wohle der Natur sowie zugunsten ihrer Seelenruhe Samen zu vergeuden.

– Wenn ich es richtig anfange, sagt sie, kommt der Frühling auch für mich, und alle haben einen Nutzen davon. Wenn nicht, dann wird die Arbeit uns zermürben und alles wird ebenso trocken und unfruchtbar wie mein Leben. Ich möchte so gern, dass mein Herz seine Wärme auf die Erde überträgt, aber wie soll es das schaffen, wenn es nicht mal mehr genug Kraft hat, meinem eigenen Dasein einen Frühling zu verheißen? Wenn ich diese freien Tage nicht bekomme, bin ich für die kommenden zehn Jahre tot.

Die Toiletten bei Ernst & Young sind eben gereinigt worden und duften angenehm nach Lavendel und Bodenreiniger. Die Papierhandtücher sind nachgefüllt, die Waschbecken mit körnigen Pusteln von Scheuerpulver gesprenkelt. In den mit Fensterleder gewienerten Kacheln kann man sein Gesicht sehen, zu einer Feige oder Billardkugel verzerrt. Makellose Spiegel sitzen in hypermodernen Alu-Halterungen an der Wand. Die pissenden Frauen lassen Wasserfälle oder kleine Bächlein rauschen. Wenn sie sich nachschminken, machen sie mit den Lippen Fischgeräusche. Éléonore Caribou legt hinter sich den Riegel vor und macht es sich bequem.

Es ist doch illusorisch zu glauben, grüneres, buschigeres Gras, das gedämpfte Tirilieren der Vögel und sich hoch und stolz in den Wind reckende Bäume könnten unser Schicksal verändern und den fatalen Lauf der Dinge zum Besseren wenden. Trotzdem klammert die junge Frau sich an diesen

Gedenken, während sie die Klobrille mit Toilettenpapier belegt, um sich vor Viren zu schützen. Noch nie hat man erlebt, hier oder sonstwo, dass der Frühling die Arbeitslosigkeit gemildert oder einen Bürgerkrieg beendet hätte. Dass er irgendwas erlösen oder einen Sterbenden wieder auf die Beine bringen würde. Wenn die Quecksilbersäule steigt, kann uns kein Balsam der Natur mehr helfen. Keine Anwendung von Sonne oder trockener Luft verschafft uns Erleichterung. Kein süßer Saft hilft uns dabei, die bittere Pille zu schlucken, dass wir auf der Welt sind.

Die Pousse-Mousse-Seifenspender neben den Waschbecken sind bis oben gefüllt. Junge Frauen mit Druckerschwärze von der Zeitung an den Fingern kommen sich die Hände waschen, bevor sie an die Arbeit gehen. Manche haben sich die Farbe ins Gesicht geschmiert und für den Rest des Tages ihr Make-up ruiniert.

Auf jeden Fall habe ich ein bisschen Urlaub verdient, denkt sie. Ich habe alles gegeben, ohne Widerspruch.

Éléonore setzt sich breitbeinig aufs Klo, wie ein Cowboy aufs Pferd. Sie hängt ihre Jacke an einen Haken und lehnt den Hinterkopf flach an die kalten Wandkacheln. Sie sorgt für zahlreiche Berührungspunkte ihres Nackens mit dem Porzellan, um sich zu erfrischen. Sie knöpft ihren Kostümrock auf, was die Bauchatmung erleichtert, und streift sich die Velourslederschuhe von den Füßen. Ihr Schamhaar schaut unter dem Gummi ihres Slips hervor wie kleine Lämmerlocken. Sie krümmt und reckt ihre Zehen, streckt die Beine aus und lehnt die Füße an die geschlossene Tür. Sie kontrolliert ihren Atem. Die Blutzirkulation wird optimal, und langsam entflieht die junge Frau der Welt. Ganze Vormittage hat sie schon in dieser Haltung geschlafen, wenn sie am Vorabend zu einer Einladung war oder ihr die Arbeit so zu schaffen machte, dass sie nicht mehr ans Telefon gehen konnte. Die Toiletten ihres früheren Büros waren geräumiger und weniger lärmig als hier im fünften Stock. So gesehen bedeutet ihre Beförderung in die Abteilung Revision und Controlling einen bedauerlichen Rückschritt. Eine Wasserleitung durchquert den Raum mit den Waschbecken; jedes Mal, wenn die Spülung betätigt wird, verstärkt sie das Geräusch so sehr, als befände man sich unter einem Überhang im Gebirge oder an einem Höhlenfluss.

Im Raum nebenan liegt der Urlaubsantrag auf ihrem Schreibtisch, fertig ausgefüllt, funkelnd wie ein Lerchenspiegel. Der IBM Pentium 3030 mit seinem Bildschirm, der zu nichts taugt als dazu, die Augen zu verderben, ist verschwunden. Posteingang und Telefon gammeln vor sich hin. Der Fernsprechanschluss ist seit zwei Tagen auf den Apparat einer Kollegin umgeschaltet, die derzeit einen krankheitsbedingten Urlaub in Portugal verbringt. Der mehrseitige Antrag ist enorm groß und überdeckt alles wie eine Riesencrêpe.

Die Kundinnen erreichen nur die Voicebox und hinterlassen Nachrichten, auf die Éléonore später reagieren wird.

Le Puant kommt, während sie schläft, voll guter Absichten vorbei und schaut nach, ob auch alles in Ordnung ist und sie nichts braucht. Er räumt die Briefklammern einzeln in ihr Behältnis zurück und richtet das Lineal parallel zur Schreibunterlage aus. Rémi putzt Éléonores Brille, versucht, der jungen Frau mit einigen grundlegenden Handgriffen zu helfen, den Tag leichter zu beginnen. Er steckt die Stifte in einen Hartplastikbecher und ordnet die Post nach Eingangsdatum, die neueste nach oben. Er hofft, durch diese Aufmerksamkeiten seine Chancen bei der jungen Frau zu verbessern. Er legt eine fast quälende Beflissenheit an den Tag. Schließlich klebt er ein gelbes Post-it an den Bildschirm, auf das er zuvor mit einem schwarzen Rollerball etwas gekritzelt hat.

DU HAST ABSOLUT EIN RECHT AUF URLAUB. VIEL GLÜCK. ICH GEHE AUF DIENSTREISE. RÉMI.

Und er vollführt einige magische Handbewegungen. Seine Hände besitzen übernatürliche Kräfte, er kann mit ihnen positive Energie auf dem Schreibplatz seiner Kollegin bündeln. Dann entfernt sich Le Puant.

Jedes Jahr erneut konfrontiert der anbrechende Frühling Nanou mit ihrer Daseinsleere, auf der Toilette ebenso wie außerhalb. Der April bringt für sie unweigerlich die lähmende Empfindung mit sich, in einer sich weiterentwickelnden Welt die Einzige zu sein, mit der es bergab geht. Manchmal muss sie selber fast lachen, wenn ihr mit ihren sechsundzwanzig Jahren diese pubertäre Verzweiflung allzu überzogen vorkommt; wie eine Karikatur der Lebensprobleme, mit denen sich die Menschen ihres Milieus herumzuschlagen haben. All ihre Freundinnen aus anderen Firmen (Arthur Andersen, Loubanov Consulting, Accenture, Serge et Pierre) haben ab den ersten warmen Tagen des Jahres ähnliche Gewissenskonflikte und ernste Schwierigkeiten, ihren Schwung beizubehalten. Trotzdem hat das Ganze einen realistischen Anteil: Das Böse herrscht im Berufsleben ebenso wie im Horrorfilm, ohne jede Subtilität, ungeschminkt, und trotz der besseren materiellen Bedingungen besudelt es die Wirtschaftswelt wie ein fetter Pinsel einen breiten, speckigen Hintern.

Muss man denn weiterleben, ohne das Heute zu genießen, oder sollte man sein Dasein in Frage stellen? Einen Laden gründen, dessen Kapitalmehrheit man selbst besitzt, oder eine etwas geselligere Lebensweise annehmen? Um fünf Uhr nachmittags Feierabend machen, Beamtin werden?

Monsieur VanHede müsste jeden Moment kommen. Die Aufzüge im fünften Stock spucken einen Chef nach dem anderen aus. Sobald sie aus dem Fahrstuhl gekommen sind, verkriechen sie sich türenknallend in ihren Büros zum Aktenstudium oder für Videokonferenzen mit Provinzkunden. Die Chefs tragen sportliche Krawatten und unifarbene Hemden. Ihre Untergebenen tragen Hemden mit Vichykaro und akademische Krawatten aus natürlicher Viskose. Der Informatikbeauftragte hat darauf hingewiesen, dass viele von ihnen via Internet Börsenhandel treiben oder Erotiksites besuchen. Diejenigen, die ein Büro für sich allein haben, suchen kostenpflichtige Websites auf und fummeln wahrscheinlich stundenlang an sich rum. Das Phänomen ist derart verbreitet, und zwar auch in den höheren Sphären des Unternehmens, dass an Gegenmaßnahmen nicht zu denken ist.

Zum ersten Mal, seit sie bei Ernst & Young arbeitet, betet Éléonore darum, dass Bruno VanHede nichts passiert sein möge. Um sich moralisch zu stärken, malt sie sich normalerweise aus, wie er in der Metro an einem geborstenen Aneurisma verblutet oder von einem 38-Tonner mit sabotierten Bremsen zermalmt wird, wie er an den Eiern an einem Fleischerhaken baumelt oder dass ein Serienmörder von den Antillen ihn in Stücke schneidet und sein Herz frisst. VanHede ist ein wandelnder Scheißhaufen ohne jede Menschlichkeit und ohne jede Kompetenz. Wenn er Dienstreisen in die Provinz plant, pflegt er das erst zwei Tage vor der Abreise mitzuteilen, sodass alle in helle Aufregung geraten und unablässig eingespannt sind. Von Buchführung hat er keinen blassen Schimmer, und von Statistik schon gar nicht. Er kann weder seine E-mails abrufen noch ein Dokument ausdrucken, ohne die Hilfe einer Sekretärin in Anspruch zu nehmen.

Le Puant, der Stinker, wartet am Fahrstuhl, um den Chef zu begrüßen, dann nimmt er sein schwarz-ledernes Zeugen-Jehovas-Reiseköfferchen und geht runter in die Abteilung Buchhaltung und Controlling, seine Dienstreisenanweisung in der Hand. Sein süß-saurer, kriecherischer Geruch wabert durch die Flure. Zwei Kolleginnen holen sich mit angehaltener Luft einen Kaffee und reden übers Wetter. Alle klagen über die Hitze. Die Klimaanlage ist ausgefallen, als wäre es Absicht. Wie es aussieht, wird die Europameisterschaft 2000 in Belgien und den Niederlanden bei Bruthitze stattfinden. Da sind die Mannschaften aus Südeuropa natürlich von vorn herein im Vorteil.

Um zwanzig vor zehn verlässt Éléonore die Toilette. Ihr Kopfweh ist weg, aber sie ist noch lange nicht entschlossen, sich an die Arbeit zu machen. Sie hat rote Augen und trägt auf der linken Wange den Abdruck ihrer linken Hand wie einen ovalen Blutschwamm. Sie begegnet zwei, drei Kolleginnen, die sie mit einem Lächeln anstarren. Alle miteinander sind der Meinung, dass sie seit der letzten Dienstreise aussieht wie ein Zombie. Die Müdigkeit gleicht die natürlichen Unterschiede aus zwischen den hässlichen Frauen und denjenigen, die was aus sich machen. Die Leute hier haben eine Ausnahmekondition, die ihre Körper der Erschöpfung widerstehen lässt und ihnen erlaubt, bis zu dreizehn Stunden pro Tag zu arbeiten. Nur die Schwächsten sehen fertig aus. Der Sommerurlaub ist die Gelegenheit, um zu günstigen Preisen und im großen Maßstab kosmetisch-chirurgische Eingriffe am Gesicht durchführen zu lassen. Gesunde Bräune gibt denjenigen, die ästhetisch weniger vorteilhaft ausgestattet sind, eine Chance, auf der sozialen Skala hochzuklettern. Die Angestellten von Ernst & Young strahlen Gesundheit aus, trotz all ihrer Anstrengungen, sich zu ruinieren. Unter dem Firnis der schönen Jahreszeit aber klaffen die Wunden und bluten nach wie vor an allen Ecken und Enden. Tausende Clochards werden in Luxusläden zusammengepfercht, wo Friseusen-Azubis ihnen einen Kleinbürgerbart zurechtstutzen und sich um ihre Hautprobleme kümmern. Dermatologen schmirgeln juckende Stellen und dicke, schrundige Aknekrater mit Pudern und Salben, bis nur noch leichte Narben davon übrig sind. Dickwanstigen Greisen, die faltig sind wie Dörrobst, wird in Kliniken und Gymnase-Club-Schönheitsfarmen ein Plastiklächeln ins Gesicht geklebt. Die Metzger- und Bastelarbeiten an den abgenutzten Leibern kosten die Versicherungen enorme Summen, aber der Versuch lohnt sich. Sie bedeuten kaum ein größeres Risiko als eine Blinddarm-OP oder als eine Vorhautverengung beheben zu lassen.

Die äußere Erscheinung ist der Motor der optimistischen Expansion. Das Ideal wäre, wenn es gelänge, das Fleisch der ganzen Welt von dem im Winter angekrusteten Dreck und der Schwärze reinzuwaschen, bis der gesamte Planet so makellos wäre wie das Unternehmen Ernst & Young. Jedes Jahr zur selben Zeit wird die Welt geliftet, und die Sonnenindustrie radiert ihr frenetisch alle widerlichen Narben weg. Das Unternehmen könnte durchaus als Modell für eine gesellschaftliche Neuorientierung gelten. In großen Ateliers würde man die Leute empfangen, um ihren Körper umzumodeln, ihnen die Haare zu schneiden oder Bodybuilding zu betreiben. Dann würde man sie gegeneinander antreten lassen, und sie könnten ihre Moral stärken, indem sie für das Wohl des Unternehmens arbeiten.

Éléonores Wünsche begrenzen sich im Moment darauf, dass ihr Urlaubsantrag abgezeichnet wird.

Éléonore braucht nur drei, vier Tage Pause, dann wird sie mit neuer Kraft ihren Posten wieder antreten. Heute nähert sich das Hochdruckgebiet der spanischen Küste, hat sie in den Fernsehnachrichten gehört.

– Ein paar Neger haben schon wieder was zu lachen, und bald sind Sie auch an der Reihe, liebe Leute, hat die Staransagerin gesagt.

Hat irgendwer schon mal die Visage von einem Hochdruckgebiet gesehen? Wasser mit chemischen Stoffen drin. Eine Art große Kugel voller Farbstoffe und Lachgase, die von den Winden umhergeweht wird. Wenn sie niedergeht, werden die Leute völlig gaga und sehen einander mit großen, dämlichen Augen an.

Man sollte nicht wählerisch sein, wenn man sich gutes Wetter leisten kann. Das Urlaubssystem nämlich erhält die Menschen am Leben. Die Aussicht auf eine Woche Ferien kann einen dazu bringen, drei Monate unter mörderischem Druck zu arbeiten und jeglicher Menschenwürde abzuschwören. Die Vorzeichen des Frühlings täuschen nicht.

Der Präsident der Republik macht eine Reise durch die überseeischen Inselkolonien, um die Fortschritte der Arbeiten zu begutachten. Ihm folgt ein ganzer Tross listiger Industrieller, die Sonnenbrillen und Arzneimittel verkaufen. Und die Massen schreien Hipp Hipp Hurrah für den Präsidenten. Diesmal ist er wirklich der Sonnenkönig, er heilt die Skrofeln der freiwillig Kranken, indem er jeder Menge Hände seine alten Lüstlingspfoten auflegt.

– Einen guten Sommer, sagt er immer wieder. Einen guten Sommer.

– Danke, Monsieur le Président, antworten die Kolonien. Der Sommer wird gut.

Ein kreolischer Bürgermeister folgt dem Präsidenten auf allen Vieren und hält ihm eine Schere hin, mit der er ein Band in den Farben der Trikolore durchschneidet und damit den Sommer eröffnet. Vor einer wegen der Sonne geleerten Tribüne, im Schatten eines riesenhaften Mangrovenblattes, hält er, jedes Wort, jede Silbe mühsam hervorwürgend, eine Ermutigungsrede, ganz ähnlich jenen, mit denen die römischen Priester die Erntezeit eröffneten oder eine Pestepidemie beenden wollten. In den darauf folgenden Wochen werden massive Migrationsphänomene einsetzen und alle möglichen Leute dazu bringen, nach einem Luftwechsel zu streben, um weiteratmen zu können.

Nanou hat zwar immer »hier!« gerufen, wenn ihre Oberen sie gebraucht haben, aber dieser Frühlingsurlaub droht für sie zu einer Überlebensfrage zu werden. Bruno VanHede ist im menschlichen Umgang nicht gerade zart besaitet und vertritt eine ausgesprochen restriktive Auffassung von den Rechten der Arbeitnehmer. Bei Betriebsratsversammlungen verkündet er immer gern seine Sicht der Dinge:

– Urlaub macht der Produktivität unseres Unternehmens den Garaus. Die 35-Stunden-Woche ist der Tod der Marktwirtschaft. Nehme ich etwa jemals Urlaub? Beschwere ich mich etwa, ich wäre müde und müsste mal rauskommen?

Seine Stellungnahmen sind so hart und liberal, seit sein Sohn verstorben ist. Auf einem von reiner und vollkommener Konkurrenz geprägtem Markt herrscht eine unendliche Nachfrage nach Arbeit. Wer schlappmacht, wird ausgetauscht, ersetzt, weggeworfen. Ein Unternehmen wie Ernst & Young wendet die Regeln, nach denen die Weltwirtschaft funktioniert, in Reinkultur an, ohne dass es staatlicher Eingriffe bedürfte. Ihre Ausdehnung auf das Privatleben vereinfacht das Dasein der Angestellten ganz enorm. Es ist ratsam, sich weitestmöglich von familiären Zwängen frei zu halten. Die leitenden Angestellten heiraten früh, pflanzen sich schnell fort und lassen es damit bis zur Verrentung gut sein. Emotionale Stabilität führt zu erhöhter Arbeitsbereitschaft und zahlt sich in klingender Münze aus.

– Urlaub im Frühjahr, wird er sagen. Warum nicht gleich noch ein paar kirchliche Feste, wo Sie schon mal dabei sind?

Bei Ernst & Young wird man nicht selten aufgefordert, am Samstag zu arbeiten.

Éléonore Caribou gehört nicht zu den führenden Kasten. Sie ist nie eingestellt worden, um trauriger oder fröhlicher dreinzuschauen, als sie ist, und noch nie hat ein Industriekapitän Kontakt zu ihr aufgenommen, um ihr eine besondere Position in der gesellschaftlichen Pyramide anzubieten. Ihre Erziehung aber hat sie mit der Überzeugung ausgestattet, ihre persönliche Freiheit und die Möglichkeiten, die ihr zuteil geworden sind – dank ihrer Intelligenz, dem kulturellen Erbe ihrer Familie und ihrer Schönheit als Mädchen –, verfügten über die Allmacht, ihr Dasein zu lenken.

– Dein Schicksal liegt in deiner Hand, pflegte ihre Großmutter zu sagen. Tu, was du für richtig hältst, und alles wird gut.

Der Positivismus ist nicht mit dem Jahrhundert zu Ende gegangen: Das Geld hat die Wissenschaft als Ansporn des Humanismus abgelöst. Je mehr Geld Sie haben, je größer sind Ihre Chancen, frei zu sein und sich der Welt zu öffnen, sagen die leitenden Angestellten. Solange man einen Gegenwert dafür bekommt, ist es keine Schande zu schuften.

Éléonore Caribous Sesam-öffne-dich liegt vor ihr, und sie zwinkert ihm zu. Sie bearbeitet es wie Kuchenteig. Sie rollt es aus, rollt es dann wieder auf, faltet es zusammen und auseinander. Das Durchschlagpapier hinterlässt violette Spuren an ihren Fingerspitzen. Dann lässt Nanou zum Spiel ihre Beine kreisen, im Sitzen. Sie zieht den Bauch ein und spannt die Dammmuskulatur an. Diese Kräftigungsübung kann man so gut wie überall ausführen, sogar während Vollversammlungen der Abteilung. Ihre Knöchel sind geschwollen, sie reibt sich die Waden mit Creme ein, um sie zu erfrischen. Ihre spindelförmigen Beine schimmern wie Salatgurken. Die Übungen zur Kräftigung des Beckenbodens erlauben, die Vagina saugend um den Penis zu schließen, was den sexuellen Genuss erhöht. Wenn der Muskel sich zusammenzieht, erlangt die Vagina die Enge und Präzision eines Mundes.

Éléonore ist so normal, dass sie alles glaubt, was die öffentliche Meinung behauptet. Es gibt das Glück, woanders und hier. Seit sie arbeitet, hat sie sich jedoch deutlich weiterentwickelt. Es wäre durchaus möglich, dass ihr Herz stehenbleibt, falls Monsieur VanHede ihr nicht gestattet, an die Côte d'Azur zu fahren. Éléonore mag noch so hübsch und arbeitswillig sein, sie ist ausgepowert. Die als chronisch diagnostizierte Depression und die Unzufriedenheit lassen sich in diesem Stadium der Entwicklung nicht mehr so leicht als eingebildete Krankheitssymptome oder als übertriebenes Anspruchsdenken hinstellen. Der Lebensüberdruss hat sie im Griff, weil ihr das Leben nach und nach zwischen den Fingern davonrinnt. Zu Füßen des Sockels, auf den ihre Eltern sie gestellt haben, wächst der kleine Haufen abgelegter Träume und droht sie zu begraben. Erst ging er ihr bis zu den Knöcheln, dann bis zu den Waden. Jetzt kitzelt er ihr die Knie.

Wenn er bis zum Herzen reicht, sagt sie sich, wenn er bis zum Herzen reicht, dann ist alles vorbei.

Die Situation ähnelt derjenigen der in den Wachräumen der großen Pyramiden gefangenen Verbrecher, die inmitten der schönsten nur denkbaren Gegenstände warten, dass sie irgendwann der Sand begräbt. Éléonore Caribou ist Single und hat seit vier Monaten keinen Sex mehr gehabt. Manche ihrer Freundinnen haben ihre Bedürfnisse so lange unterdrückt, dass sie frigide geworden sind, während ihre Nettoeinkünfte sich auf den Bausparkonten ansammelten.

In ihrer Abteilung gibt es nur Klassenerste. Sofort werden alle zurückgestuft. Leute, die sich auf eine einzigartige Karriere eingestellt hatten, kriechen auf dem Bauch wie geschlagene Hunde und vergessen, wer sie sind, während sie einander voll Ehrgeiz ans Bein pissen.

Endlich kommt Monsieur VanHede. Er ist ganz Haar und Lächeln. Aus dem Mund stinkt er nach Nordseegarnelen. Wenn er ringsum guten Tag sagt, muss man sich ein wenig zurückbiegen und ein Lächeln aufsetzen. Als er Nanou und ihren Antrag sieht, weiß er sofort, was Sache ist. Er tut so, als rede er über Arbeitsdinge, dann nimmt er das Blatt zur Hand. Seine Finger sind voller Altershaare und Sommersprossen. Er sieht sich die Daten an, vergleicht sie mit dem Urlaubsplan und macht feinsinnige Bemerkungen.

– Mademoiselle Caribou, ausgerechnet jetzt nehmen Sie Urlaub? Das hätte ich nicht von Ihnen gedacht.

– Es sind nur ein paar Tage.

– Aber Sie wissen, dass wir bis über die Ohren in Arbeit stecken. Die Sache mit der Île-de-France befindet sich kurz vor ihrem Abschluss, und in drei Wochen steht die chinesische Delegation ins Haus. Die Unterlagen für die Departementsvertretung der Bretagne sind bis zum heutigen Tage nicht systematisiert. Wir müssen unsere Vierteljahresbilanz erstellen und sie dem Filialleiter vorlegen. Dessen sind Sie sich doch bewusst, oder nicht?

– Ich weiß, Monsieur, aber ...

– Wir arbeiten mit Volldampf, und Sie lassen uns sitzen.

Monsieur VanHede betrachtet sie mit amüsierter Strenge. Er kann den Abnutzungsgrad eines Angestellten am Schimmern seiner Stirn ablesen. Mit den leitenden Angestellten ist es ähnlich wie mit Katzen. Wenn sie am Ende sind, glänzt ihre Stirn, und ihre Schnauze ist mit schwarzem Fett, Körnern, Stückchen angetrockneten Fleisches verkrustet. VanHede geht mit medizinischer Präzision vor. Diese Idioten wären zu Gott weiß was im Stande, um ihrem Schicksal zu entrinnen. Nanou wackelt unter ihrem dunkelbraunen T-Shirt mit den Brüsten; sie versucht, ihren Urlaubsplan mit dem zu unterstützen, was noch an Lebendigkeit in ihr ist.

– Ich habe alles Nötige für die Arius-Sache an Le Puant übergeben usw. usw. Le Puant wird mich hervorragend vertreten etc. etc. Le Puant ist genau der Richtige dafür, das versichere ich Ihnen.

Der dicke Chef lehnt sich tief in seinen Bürosessel, um seine Persönlichkeit besser zur Geltung zu bringen. Er kratzt sich den Direktorenschädel und denkt an die Lektionen beim Managerseminar '97 in Biarritz. Die Kursteilnehmer mischten sich abends zum Tagesabschluss immer unter die Surfer des Open International und ihre Groupies und paukten später betrunken im Hotelzimmer die Slogans der Firma.

GERECHT SEIN HEISST HART SEIN. HART SEIN HEISST GERECHT SEIN.

Was das wohl bedeuten sollte? Seit Jahren schon leitet die Firma sich selbst und braucht keine Direktoren mehr, um Profit abzuwerfen. Widerwillig signiert er den Antrag mit einem blauen Kringel und hält dann eine Stange Wachs an eine Flamme, um sein Siegel auf das Formular zu setzen. Schon wieder eine, die er abhaken kann. Mitarbeiter, die im Lauf ihres ersten Jahres schon Erholung suchen, haben sich jede Chance zum Aufstieg in den ausländischen Filialen des Konzerns verscherzt. Er zwinkert ihr verständnisinnig zu. Das Wachs brennt, und er lässt es auf das Papier und seinen Schreibtisch tropfen. Éléonore wischt es mit ihrem Papiertaschentuch weg. Der Direktor drückt einen Stempel mit seinen Initialen in die weiche Masse, dann verstaut er ihn wieder in einem Samtetui. Jetzt lächelt er gutherzig. BV.

Seit die Sterne erloschen sind, ist die Arbeit die neue Grenze. Man braucht nicht erst um die Welt zu reisen oder den Atlantik im Ruderboot zu überqueren: Die Tapfersten sind diejenigen, die ohne Widerworte bleiben und durch die Büros treiben.

Nanou bedankt sich. Sie fühlt sich sofort glücklich. Das

sind seit einem Jahr ihre ersten drei freien Tage. Es ist soweit, schwarz auf weiß festgehalten. Sie rollt das Formular sorgfältig zusammen und bringt es im siebten Stock ins Personalbüro, wo eine Sekretärin es mit Hilfe des Programms X-Time in die Datenbank eingeben wird. Dann kann Éléonore aufatmen und ihre vertraglichen Vereinbarungen mit dem Unternehmen überdenken. Sie macht ein paar Anrufe, unter anderem bei Julien, um ihm zu sagen, diesmal ist es ganz sicher, sie fährt fürs Wochenende nach Nizza, und sie fühlt sich über die Maßen erleichtert.

– Du bist der sympathischste Ex der Welt, sagt sie.

– Na, danke für die Blumen, antwortet er.

– Und auch der Grausamste, weil er unbedingt ein guter Freund bleiben will, als Ausgleich für seinen Verrat und seine Schwäche, murmelt sie in den Hörer.

Monsieur VanHede hat ihren Antrag ohne allzu große Umstände abgezeichnet. Allein schon die Aussicht auf Erholung genügt, dass sie die Gründe für ihre Erschöpfung vergisst. Via Internet bestellt sie das Flugticket nach Nizza und ruft den Wetterbericht für die Strände auf. An der gesamten Mittelmeerküste wehen grüne Flaggen. Jetzt kann sie sich an die Arbeit machen und ihren Teil des Vertrags erfüllen. Die Buchhaltung der Gesellschaft Publicis France liest sich wie ein Roman. Ein paar Abrechnungsblätter rutschen aus den Steuerunterlagen wie Federn von Engelsflügeln, und sie hebt sie auf, ohne sich zu bücken. Éléonore nimmt eine Puderdose aus der Handtasche, in deren Spiegel sie sich bewundert. Ihre Haut ist weiß. Sie streicht eine Strähne ihrer schwarzen Haare zurecht, die ihr dunkel gerändertes Auge verbirgt.

– Ich bin ja so schön, murmelt sie. Sie trägt unter ihrem linken Auge noch etwas Reisepuder auf. Ich bin ja so sexy.

Hier also holen wir Nanou ab. Jetzt, wenige Stunden vor

ihrer Abreise in den Urlaub, geht es mit ihr allmählich wieder bergauf. Ein Journalist würde das Ganze zweifelsohne anders darstellen oder lieber nicht von den folgenden Ereignissen berichten. Und zweifelsohne wird Éléonore in zehn Jahren diese Episode tief in ihrem Gedächtnis vergraben haben. Meine Aufgabe als Berichterstatter aber besteht darin zu erzählen, was sich in jenen Tagen ereignet – und wenn ich ordentlich dick auftrage, was soll's –, damit Sie dadurch etwas darüber erfahren, wie junge Frauen heutzutage leben, und auch, weil ich Ihnen Freude bereiten will.

2 FLUGHAFEN CHARLES-DE-GAULLE

»Frägst du, wie mir gewesen sei um diese Zeit?
Wie einem, der alles verloren hat, um alles zu gewinnen.«

Friedrich Hölderlin: *Hyperion*

Im Winter, wenn der Frost nach ihren Fingern greift und ihre Lippen sich beim Kontakt mit einem heißen Getränk oder einer Autobahnraststätten-Suppe verziehen, fühlt Éléonore Caribou sich mit der Natur im Einklang. Diese Empfindung ist ihr viel lieber, als wenn der Frühling kommt und ihrer Tristesse durch seine überbordende Üppigkeit widerspricht. Sie kuschelt sich in Angorapullis mit weit ausgestellten Ärmeln und liest die Zeitung, in der Unterhose auf dem Sofa sitzend. Oft kommt Nanou spät von Betriebsbesuchen in der Provinz nach Hause und macht dann nichts Bestimmtes.

Am Vorabend ihres Urlaubs tut Nanou nichts anderes als sonst. Die Flüge gehen früh, und man muss nach Roissy-Charles-de-Gaulle hinaus; wenn man sie also nicht verpassen will, ist es besser, keinen Firlefanz zu treiben und ein eher stubenhockerisches Dasein zu pflegen.

Fernzusehen ist definitiv sehr viel aufregender, als man sich das vorstellt. Man muss genau auf die passende diätetische Zusammenstellung des Tellers achten, den man mit vor den Apparat nimmt, dann aus mehr als hundert Programmen dasjenige aussuchen, das man sehen möchte. Wenn man Durst hat, muss man aufstehen und das Wasserglas in der Küche nachfüllen. Dann heißt es sich entscheiden, ob es vernünftig ist, ein Glas Fruchtsaft zu trinken und dazu einen Keks oder ein aufgeschnittenes Scone mit Orangenmarmelade zu essen. Manchmal wird es, bis sie sich mit sich selbst

auf eine Sendung oder einen Film geeinigt hat, so spät, dass
sie die Zusammenfassung in der Programmzeitschrift lesen
muss, um noch reinzukommen. Manchmal verzichtet sie
auch ganz einfach und geht lieber ins Bett. Die Unterhaltungssendungen später am Abend haben den Vorteil, dass
man unterwegs einsteigen und sie vor ihrem Ende ausschal-
ten kann. Sie behandeln die verschiedensten Themen wie
Depressionen, Zwangsneurosen, Erektionsstörungen und
Schlafkrankheit. Jeder Moderator hat seinen eigenen Stil und
eine besondere Art und Weise, Interviews zu führen. Oft muss
Éléonore ausgerechnet dann pinkeln, wenn es am interes-
santesten ist, als wäre es Absicht. In diesen Sendungen geht
es nicht nur um Filmschauspieler, sie erlauben, Erfahrungen aus dem eigenen Leben mit denen der Interviewten zu
vergleichen. Manchmal werden diese Gesprächssendungen
anderntags beim Mittagessen in der Kantine fortgesetzt.

Am Vorabend ihrer Reise hat Nanou, nachdem sie von der Arbeit nach Hause gekommen ist, sorgfältig ihre Reisetasche
gepackt. Sie hat ihren Arena-Badeanzug und das kleine grüne
Frotteekleid angezogen, um zu prüfen, ob sie an den Schultern und unter den Achseln nicht spannen, dann ihre Mutter
angerufen, um sie zu benachrichtigen, dass sie für einige
Tage nicht da sein wird. Madame Caribou war nicht zu Hause, und Nanou hat ihr eine Nachricht auf dem Anrufbeant-
worter hinterlassen, unter anderem mit der Mitteilung, dass
sie ihr Mobiltelefon anlassen werde, für alle Fälle.

Sie hat ein Schaumbad genommen und sich die Haare mit
einem Karité-Balsam eingerieben, der das Haar nährt und
die Kopfhaut stärkt. Sie hat sich mit einer Pinzette die Augenbrauen und die Ohrenhärchen gezupft und sich die Wangen
mit der hyperfeuchtigkeitsspendenden Creme von Oréal eingerieben, für die Virginie Ledoyen Werbung macht.

Zum Abschluss der Vorbereitungsarbeiten bleiben heute Abend nur noch die Achselhöhlen zu enthaaren. Nanou lässt in einem Töpfchen Öl und Wachs heiß werden und trägt die Mischung dann mit dem Plastikspatel auf eine dicke Schicht Achselhaar, das fast sofort schmilzt und wie Weihrauch riecht.

Während die Mischung heiß wird, untersucht Nanou ihren restlichen Körper. Wenn sie sich im Badeanzug zeigt, soll ja niemand ihre ausgeprägte Behaarung erkennen. Männer verstehen nichts von Körperhaaren. Sie selbst sind zwar bedeckt davon, aber sie sind brutal intolerant, sobald sie etwas Flaum unter einer Achsel oder zwei Härchen am Bauchnabel entdecken. Sie mögen glatte Haut und küssen gern die Linie überm Schamhügel, wo die Behaarung beginnt. Aber diese Linie muss scharf gezogen sein, sie ähnelt der innerdeutschen Grenze vorm Fall der Mauer, mit Stacheldraht als Trennung der verschiedenen Territorien. Der Übergang zwischen der Vollbehaarung und der glatten Haut muss stufenweise geschehen, Länge und Dichte das Haars müssen möglichst kontinuierlich abnehmen.

Die Epilation ist ganz sicher die schlimmste Tortur. Ein noch fürchterlicherer Zwang als die Blutungen. Die Haare wachsen nach und gewinnen an Boden. Es ist ein Krieg ohne Ende. Unablässig eröffnen sie neue Fronten, sprießen als einzelne Borsten am Kinn oder dicht auf den Wangen und tauchen stets im ungünstigsten Moment auf. Manchmal wachsen sogar kleine um die Brustwarzen herum.

Wie ein Armeegeneral lässt Nanou die Schäden auf dem von gestern noch heißen Schlachtfeld Revue passieren. Es erscheint problematisch, sich mit Haaren und schwarzen Gedanken ins Freie zu wagen. Unablässig heißt es Strategien entwickeln und neue Kampfmittel einsetzen. Je mehr man die Haare abschneidet, rasiert, mit Wachs entfernt, desto

mehr breiten sie sich aus. Hinten versuchen sie ihre Schnei-
se in Richtung der weichen, weißen Pobacken zu verlängern.
Dort ist das Entzündungsrisiko maximal, die Eingriffstechni-
ken wenig erprobt. Der Elektro-Epilator kommt nicht recht
in die Poritze. Heißwachs droht die Schleimhäute zu reizen.
Eine Rasur kann Schnitte und gefährliche Wunden mit sich
bringen. Also muss man alle Methoden miteinander mischen,
um wenigstens ein akzeptables Ergebnis zu erzielen, wenn
ein perfektes schon nicht möglich ist.

Nanou seufzt.

Sie reibt sich mit einer Pre-Shave-Lotion ein, die die Haare
aufweichen und psychologisch auf die Vorstellung, geköpft zu
werden, einstimmen soll, außerdem mit einer weiteren, die
der Hautreizung vorbeugen soll; das eine ist so wirkungslos
und überflüssig wie das andere.

Die Folgen einer missglückten Epilation können geschlagene drei Tage sichtbar bleiben oder, schlimmer noch, sich
in Form eingewachsener Haare weiter bemerkbar machen,
die man dann unsanft mit einer sterilisierten Nadel und der
Pinzette entfernen muss. Diese Nacharbeiten sind ebenso
aufwändig wie ein Grabenkrieg. Am Schenkel entdeckt sie so
ein eingewachsenes Haar. Sie führt die Spitze der Nadel durch
die Epidermis und hebt das Haar möglichst nah an der Wur-
zel an. Dann zieht sie ruckartig daran, um es auf ganzer Länge zu entfernen, fast zwei Zentimeter. Schließlich drückt sie
den Eiter aus dem roten Pickel und desinfiziert die Stelle mit
einem in 60%igen Alkohol getauchten Wattebausch. Mit einem Papiertaschentuch tupft sie das Blut ab, das aus der Mi-
niwunde sickert. Nanou hofft, dass das am Pool niemandem
auffällt. Die Männer denken immer, man brauche sich nur
sanft zu streicheln, um die Haare zu entfernen, und man
könne eine Haut mit dem Kärcher sanft und geschmeidig halten. Ihren Freunden gegenüber tut Éléonore so, als würde

sie alles erzählen, aber ihre Betriebsgeheimnisse würde sie nur äußerst ungern preisgeben.

Nach dem Bad liest Éléonore die aktuelle *Libération* von vorn bis hinten durch und schläft dann vor einer Wiederholung der *Teuflische Umarmung* mit Valérie Kaprisky und Bernard Giraudeau ein. Die besonnten Strände aus dem Film begleiten sie in den Schlaf, und so hört sie nicht, dass die Frau in der Wohnung über ihr wie jeden Freitag ein Wahnsinnsremmidemmi mit ihren Freunden veranstaltet.

*

Anderntags steht sie frisch und munter auf, schluckt rasch ein leichtes Frühstück und nimmt ein Taxi nach Roissy-Charles-de-Gaulle. Sie zieht Geld aus dem Automaten und zahlt den Fahrer, der die ganze Zeit über kein Sterbenswörtchen gesagt hat. Er gibt ihr das Wechselgeld heraus und dankt dabei äußerst einsilbig. Taxifahrer sind die verachtungswürdigsten Menschen auf Erden, denkt sie. Sie hören die Unterhaltung der Fahrgäste mit, die sie gar nichts angeht. Sie fahren absichtlich Umwege, um den Preis hochzutreiben, und am liebsten nehmen sie von LKW und Lieferwagen verstopfte Straßen. Sie verabschiedet sich nicht von ihm, so wie der sich nicht die Mühe macht auszusteigen und ihr die Reisetasche aus dem Kofferraum zu heben.

Die Anlage des Flughafens ist beeindruckend. Roissy erstreckt sich zwischen Autobahnen und kleinen Dörfern im Weichbild der Stadt über ein paar Tausend Hektar. Die Start-Lande-Bahnen durchschneiden rücksichtslos das Gelände, die Terminals stehen da wie Wassertürme, ihr Aufbau folgt einem innovativen kreisförmigen Schema. Spezialzubringer und Flugzeuge durchfurchen den Himmel, kreisen wie Bienen über ihrem Stock. Über die Brücken zwischen den einzelnen Gebäuden gleiten Fahrzeuge in Form von Bussen, Kleinkranen und Golfwägelchen. Die Touristen strömen von allen Seiten herbei, noch in exotischen Pyjamas aus den Luxushotels direkt an der Autobahn, oder in Streetwear per S-Bahn, oder aber sie kommen aus den unterirdischen Parkdecks in die Abflughalle herauf, ihr Reisegepäck in der Hand und ihre hypernervösen Kinder zwischen den Füßen. Hier gehen Flüge zu den verschiedensten Zielen ab, und Nanou vergnügt sich damit, anhand der Kleidung und Hautfarbe der Leute zu erraten, wohin sie fliegen. Am Eingang zu Terminal 1 bettelt ein riesenhafter Schwarzer im Regenmantel. Nanou ist gut aufgelegt und steckt ihm ein Fünf-Francs-Stück zu.

Das Problem mit den modernen Transportmitteln ist: Je schneller sie sind, desto früher vor der Abfahrt muss man sich einfinden, was bei Kurzstrecken den durch die eigentliche Reise errungenen Zeitgewinn wieder wettmacht und viel Zeit zum Nachdenken bringt.

Der Schwarze bedankt sich, und Nanou steuert jetzt direkt die Übersicht der Abflüge an. Das Gate ist noch nicht angezeigt, aber auch keine Verspätung. 50 Prozent der Flüge haben mehr als zwanzig Minuten Verspätung. Nanou folgt einem Haufen Touristen, die mit Maeva reisen, sie wollen nach Djerba. Sie setzt sich in eins der Schnellrestaurants und bestellt einen Kaffee, den sie mit einem Butter-Mandel-Croissant im Handumdrehen hinunter hat. Um diese Tageszeit ist sie nicht gerade von vielen Menschen umgeben, und es gelingt ihr nicht, die Gespräche an den Nebentischen zu belauschen, um etwas von den Reiseplänen oder -berichten auszuspionieren.

Nanou geht auf die Toilette und kontrolliert vor dem Spiegel ihr Make-up. Anders als die Gesichter von Models und bekannten Schauspielerinnen verändert sich Éléonores mit der

Zeit. So sehr sie sich auch einredet, sechsundzwanzig zu sein sei besser als zwölf oder achtzehn, ihre Augenringe erschrecken sie immer mehr. In den letzten Monaten hat sie dickere Wangen bekommen, und dazu ein Bäuchlein. Die Waage zeigt nur zwei Kilo über dem Idealgewicht an, weiß aber nichts von der grundlegend neuen Verteilung des Fetts am Bauch und an den Außenseiten der Pobacken. Und sprunghafte Hormonschwankungen haben als Erklärung für den Gewichtsunterschied so langsam ausgedient. Seit zwei Monaten und achtzehn Tagen nimmt sie keine Spermizide mehr, sondern wieder die Pille. Die biochemische Verhütung verschafft ihr zwar eine gewisse Sicherheit bei sexuellen Kontakten – abgesehen davon hat sie keine –, scheint sie aber zwischen den Blutungen zunehmen zu lassen. Diese kündigen sich unter Wirkung des biochemischen Mittels durch unauffälligen schwärzlichen, riechenden Ausfluss an, auf den dann ausgiebige klare, klebrige Schleimabgänge folgen. Hausmittelchen helfen da nichts: Die Hormonbehandlung stellt ihr inneres Gleichgewicht völlig auf den Kopf und sorgt für einen schlechten Teint.

Nanou nimmt die Pillen aus der Handtasche, als gerade eine alte Frau pinkeln kommt. Sie nimmt die vorletzte Pille der Packung und schluckt sie mit ein wenig Wasser. Die Verhütungsmoleküle verteilen sich in ihrem Organismus und neutralisieren dessen vitale Funktionen. Die eigentlichen Blutungen werden erst gegen Ende des Zyklus auftreten, ohne sich weiter anzukündigen, und ihre Unterwäsche beflecken. Der Anblick ihres eigenen Bluts hat ihr bislang nie etwas ausgemacht. Sie findet es fast beruhigend, sich dicke Binden in die Unterhose stopfen zu können und zuzusehen, wie das Leben in ihr strömt und ihre Körperhülle verlässt. Dass ihre Periode sich jetzt erneut so verändert hat, verstärkt ihren Schrecken. Jetzt hat sie solche schwärzlichen Spuren, die nicht sehr gesund aussehen. Zum ersten Mal hat sie die Vorstellung, dass der Tod ihr aus den Lippen sickert, dass zerstörte, zu Asche zerfallene Babys sich aus ihrer Öffnung ergießen und nie wieder zurückkommen. Im Laufe der Zyklen hat sie eine horrende Sammlung von verschiedenen Monatsbinden angelegt, zwischen denen sie wechselt, manchmal am selben Tag, mal sind sie breit und haben vorn und hinten Ösen, mal sind sie mini und passen sich perfekt ihrer Anatomie an, ohne aufzutragen. Im Supermarkt ist das passende Modell im Regal mit den Hygieneprodukten nie zu finden. Für ihren Urlaub hat sie nur ein Dutzend Binden mitgenommen, mit dem Argument, dass die Regel erst auf der Rückreise einsetzen wird.

Das Problem der Gewichtszunahme hat sich jetzt noch zusätzlich breit gemacht. Ihre Regelblutungen werden tatsächlich auch von verschiedenen Blähungen begleitet, von jodduftenden Pupsen und Durchfall, Erscheinungen, die immer ausgeprägter werden, Zeichen dafür, dass ihre Jugendlichkeit in eine gewisse Reife übergeht. Ihr Hals ist breiter geworden, und die beiden Millimeter Fett, die sich unter ihrem Kinn festgesetzt haben, lassen ihr keine Ruhe. Ihre Großmutter hat ihr erzählt, dass der Uterus nach den fruchtbaren Jahren zusammenschrumpft und derart nekrotisch wird, dass er einer alten, harten, vertrockneten Nuss ähnelt oder einer Manganknolle. Und wie bei diesen auch hat die Menschheit noch keine Methode entwickelt, sie sinnvoll zu nutzen. Die Angst, frigide zu werden, nagt an ihr, ohne wirklichen Grund, aber angefacht vom Alleinsein, der fehlenden Erregung und der Empfindung, dass die Zeit entschwindet. Die wöchentlichen und monatlichen Zyklen folgen aufeinander und tragen dabei auf ihrer Hüfte und unter ihrem Slip eine ordentliche Fettschicht auf. Éléonore kann ihr Knie nicht mehr mit einer Hand umfassen, aber wenn sie sich hinsetzt, verschwinden ihre Finger zwischen den Wülsten an ihrem Bauch. Niemand kennt sie nah genug, um mitzubekommen, was da geschieht. Von außen gesehen, hält alle Welt sie für dünn.

Aber nun, nichts übertreiben, trotz der beiden überschüssigen Kilos, die sie sich wie unter ihre Haut geschobene Messinggewichte vorstellt. Vorm Spiegel kämmt sie sich energisch neu, richtet ihre Haarspange und verstärkt den Umriss ihrer Schnute mit Lippenstift. Sie tritt ein paar Meter zurück, um ihre Figur zu mustern und zu schauen, wie straff ihre Büste sitzt. Éléonore ist gut gebaut. Sie vollführt eine Drehung und betrachtet ihr Profil. Trotz des kleinen Bäuchleins, das ihre Taille jetzt verlängert, ist sie absolut perfekt. Kein Mann, der sie nackt sieht, würde ahnen, was für eine schlimme Entwickung ihr in den nächsten Jahren drohen könnte.

Unter all den Fluggästen, die mit ihren Gepäckhaufen und den für Afrika bestimmten, mit Hi-Fi-Geräten, alten Klamotten und Esswaren vollgestopften Kisten in den Warteräumen des Flughafens antichambrieren, wirkt Nanou wie eine Schauspielerin aus einem Cukor-Film. Sie lässt sich ihre Bordkarte aushändigen und stellt ihre Handtasche auf das Fließband, nachdem sie sorgfältig alles herausgenommen hat, was den Alarm auslösen könnte. Die Tasche und alles, was sie enthält, wird durchleuchtet, ihr Papiertaschentuch wird mit radioaktiven Uranbazillen beschossen. Ein bodygestylter Polizist in Uniform hilft ihr, ihr Mobiltelefon in einem Plastikschälchen zu verstauen, und begleitet sie bis zum Ausgang der Sicherheitskontrolle.

– Alles in Ordnung, sagt er. Gute Reise.

– Danke. Kommen Sie nicht mit?

Er antwortet nicht. Auf der Rolltreppe eingezwängt, fühlt Éléonore sich wie eine agonisierende Riesenraupe, pummelig und von allen verlassen. Bis zum Start ist noch recht viel

Zeit, und Nanou hat keine besonderen Pläne. Sie bewegt sich in Richtung Duty-Free-Shops und beschließt, sämtliche Geschäfte zu durchkämmen, falls irgendwo ein Schnäppchen lauert, das sie sich keinesfalls entgehen lassen will.

Beim Klamottenladen neben dem Zeitungskiosk bleibt Éléonore wie angenagelt vor einem Kostüm aus bordeauxrotem Jersey stehen. Ihre Augen wandern über die Jacke, dann mustern sie den Rock. Die junge Frau ist hypnotisiert. Das Kostüm wird lebendig und öffnet eine Art reißverschlussförmigen Metallmund, mit dem es sagt:

– He, komm schon, Schlampe, ich bin wie für dich gemacht! Wie in einem Roman von William Burroughs, aber weniger ausgeflippt. Die Stimme des Kostüms quäkt wie eine von einem Dschinn besessene Ente. Nimm mich, sagt es noch. Nimm mich einfach, Süße.

Das wäre das perfekte Kostüm für Geschäftsreisen in die Provinz. Das Material sieht gut aus und dürfte im Zug wenig knittern, der Schnitt wirkt bequem. Die passende Bluse wird mit künstlichen Hornknöpfen geschlossen. Sie liest das Etikett: Monsieur de Fursachs. Waschbar bei 30 Grad. Nicht bügeln. Kostenpunkt 1 700 Francs. Vielleicht etwas zu eng geschnitten. Sie schaut nach, in welchen Größen es auf Lager ist. 36. 38. 40. Natürlich nichts in 42. Nichts in ihrer Größe.

– Fick dich ins Knie, antwortet sie dem Rock.

– Fick dich selber.

Das Kostüm zieht eine Grimasse und spuckt ihr ins Gesicht. Nanou stöbert noch ein paar Minuten in dem zollfreien Laden herum. Ihre Hände krallen nervös nach den Stoffen, um ihre Qualität zu prüfen und etwas zu finden, das sie genauso begeistert wie de Fursachs. Sie verspürt Luftnot und durchwühlt die Auslagen mit angehaltenem Atem. Sie sieht nach der einzigen Verkäuferin, die gerade verschiedene Artikel sortiert. Nichts. Voll Wut rast sie aus dem Laden und rempelt dabei eine junge Frau an, die gerade hereinkommt. Nanou verpasst der Blondine einen heftigen Stoß mit dem Ellbogen; die andere krümmt sich vor Schmerzen. Ihr Typ eilt ihr zur Hilfe und schreit:

– Passen Sie doch auf, Sie! Meine Frau ist schwanger.

Und Nanou flieht wie eine Diebin in den Nachbarladen. Rings um sie herum machen ein paar Frauen Geschäfte. Manche stehen mit selbstzufriedenem Gesicht an der Kasse, ihre Tüten sind vollgestopft wie Seesäcke. Bis zu sechs Artikeln bezahlen sie mit ihren Kreditkarten: Parfums, Blusen, Riesentobleronen und Whiskyflaschen. Diese Nutten haben nicht das geringste Problem, was für ihren Körper zu finden. Sie sind schick wie Schaufensterpuppen aus Plastik und blass wie Öllampen. Sogar die alten Schachteln schaffen es, sich elegant zu kleiden. Ungeniert spazieren sie durch die Gänge, das, was sie gerade anprobieren, am Leib. Nanou empfindet ein tiefes Ungerechtigkeitsgefühl. Sie hat schon lange nicht mehr ihre Kreditkarte zum Rauchen gebracht.

Die Mode befindet sich in einer Phase völligen Niedergangs: Mit der Qualität geht es bergab, und die scheinbare Vielfalt der Modelle kann die mangelnde Inspiration der Designer und ihre Unterwerfung unter den Rentabilitätszwang kaum mehr verschleiern. Kein Mensch plagt sich mehr mit der Herstellung großer Größen, Éléonore hat wahnsinnige Probleme, was für sich zu finden. Die Kostüme gehen beim Waschen ein und müssen mit allerlei Listen weiter gemacht werden, indem man sie beim Bügeln dehnt oder die Säume auslässt. Aber in den Hosenbeinen ist kein Stoff mehr dazu da, auch fehlen Ersatzknöpfe auf der Innenseite der Blusen. Die Preise aber steigen gen Himmel. Die großen Marken, Froggy, Étam, Morgane, Kookaï, haben sich abgesprochen, nur noch Massenware zu liefern. Für Frauen, die zu groß oder zu klein sind oder sonstwie aus dem Raster des Marketingzeitalters fallen, rühren sie keine Hand. Mittlerweile muss man mindestens fünf Geschäfte abklappern, bis man eine Jeans gefunden hat, es sei denn, man bedient sich in letzter Not in der Herrenabteilung, und dann noch drei oder vier für eine Bluse, mehr als zehn für einen BH, bei dem nicht die Hälfte einer stärker entwickelten Brust auf der Strecke bleibt. Die Schuhe werden entweder aus allzu starrem Leder gefertigt oder im Gegenteil aus so weichem, dass der Fuß keinen Halt mehr hat. Die meisten Modelle haben fünf Zentimeter hohe Plastikabsätze. Sich anzuziehen ist ein Alptraum geworden, und da die Mädchen von frühester Kindheit an genetisch dazu tendieren, sich abwechslungsreich zu kleiden, sich öfter umzuziehen, sich eine Garderobe zuzulegen, sind sie gezwungen, Kaufhäuser und Modegeschäfte zu durchforsten, bis sie vor Wut in den Teppich beißen könnten. Derart gnadenlos wie in unserer Zeit ist die Konkurrenzsituation wahrscheinlich noch nie gewesen. Wenn die Frauen einander auf der Straße begegnen, mustern sie sich drohend und vergleichen einander wie mit der Lupe. Und für die Geschichte der Frauenemanzipation bedeutet die aus den Fugen geratene Konkurrenz auf dem Bekleidungsmarkt schon an und für sich einen Rückschlag von mehreren Jahrzehnten. Sogar der Luxus auf Flughäfen kann den Wunsch, schön zu sein, nicht mehr stillen.

Am Zeitungskiosk sucht Éléonore die neue *Biba*. Im Ständer steht nur die von der letzten Woche. Dossier: Eheglück ganz neu. 20 Lektionen, und du wirst eine Tigerin im Bett. Mit Streicheleinheiten in den siebten Himmel. Christiana Reali: Mein Leben mit François Huster ist die Hölle. Schulmädchen reden miteinander über ihre Erfahrungen. Patrice Laffont enthüllt die Geheimnisse von Fort Boyard: Das reinste Bordell.

Voici: Jacques Martin setzt sich über alles hinweg. Mit 87 schwängert er eine Vierundzwanzigjährige und ist stolz darauf. Patrick Sabatier gesteht seine Liebe zu Männern. Ich habe mit mehr als zweihundert Typen geschlafen, und was für welchen! Der Mann, der Lady Di entjungfert hat: Sie war frigide wie ein Stück Holz.

Gala. Didier Derlich auf dem Totenbett. Exklusivbilder von seinem ungeschminkten Gesicht. Laetitia Casta zeigt auf dem Fahrrad ihren Slip. Machen Sie bei unserem großen Internetspiel mit, und gewinnen Sie eine von ihren Unterhosen oder hundert andere wertvolle Geschenke.

Nanou zögert, dann verzichtet sie.

Les Nouveaux Inrockuptibles. Die revolutionäre Muse der Popmusik. Nothomb, die Revolution der Literatur. Christine Angot, eine revolutionär neue Kunst, sich selbst mit kurzen Sätzen zur Weißglut zu bringen. Pamphlet: Für eine soziale Revolution.

Éléonore hat ein gutes Buch in der Handtasche, und diese ganzen idiotischen Blätter langweilen sie. Mittlerweile hat sie von Tageszeitungen und bunten Illustrierten die Nase gestrichen voll. Die Art und Weise, wie der Mikrokosmos der Journaille und der Stars das Volk versklavt, geht ihr über die Hutschnur. Sollen die doch alle miteinander zum Teufel gehen. Die haben nicht das geringste Profil, und die einzige Grundlage ihrer Kunst ist das Gerede, das darum herrscht. 50 Prozent der Leute, die man im Fernsehen sieht oder die eine Sendung moderieren, haben einen Verwandten oder Bekannten im selben Geschäft. Nepotismanderthal, so nennt man dieses Phänomen der Pöstchenvererbung. Die Jobs gehen vom Vater auf die Tochter über, vom Cousin zum Nachbarn oder werden anhand eines komplizierten Systems von Bettgeschichten, Blow-Jobs und unehelichen Kindern verteilt. Diese Inzucht hat aus der Rasse der Moderatoren und angesehenen Leuten einen Haufen von Krüppeln gemacht, mit niedriger Stirn und ungezügelten Trieben. Wo ist die Qualität geblieben? Wo Schönheit und Stil? Unter den Scheinwerfern triefen die Gesichter vor Cremes. Diese Welt erfüllt perfekt die Erwartung, die man an sie hat: Sie glänzt. Sie schwitzt Fett und Sperma aus. Sie fickt mit sich selbst und geht genetisch vor die Hunde. Antoine de Caunes. Benjamin Castaldi. Poivre d'Arvor Junior. All diese grässlichen VIP-Kids. Das Gehalt der Moderatoren ist proportional zu ihrem Beitrag für die Aufrechterhaltung der Gesellschaftsordnung. Folglich reicht es oft genug an das von Sportlern oder Politikern heran. Alle scheinen bereit, ein Vermögen zur Finanzierung von Typen auszugeben, die kaum etwas zur Arbeit ihrer Väter beitragen.

– Dass ich nicht lache, sagt sie. Wenn ich zum Fernsehen gewollt hätte, hätten sie mir Knüppel zwischen die Beine geworfen. Eine Aristokratie, die sich abschottet, ist zum Erfolg verdammt. Und niemand widerspricht.

Nach einer so langen Zeit mit nichts als Arbeit ist Nanou gereizt. Doch anders, als die öffentliche Meinung es einen glauben machen will, führt gerade Gereiztheit oft zu Klarsicht und Weitsicht. Éléonore gesellt sich zu den anderen Fluggästen in der Hauptwartehalle. Eine alte Nummer von *Marie Claire* liegt vergessen da, sie blättert zerstreut darin herum.

Andererseits sind Frauenzeitschriften abends oft eine gute Gesellschaft und helfen dabei, jede Menge privater Probleme zu lösen, ohne dass man aus dem Haus gehen oder Freundinnen um Rat fragen müsste. Diese Zeitschriften behandeln ebenso sexuelle wie hygienische Fragen. Nanou mag vor allem die Testreihen für Feuchtigkeitscremes und die Leserinnenbriefe. Auch können die Fotos der Models nützlich sein, wenn man den Modetrends folgen oder erkennen möchte, wo sie hingehen. Für Jungfrauen ist das Horoskop von *Marie Claire* oft ungünstig. Häufig ist es besser, unter einem Feuerzeichen geboren zu sein als unter einem Wasserzeichen. In *Elle* wiederum bekommen die Wassermänner ihr Fett ab. Éléonore Caribou ist am 2. September 1973 unter einer Konjunktion geboren, die einem geruhsamen Leben entgegensteht. Die Stellung der Gestirne dürfte auf ihren mehr als bescheidenen Start ins Leben eine deutliche Wirkung gehabt haben.

Man muss schon wirklich böse sein, um sich mit derlei unnützen Vergleichen aufzuhalten. Éléonores Herz war voller Freude darüber, dass sie in Urlaub fuhr. Diese Grübeleien waren Gedanken von gestern, die an den Gegenständen hingen und abfielen wie welkes Laub. Sie ging sie noch einmal durch, gewohnheitshalber, und weil es irgendwie berauschend war, sich wie ein Wurm zu fühlen. Aber jetzt waren diese Gedanken gestorben oder eher für die Dauer ihres Abenteuers auf Standby gestellt.

Die Stewardess rief zum Boarding auf. Draußen liefen die Turbinen des Flugzeugs warm. Die Leute um Nanou herum standen auf. Nach Nizza flogen hauptsächlich Rentner und Geschäftsleute, dazu noch ein paar Studenten, aber vor allem diese fantastischen Geschäftsleute, großgewachsen in ihren Leinenanzügen, mit Köfferchen und in den Anzugtaschen die allerneuesten Palm-Pilot-Modelle.

Während ihres Fluges würden ihre Kollegen übers gesamte Land ausschwärmen, um die Aktivitäten der Industrie zu begleiten, um zu entlassen, einzustellen, Audits zu machen, zu verkaufen, Personal umzusetzen, zu quälen und Profit zu verteilen. Die dreitausend Mitarbeiter von Ernst & Young würden mit ihren Laptops und Mobiltelefonen in Flugzeuge wie ihres steigen, aber zu rein professionellen Zwecken, durch unsichtbare Fäden mit okkulten Mächten und gutherzigen Operatoren verbunden, die in gesicherten Bereichen der modernen Welt verschanzt waren. Ihre Kunden waren überall, das hatte mit Paranoia nichts zu tun.

Bald würde sie unter den Turbinen das Meer sehen und dann Julien in Badehose.

Das ist das Glück, dachte sie, ohne selbst so ganz daran zu glauben, raus hier und weit weg kommen von allem, das sie hinter sich lassen wollte, Bekümmernissen und bösen Träumen, die sie übers Jahr angehäuft hatte, diesen Belastungen, seien es berufliche oder gefühlsmäßige, die ihr an den Knöcheln hingen und ihren Abflug erschwerten. So sah sie ihren Urlaub: als ein unentbehrliches Aufatmen, als Gelegenheit, Ballast abzuwerfen. Eine elementare Überlebensfrage, etwas, ohne das sie nicht wieder folgsam in die Welt würde zurückkehren können, in die sie gehörte.

Sie ging über die Passagierbrücke, die im Wind schwankte und wie ein Akkordeon hüpfte, dann betrat sie durch den rückwärtigen Eingang den zu Zäpfchenform geschrumpften Airbus.

Uff, dachte sie, und der italienische Steward betätigte den Mechanismus zum Schließen der Türen.

3 DER LETZTE MÄRCHENPRINZ

»In seinem Hass auf alle Begrenzungen
schien er dem menschlichen Schicksal
entkommen zu wollen. Jegliche feste Arbeitsregel
widersprach seinem Temperament, das nach
einem stetigen Unterwegssein verlangte,
um alles zu sehen und alles zu erfahren.«

Jean Bourguignon/Charles Houin: *Vie d'Arthur Rimbaud*

Um acht Uhr siebzehn stieg der Liquidator aus dem Zug von
Paris. Der Fahrer der Sägemühle Le Bois erwartete ihn am
Bahnhof und erkannte ihn dank der Beschreibung seines
Chefs ohne weiteres.

Ein junger, sehr gut gekleideter Mann, schlank, mit dem
schlauen, entschlossenen Gesichtsausdruck der Finanzleute
und dem Gehabe eines Notars und Verführers.

Bernard hatte nicht mal ein Schild mit dem Namen der Firma vorbereitet, um sich zu erkennen zu geben. Dass ein Vertreter der großen Banque Rothschild aus der Hauptstadt
nach Bourg kam, von seinen Oberen entsandt, das kam nicht
alle Tage vor. Er bräuchte ihn nur unter den Pilgern auszu-
machen und ihn zu bitten, dass er ihm zum Firmenwagen
folgte.

Der Junge hatte rund zehn Minuten Verspätung. Zwischen
Le Creusot und Bourg-en-Bresse hatte eine Schafherde den
Zug gestoppt; die Tiere hatten sich auf die Gleise geworfen
und den Stromabnehmer des TGV mit ihren Leichen blo-
ckiert. Bernard erkannte ihn sofort und streckte ihm die Hand
hin.

– Le Bois GmbH. Monsieur Aurousseau, nehme ich an?

Der Bankier hatte aufgeblickt, seine Aktentasche aus der
Rechten in die Linke genommen und ihm eine mindestens

zwanzig Zentimeter lange, extrem knochige Hand gereicht; grüne Adern überzogen sie, bahnten sich komplizierte Wege über diese bleiche Fläche loser Haut.

– Fabrice Aurousseau. Fusionen. Übernahmen.

– Wenn Sie mir bitte folgen möchten.

Aurousseau hatte ihm einen nervösen Händedruck zuteil werden lassen, hatte zweimal ihrer beider Hände geschüttelt, bevor er den Griff löste und die Hand des Fahrers ebenso jäh hängen ließ, wie er sie ergriffen hatte. Bernard konnte all die herablassende Energie spüren, die in diesem Händedruck lag. Aurousseau hatte ihn nicht nur begrüßt, er hatte ihn in Besitz genommen. Die Augen des jungen Mannes waren grün und trüb wie das Wasser eines algigen Tümpels.

Die beiden Männer stiegen in den Wagen, auf dessen Ladefläche schmale Holzbalken für eine Lieferung bereitlagen.

– Ist das Ihr einziges Fahrzeug?, erkundigte sich Aurousseau.

– Neben Monsieur Schmollers Wagen ja, antwortete Bernard.

– Monsieur Schmoller?

– Richard Schmoller, unser Direktor.

– Sie meinen der derzeitige Direktor. Modell?

– Renault Safrane.

– Aha.

Bernard hatte morgens den Chef gefragt, ob er diesen Pariser mit dem Safrane abholen soll. Schmoller hatte resigniert gelacht und seinen alten Angestellten angewiesen, einen von den Lieferwagen zu nehmen.

– Der soll bloß nicht denken, er ist was Besseres, der Arschficker, der, hatte Schmoller noch gesagt. Dann sieht er gleich, wie hier der Hase läuft.

Es war nicht auszuschließen, dass einer der Pfosten vorrutschte und dem Beifahrer den Schädel eindrückte. Alle wären hocherfreut. Bernard war klar, dass dieser Mann nicht als Freund kam und sich hinter seinem engelsgleichen Gesicht allerlei Schwierigkeiten für ihn und die hundert weiteren Angestellten des Sägewerks verbargen. Er konnte nicht anders, er musste Aurousseau während der Fahrt anschauen; er war märchenhaft glattrasiert und unglaublich hübsch. Im Rückspiegel sah er seine eigene Altmännerfresse, die ergrauenden Haare und die tief eingeschnittenen Falten, die wie Burggräben seine rote, von schwarzen Mitessern gespickte Nase umfurchten. Der Banker hatte sich sein Köfferchen zwischen die Beine gestellt und betrachtete die Landschaft zu beiden Seiten der Straße.

– Das sind schon die Berge hier, oder?

– Die Skipisten sind nur zwanzig Minuten weit weg. Fahren Sie gern Ski?

– Nicht besonders. Ist es noch weit?

– Sind gleich da. In fünf Minuten. Sind Sie zum ersten Mal in Bourg?

– Nein, zum letzten.

Bernard blickte zu dem jungen Mann hinüber. Ein leichtes Lächeln glitt über Aurousseaus Lippen, als er seinen Blick auffing.

– War ein Scherz. Ja, zum ersten Mal.

Der Fahrer zögerte, ob er das Gespräch weiterführen sollte. Lieber konzentrierte er sich aufs Fahren und warf dann und wann einen Blick zu seinem Passagier hinüber. Aurousseau musste so um die fünfundzwanzig Jahre alt sein, höchstens vielleicht dreißig. Sein Haar war sehr schwarz, kurz geschnitten, mit kurzen, spitz zulaufenden Strähnchen, wie in Hollywoodfilmen. Seine Augen funkelten intelligent, die riesenlangen Hände lagen reglos auf den Beinen. Dieser Mann beobachtete intensiv. Er fixierte die Landschaft, die Straßen der Stadt, die Hügel ringsum, als wollte er das alles einatmen.

– Könnten Sie mich da mal kurz rauslassen? Ich möchte Zigaretten kaufen.

Bernard hielt vor dem Tabakladen mit Wettannahmestelle, der Banker stieg aus. Bernard blickte ihm im Rückspiegel nach. Aurousseau wirkte nicht wie einer, der auf Pferde setzte oder Rubbellose kaufte. Er war sehr groß, schmal und von unleugbarer Anmut. Seine Füße berührten kaum den Boden. Die Leute, die gerade aus der Kneipe kamen, wirkten winzig neben ihm und drehten sich nach ihm um, als wären sie Nick Drake oder Scott Walker begegnet. Von hinten erkannte man seine perfekt geraden Schultern, der dunkle, schwarze Mantelstoff ging bis unter seine Knöchel. Aurousseau war nicht kräftig gebaut, aber sicher sportlich. Er gehörte zu jener Sorte Menschen, deren Körper auch ohne Sport durchtrainiert ist.

Bernard nahm das Handy und rief den Chef an.

– Er ist da, Monsieur Schmoller.

– Was ist er für einer?

– Ich weiß nicht, Monsieur Schmoller. Ich weiß nicht. Sehr höflich. Sehr jung. Nein, ich weiß nicht. Wirkt ganz in Ordnung. Fast nett.

Schmoller legte auf. Nett. Jetzt mal nicht übertreiben.

Als er zurückkam, hatte Aurousseau eine Zigarette zwischen den Lippen, an der er zog, ohne sie anzufassen. Das Wetter verschlechterte sich, die ersten Tropfen erschienen.

– Kann ich im Wagen rauchen?

– Natürlich.

– Danke. Ist hier immer so ein Mistwetter?

– Der Mai war ziemlich scheußlich.

Der Fahrer kam sich vor, als säße er neben einem klugen, unglaublich höflichen Kind, das so harmlos wäre wie der Regen. Er konnte sich nicht vorstellen, was sein Chef von diesem Mann befürchten sollte. Ihn ergriff eine beeindruckende

Welle der Sympathie für den Banker. Er hätte ihm gern gesagt, dass er ihm vertraute und sich ganz auf ihn verließ. Aber er wusste nicht, warum es ihm so erging und warum er sich so wohlfühlte. Intuitiv war ihm, als käme der junge Mann um seinetwillen und nicht nur für Le Bois und um Schmoller zu treffen.

Das Industriegebiet war trist. Ein im Gestein eingezwängter Bach rann mühevoll bergab, zwischen Rohren und Ölpipelines aus Beton, die zu den zwei, drei Industrieansiedlungen führten. Die Vegetation wurde in ihrer Entwicklung durch die Abwasserleitungen gehindert, sie bestand aus kläglichen, faserigen Sprossen zwischen den Felsbrocken. Der ockerfarbene Boden wurde von scheußlichen Furchen durchzogen, die irgendwie an gebrannten Zucker erinnerten.

– Hübsch hier.

– Na ja, das ist nicht gerade für Touristen gemacht. Wir sind eben ein Entwicklungsschwerpunkt.

Aurousseau schien abzuwägen, was für Fortschritte die Entwicklung der Region tatsächlich beschert hatte. Eine allenfalls mittelprächtige, den Firmenschildern an den Gebäuden ringsum nach zu urteilen: Metallverarbeitende Betriebe, irgendwelche Handels- und EDV-Gesellschaften, Pseudo-Start-ups, Filialen unbekannter Firmen, Werkzeug- und Samenhandlungen.

– Da sind wir.

– Das ist Le Bois?

Der Wagen rollte über einen mit rotem Splitt gedeckten Weg auf drei baugleiche, aber verschieden große Gebäude zu. Die Lokale von Le Bois glichen großen, quaderförmigen Containern. Jedes wurde von einem gelben Plastikrohr geschmückt, das ums gesamte Dach herumlief wie eine Reling.

– Ja, die drei Gebäude. Hier oben das, da unten direkt vor uns das Sägewerk und hier im kleineren die Geschäftsleitung.

– Sehr gut.

Aurousseau musterte eines nach dem anderen die drei hochmodernen Edelstahlgebäude. Die Gesellschaft hatte sich kürzlich eine neue Infrastruktur zugelegt, um besser gegen die Konkurrenz aus Italien zu bestehen. In jüngster Zeit hatte der Direktor große Investitionen getätigt, um im internationalen Maßstab Marktanteile zu erobern. Von außen war das nicht zu erkennen, die Gebäude sahen sich alle ähnlich. So welche wie die hatte er schon Hunderte gesehen. Mal große, mal kleine, mal Bruchbuden, in denen Textilwerke untergebracht waren, mal blitzsaubere mit Informatikgesellschaften. Das stand alles in der Akte. Die Wirklichkeit war stets nur ein unvollkommenes Spiegelbild dessen, was sich in der Akte befand. Drei Produktionseinheiten. 1 000 Quadratmeter. 347 Quadratmeter und 600 Quadratmeter. Das kannte er alles auswendig. Jetzt brauchte er nur noch abzugleichen, genau zu kontrollieren, ob in Hinblick auf die Ware keine Irrtümer vorlagen und ob alles den in den Akten vermerkten Informationen entsprach. Er betrachtete die wenigen auf dem Parkplatz stehenden Maschinen: einige orangefarbene Fenwick-Gabelstapler, alte Modelle, von denen er dachte, sie würden nur noch im tunesischen Kupferbergbau eingesetzt, wahre Monster von Kettenfahrzeugen, an denen Schneidevorrichtungen angebracht waren, vertikale Sägen, riesenhafte Plattformen, auf denen das Holz bis zum Bahnhof befördert werden konnte, Schwertransporter mit Gurten und mächtigen Kupplungen.

– Gibt es oft Unfälle mit den Sägen?, fragte er.

– Kommt schon vor.

Ein paar Mitarbeiter zurrten eine Ladung fest mit Hilfe von Stahl- und Gummibändern, Stechbeitel von drei Meter Durchmesser und Flammenwerfer aus Zinkguss. Jedes Mal, wenn einer der Arbeiter eine falsche Bewegung machte, stoben Funken und hallten Rufe. Die Männer trugen Jeans und dicke blaue Anoraks, das war ihre Uniform. Manche hatten die Kapuzen hochgeschlagen, als Schutz vor dem Regen. Andere trugen Wollmützen. Ihre Bewegungen waren langsam und sicher. Aurousseau beobachtete sie eine Minute lang, dann wandte er sich wieder zum Fahrer.

Bernard nickte einigen Kollegen zu, die zu ihrem Arbeitsplatz gingen.

– Das ist die Frühschicht, fühlte er sich zu sagen gedrängt.

Bernard hoffte, der Banker würde nicht erkennen, dass er zu den Arbeitern gehörte. Er wollte von ihm besonders beachtet und geachtet werden, mehr, als jener es je tun würde. Er kuppelte, um den Wagen anzuhalten, und konnte nicht vermeiden, dass er den Schenkel des jungen Mannes streifte. Der alte Angestellte parkte das Lieferfahrzeug zwischen den beiden weißen Streifen, die den Platz für die Direktionswagen markierten. Aurousseau öffnete seinen Sicherheitsgurt, zog die Knopfleiste seines Mantels zurecht und stieg aus.

– Vielen Dank, sagte er.

– Es war mir ein Vergnügen.

Der Fahrer steckte sich jetzt ebenfalls eine Zigarette an und sah einige Sekunden lang stumm zu, wie der Banker sein Hosenbein zurechtzupfte, bis es ordentlich auf den Schuh fiel. Er wollte dem Wink seines Vorarbeiters folgen und zu seiner Mannschaft zurückgehen.

– Könnten Sie mich zu Monsieur Schmollers Büro begleiten? Wenn es Ihnen recht ist. Ich möchte mich nicht verlaufen.

Aurousseau kannte die Örtlichkeiten haargenau. Er hatte die Pläne studiert und konnte jederzeit den genauen Standort von Personen und Maschinen aus seinem Gedächtnis abrufen.

– Selbstverständlich, hechelte Bernard. Da entlang.

Er freute sich, ihm den Weg zeigen zu dürfen. Er drehte sich um, ob der junge Mann mitkam. Da stand er, zwei Meter hinter ihm, und betrachtete ein Stück Holz, um das sich eine Gruppe Männer zu schaffen machte.

– Kiefer ist das.

– Natürlich. So hell. Wunderschön. Ich liebe den Geruch, Sie nicht auch?

Die beiden Männer lächelten einander zu und betraten das Verwaltungsgebäude. Am Empfang erwartete Monsieur Schmoller seinen Besuch. Der Chef von Le Bois war von den Spuren langjähriger Arbeit gezeichnet. Sein Gesicht ähnelte dem Material, mit dem er zu tun hatte. Seine Haut war dick, sie bestand aus länglichen, zu einem verworrenen Mosaik verflochtenen Fasern. Zählte man sie nacheinander, kam man auf sein Alter. Schmoller hatte viele Falten, seine Kopfhaut war ledrig, eine kahle Stelle von merkwürdiger Geografie betraf nur die rechte Schädelhälfte. Von der anderen Hälfte her kam eine lange Strähne braunen Haars, um die Löcher zu stopfen, und kringelte sich fast einem Turban gleich um die Ohren. Leberflecken auf seinen Wangen bildeten Astlöcher, aus denen eine Art Samenflüssigkeit sickerte, die seinen Teint fettig schimmern ließen. Ein Fetzchen trockener Haut hing ihm unter der Nase auf die Lippe. Um seine Nasenlöcher herum wuchs eine feine Schicht schwarzer Härchen. Schmoller war klein und gedrungen wie ein Bergler. Das Hemd spannte sich über seinem prallen Bauch, auf dem sich die Krawatte im Atemrhythmus hob und senkte. Zwischen den Knöpfen vorn war ein Wirrwarr von krauser Behaarung und alten, wie Krampfadern blauen Falten zu sehen.

– Guten Tag. Schmoller, der Direktor.

– Fabrice Aurousseau. Fusionen. Übernahmen. Sie wissen, was mich herführt.

– Kommen Sie, gehen wir in mein Büro.

48

Rasch musterte Aurousseau die blitzsaubere Eingangshalle, die mit bequemen altmodischen Ledersesseln möbliert war. Er nickte zur Begrüßung der Direktionssekretärin zu, die am Schreibtisch saß und sich hinter dem Buchhaltungscomputer versteckte.

– Meine Sekretärin, Mademoiselle Noca.

Aurousseau folgte dem Direktor in einen schmalen, mit patinierten Paneelen getäfelten Flur und betrat den Raum, der ihm als Büro diente. Es war mittelgroß, ohne übertriebenen Luxus eingerichtet. Geschnitzte Holzmöbel, modern und ergonomisch.

Einige Fotos an der Wand bezeugten die Entwicklung des Landes seit der Gründung des Familienbetriebs zu Beginn der fünfziger Jahre bis hin zum Börsengang am Zweiten Markt vor eineinhalb Jahren. Auf diesem letzten Bild posierte Schmoller neben den Hauptaktionären, wegen des Verlustes des Mehrheitseignertums war sein Gesicht traurig und verspannt. In diesem Moment hatte die Familie die Kontrolle über den Aufsichtsrat verloren und hinnehmen müssen, dass die weitere Entwicklung der Firma in die Hände von Außenstehenden übertragen wurde. Italienische und sogar japanische Investoren hatten gut zehn Prozent der Aktien erworben und die Kontrolle übernommen.

Aurousseau verweilte etwas vor den Fotos, um nicht der üblichen Kritik Vorschub zu leisten, die Banque Rothschild pfeife auf die Geschichte der Unternehmen, mit denen sie zu tun hat. Dieser Quatsch von wegen Familienbetriebe ging ihm auf den Wecker, aber er ließ sich nichts anmerken.

– Le Bois war lange ein Familienbetrieb.

– Ich weiß, Monsieur Schmoller. Ich weiß das alles. Die Zeiten haben sich geändert.

– Nehmen Sie Platz.

– Vielen Dank.

– Ich weiß, warum Sie hier sind.

– Das hoffe ich, Monsieur Schmoller. Ich empfinde großen Respekt dafür, was Sie aus diesem Unternehmen gemacht haben.

Aurousseau hatte das verwirrend ernsthaft gesagt.

– Was haben Sie mit Le Bois vor?

– Nicht ich, sagte er. Ich bin nur ein Sachwalter. Ich besichtige, ich evaluiere, ich verkaufe. Heute bin ich der Eigentümer. Aber ich glaube kaum, dass ich in drei Tagen noch vorhanden sein werde.

– Mein Großvater hat den Betrieb gegründet.

– Meiner war Arbeiter. Ich finde es nicht sehr loyal, wenn Sie mir hier mit Klassenkampfargumenten kommen. Ich habe gesagt, dass ich Respekt vor Ihrer Leistung empfinde. Ich tue nur meine Arbeit.

Aus dem Blick des Liquidators sprach tiefes Mitleid. Je länger Schmoller ihn betrachtete und dabei seine Softpack-Zigarettenschachtel zerknüllte wie ein verlegener Schüler, desto mehr fiel ihm die Schönheit seines Gegenübers auf. Seine Frau wäre von dem Banker hin und weg gewesen. Das war genauso ein junger Mann, den sich jede alte Bürgersfrau gern mal genehmigen würde. Schmoller kratzte sich die Bauchhaare. Dann starrte er auf Aurousseaus Krawatte, sie war blau und trug einen goldenen Querstreifen. Sie fiel über die Knopfleiste seines Hemds und endete bebend zwischen seinen Beinen. Aurousseau trippelte mit dem Fuß, während er sprach. Der Stoff seiner Hose verzog sich im Takt.

– Darf ich rauchen?

– Selbstverständlich.

Der Banker steckte sich eine an und hielt dem Alten sein Feuerzeug hin, der die Gelegenheit nutzte und seine bereits gestopfte Pfeife aus einer Schreibtischschublade zog.

– Ich mag den Duft von Pfeifentabak.

– Die Pfeife ist weniger schädlich als Zigaretten.

– Ich dachte, das Gegenteil wäre der Fall. Sie haben größere Chancen, Speiseröhrenkrebs zu kriegen, das ist alles.

– Sie wissen alles, junger Mann. Ich sehe, Sie wissen alles.

– Da irren Sie sich. Mein Wissen endet da, wo die Macht Ihrer Aktionäre aufhört.

– Also ist es unendlich groß.

– Es gibt nichts unendlich Großes.

– Mein Aufsichtsrat hat gesagt, die Öffnung gegenüber Investoren würde die AG stärken und unsere Marktposition verbessern.

– Dasselbe hat er denen gesagt, die Sie gekauft haben. Rein ökonomisch betrachtet, stimmt das auch. Nur lässt diese Überlegung die Eventualität außer Acht, dass die Firma den Eigentümer wechselt. Das kommt immer wieder vor.

– Wer wird alles auf meine Kosten Profit machen?

– Der gesamte Erdball, will ich hoffen. Als Erstes die Aktionäre. Die Transaktion dürfte 23 Prozent pro Aktie bringen, das ist beträchtlich. Halten Sie selber Anteile an Le Bois?

– 12 Prozent des Kapitals. Also so gut wie nichts. Ich will nicht auf diese Art und Weise reich werden. Das würde mir vorkommen, wie mein eigenes Hab und Gut auszuplündern.

– Es tut mir leid, Sie werden dadurch reich werden, und daran bin ich nicht schuld, glauben Sie mir.

Schmoller war unsicher, ob er auf die Gutmütigkeit des jungen Mannes hoffen oder ihn als Feind betrachten sollte. Der Banker zog einige Verträge aus seinem Köfferchen, die keiner von ihnen beiden auseinanderzupflücken beabsichtigte. Er legte sie auf den Schreibtisch vor den Direktor, der sich dennoch anschickte, sie durchzublättern.

– Ich möchte Ihnen einen Rundgang vorschlagen, bevor wir die Übergabe perfekt machen.

– Das ist in der Tat das übliche Vorgehen.

– Wie alt sind Sie, Monsieur Aurousseau?

– Fünfundzwanzig. Warum?

– Sie sind jung. Ich hätte es in Ihrem Alter wahrscheinlich nicht fertiggebracht, so …

– So wie?

– So kaltherzig zu handeln.

– Ich bin keineswegs kaltherzig, Monsieur Schmoller. Oder, wenn Sie so wollen, ich werde dafür bezahlt, kaltherzig zu sein.

– Stört Sie das denn nicht?

Aurousseau gab keine Antwort. Er sah den alten Mann traurig an. Sein Gesichtsausdruck war beruhigend. Seine Jugend vermittelte Sicherheit. Wer so schön war, konnte doch eigentlich nicht willentlich etwas Böses tun. Hinter dem Verlust der Firma musste ein verborgener Sinn stecken. Eine Strafe. Eine Verfehlung, die vor Gott gebüßt werden musste. Schmoller ließ seine Sünden Revue passieren. Keine war gravierend genug, dass sie eine solche Buße verdient hätte.

Genau in diesem Augenblick betrat Mademoiselle Noca das Büro ihres Chefs. Schmoller, der gerade ernst den jungen Mann betrachtete, schrak zusammen. Sie trug einen kurzen Rock und ein enges weißes T-Shirt, unter dem sich ihre kümmerliche Brust abzeichnete. Ihre schiefe Nase saß ihr wie ein Flaschenkürbis vorm Gesicht. Der Anhang schien ihr aber keinerlei Probleme zu bereiten. Von vorn wirkte sie, als hätte sie nur ein Auge. Ihre Haut war extrem grobporig und voller roter, abschilfernder Stellen, die aussahen wie entartete Sommersprossen.

– Monsieur Schmoller. Könnten Sie uns bitte einen Moment allein lassen? Ihre Sekretärin und mich.

Schmoller schaute bestürzt, dann zog er sich mit gesenktem Kopf zurück. Er schloss die Tür hinter sich, überrascht, dass er nicht mal pro forma protestiert hatte, aus Stolz. Offenbar hatte er schon immer davon geträumt, auf diese Weise seiner Funktionen enthoben zu werden, ohne Brutalität, aber auch ohne jede Würdigung dessen, was er geleistet hatte. Der Banker hatte diesen Satz, den Schmoller bislang nur in amerikanischen Fernsehserien gehört hatte, wie nebenbei gesagt. Das war ganz sicher die tiefste denkbare Demütigung. Aurousseau hatte ihn überwältigt. Fast ohne Worte.

– Könnten Sie uns bitte allein lassen?

Eigentlich bedeutete das nicht viel. Aus dem Kontext gerissen, war es ein ganz harmloser Satz, aber wenn man ihn aussprach, schlug er unweigerlich jemanden K.O. Ohne einen Blick für ihren Chef drehte die Noca sich zu dem jungen Mann um. Wie hypnotisiert ging sie ein paar Schritte auf den Unbekannten zu, der nach wie vor dasaß und an seiner Zigarette zog.

– Ich könnte Sie hier und jetzt vögeln, sagte Aurousseau.

– Ja, stimmt, könnten Sie.

– Ich möchte nur einfach, dass er das denkt.

– Was nutzt es Ihnen, wenn er denkt, Sie schlafen mit mir, wenn Sie es gar nicht tun?

– Es wird Ihrem Chef helfen. Sie empfinden … Zuneigung für ihn, oder?

– Sollen wir nicht einmal so tun als ob?, fragte die Noca.

– Die Tür wird genügen.

Der Banker fischte einige Dokumente aus seinem Köfferchen und studierte sie. Die Sekretärin ging auf ihn zu, trat hinter ihn und massierte ihm die Schultern.

– Bitte, sagte er.

– Ja?

– Das ist unnötig.

Zum ersten Mal stand eine schreckliche Härte in seinem Gesicht. Seine Stimme war unverändert freundlich, aber Mademoiselle Noca spürte seine Eiseskälte. Sie nahm in

Schmollers Chefsessel Platz, einem äußerst bequemen Leder-
sessel, der mittels eines axialen Rotationssystems um 360
Grad drehbar war. Die Sekretärin hatte noch nie in ihm gesessen. Sie schlug die Beine unter den Sitz und spreizte sie
dann ein wenig, um Luft dazwischen zu lassen. Sie griff an
die Kirschholz-Armlehnen und setzte den Rotationsmecha-
nismus mit kleinen Schubsern in Bewegung. Sie drehte sich,
so schnell sie konnte. Die Sekretärin hatte noch nie mit einem
Banker geschlafen, übrigens ebenso wenig wie mit ihrem
Chef, obgleich der ihr bei zwei Gelegenheiten (dem fünfzig-
jährigen Firmenjubiläum und der Silvesterfeier 1998) ein-
deutige Avancen gemacht hatte. Die Gegenwart dieses jungen
Mannes mit dem engelsgleichen Gesicht und die Berührung
des Leders schleuderten sie in die Gewissheit, dass es genau
jetzt mit dem Unternehmen bergab zu gehen begann.

Das Holz von Le Bois riecht nach Sarg.

Sie lachte unverhohlen. Dieser Spruch kursierte schon
seit Jahren unter den Arbeitern. Aber jedes Mal, wenn eine
Schwierigkeit die andere jagte, hatte Schmoller die Probleme
mit Bravour gemeistert, ohne dass man je erfuhr, wie er das
anstellte. Die Gewerkschaftler schrieben ihm magische Kräfte und Beziehungen zu den korrupten Politikern in Grenoble
zu.

Während der Sessel kreiste, sah sie, wie die Wände des Büros sich auflösten und das, was sich an ihnen befand, miteinander verschmolz: Faksimiles von besonders günstigen Ver-
trägen, Familienfotos, Holzboote, Rechnungsbücher. All das
vermischte sich und hörte schließlich auf zu existieren. Sie
spürte, wie der Zigarettenrauch ihr unter den Rock drang
und ihr schwindlig wurde. Bald würden sie und die anderen
entlassen oder mit Veränderungen klarkommen müssen. Ihr
Status würde sich verändern, ihr Gehalt auch, und obwohl
man schon annehmen konnte, dass ihre alltägliche Arbeit

mehr oder weniger dieselbe sein würde wie in den vergangenen zehn Jahren, würde das alles ihre Leben tiefgreifend verändern.

Nach zwei Minuten beendete die Noca die Drehung, indem sie die Hauptachse des Sessels zwischen die Knie klemmte. Der junge Mann stand im Zimmer und betrachtete sie lächelnd.

– Es ist nicht, wie Sie glauben, sagte er. Nichts wird passieren.

Die junge Frau brachte sich in Ordnung. Sie strich sich das Haar auf beiden Seiten hinter die Schultern und kontrollierte, ob Schmollers Sessel so dastand wie zuvor.

– Was soll ich jetzt tun?, fragte sie.

– Gehen Sie nach Hause. Ich gebe Ihnen frei. Sie haben sicher alles Mögliche zu erledigen.

Die Noca sah ihn noch ein letztes Mal an, öffnete die Tür des Büros und verschwand. Die Aussicht, ihren Sohn von der Schule abholen und einen Big Mac mit ihm essen zu können, beflügelte sie. Aurousseau blieb noch ein paar Sekunden allein und beschloss, den Direktor im Vorzimmer abzuholen. Schmoller öffnete gerade die Post des Tages, die der Briefträger eben in einem Jutesack abgegeben hatte. Als Aurousseau dazukam, hatte die Sekretärin ihre Sachen genommen und machte sich zum Gehen fertig. Sie hatte einen Taschenspiegel in der Rechten und schminkte sich sorgfältig nach.

– Ich weiß nicht, warum Sie das getan haben, Monsieur Aurousseau. Das war nicht gerade taktvoll.

– Ich möchte nur einfach, dass Ihnen eines klar wird, nämlich, dass abgesehen von den Aktien, dem Kapital und allem, was Sie vom Börsengeschehen wissen mögen, Macht etwas sehr Konkretes ist. Ihre Sekretärin hat das gelernt. Und Sie werden es ebenfalls lernen, wenn meine Nachfolger die Firma in Besitz nehmen. Ich wollte Ihnen einen Vorgeschmack auf das geben, was Sie dann erleben werden. Das wird keinerlei Vergleich mit heute. Keinerlei Vergleich.

– Ich danke Ihnen.

– Monsieur Schmoller?

– Ja.

– Ich habe keine Lust mehr, das Sägewerk zu besichtigen. Es langweilt mich, und ich möchte mir die Schuhe nicht schmutzig machen. Es würde mich zwar durchaus interessieren, so ist es nicht, aber es ist unnötig. Ich glaube, dass Sie nicht gelogen haben und dass die Evaluierung hinreichend aussagekräftig ist, um eine Besichtigung entbehrlich zu machen. Sie haben mein vollstes Vertrauen.

Neidisch besah Schmoller die Kenzo-Schuhe des jungen Mannes, in denen sich sein rundes Kinn spiegelte.

– Wie Sie wünschen.

– Können Sie mich zum Bahnhof zurückbringen lassen?

– Selbstverständlich.

– Und noch etwas. Teilen Sie Ihren Angestellten mit, dass sie bis auf weiteres eine Gehaltserhöhung von drei Prozent erhalten. Ich finde Sie sehr sympathisch. Drei Prozent, haben Sie gehört. Für Sie selbst gilt das natürlich auch.

– Drei Prozent. Danke.

Der alte Direktor drückte dem Banker die Hand und übergab ihn dem Fahrer. Er wusste nicht, was er von dieser Begegnung halten sollte. Vielleicht hätten etwas weniger Höflichkeit und etwas mehr Härte das, was er da erlebt hatte, etwas realer erscheinen lassen. Jetzt aber schlug sein Herz kaum schneller als frühmorgens, er hatte nicht das Gefühl, gealtert zu sein oder einen Tiefschlag erlitten zu haben. Er hätte durchaus Lust, Tennis zu spielen. Er fühlte sich nicht müde.

Bernard hielt Aurousseau die Tür des Lieferwagens auf. Schmoller betrachtete das Lächeln seines alten Mitarbeiters.

Der Mann hatte den Banker ins Herz geschlossen, jetzt ließ er den Motor an.

Leere Laster kehrten von ihren Lieferfahrten zurück; unter ihren riesigen Goodyear-Reifen spritzte der braune Schlamm auf.

Aurousseau blickte unverwandt geradeaus. Er verfügte über die Fähigkeit der Allgegenwart und konnte seine physische Hülle verzwei- oder verdreifachen. An mehreren Orten zugleich tätig sein. Hier und da zur selben Zeit auftauchen. Wo immer er vorüberkam, wurde das Leben verändert, und das bescherte ihm ein Machtgefühl, das er nicht hätte schildern können.

Er nahm einen Zug nach Süden, denn er spürte, dass dort unten Arbeit wartete, auf ihn, seine Schönheit und seine Kraft. Während die anderen Urlaub machten, würde er zwischen ihnen hindurchgehen und ihre Existenzen durcheinanderwirbeln.

4 AIR LIBERTÉ

*»Ja, was kümmert es die immerfort
schöpferische Natur, dass diese Masse Fleisch,
die heute eine Frau ist, sich morgen in Form
von tausend verschiedenen
Insekten reproduziert?.«*

D. A. F. de Sade: *Das Missgeschick der Tugend*

Die Pantomime der Stewardessen war grotesk. Im schmalen Mittelgang des Aurbus fuchtelten sie mit ihren in pflaumenblaue Uniformen gezwängten Armen wie Verkehrspolizisten auf einer Kreuzung und spielten den Passagieren stumm Verhaltensweisen vor, die im Falle eines Falles doch niemandem helfen würden. Wie hatte man bloß Millionen junger Frauen in den Kopf setzen können, dieser Job sei Gold wert? Bei Ernst & Young würden diese Mädchen für den gesetzlich garantierten Mindestlohn während der Sitzungen Erfrischungen reichen und den leitenden Angestellten aus der Hand fressen. Die Stewardessen konnten weder Maschine schreiben noch sich korrekt am Telefon melden. Sie hatten keine Ahnung, wie man einen Wochenplan aufstellt oder einen Brief formatiert. Die Stewards hatten fettige Stirnen, da das männliche Hormonsystem auf wechselnde Temperatur- und Druckverhältnisse im Allgemeinen durch Schweiß und toxische Absonderungen reagiert. Die Mädchen alterten. Sie erlebten ihre letzten Momente technologischer Herrlichkeit, während in ihren Augenwinkeln die Falten sprossen. Bald, dessen war Nanou sicher, würden sie nur noch in den Phantasien von Bauern und Pornokonsumenten eine Rolle spielen. Die Geschäftsleute lasen den *Figaro* oder die Fernsehseiten des *Wall Street Journal*. Sie blickten nicht einmal für den

Wetterbericht auf. Durch das Bullauge beobachtete Nanou die Bewegungen der Querruder. Die Flugbedingungen waren gut, aber die Ruder wackelten genügend, um die Passagiere zu beunruhigen.

Der Airbus überflog die Absturzstelle bei Gonesse, und Nanou konnte zwischen weißen und orangefarbenen Hütchen kurz die durch Fähnchen und Kartonstücke symbolisierten Reste der deutschen Touristen erkennen. Zerborstene Fotokameras wurden langsam vom Erdboden verschluckt, während auf dem noch warmen Gelände Blumensträuße langsam verrotteten. Die Wahrscheinlichkeit, dass sich an ein und demselben Ort zwei Abstürze ereignen, war gleich null. Das Schlachtfeld der Concorde beruhigte alle, die es sahen, und darum überzogen die Verantwortlichen es auch nicht mit einer Schicht Beton, wie sie es eigentlich hätten tun sollen.

Je höher sie flogen, desto bunter wurde die Landschaft. Das Flugzeug vollführte zwei Schleifen um die Startachse und überflog die Außenbezirke von Paris. Fern sah man die Stadt mit ihren Hochhäusern und den Grässlichkeiten der Banlieue. Von oben gesehen, wirkte alles wie aus demselben Material gebaut, das ähnlich wie Surimi vielleicht eine Million, vielleicht noch mehr Formen annahm, die alle zusammen die asthmatische und kränkelnde Szenerie des urbanen Lebens bildeten. Je höher sie kamen, desto heller wurde es. Der Erdboden verschwand, und das Flugzeug glitt jetzt auf einer Schicht aus Wolken und industriellen Abgasen dahin. Die Kinder drückten sich die Nase an den Fenstern platt, um ihr Erbe zu betrachten, diese durcheinander gewürfelten Gebäude, diese kanalisierten Stückchen von Flüssen, diese hohen Schornsteine und diese hässlichen Farbkombinationen. Über die Dörfer ragten einzig und allein die Kirchtürme hinaus. Aus dieser Höhe erkannte Nanou nur noch die Infra-

struktur – verstreute Siedlungen entlang der Straßen, Lager-
häuser, Fabriken, öffentliche Gebäude, große Gewächshäuser mit Kräutern. Die Menschen waren zu klein, als dass
man sie hätte sehen können. Die Perspektive war dieselbe
wie von einem Satelliten oder aus einem Raumschiff. Man
sah nur das, was wichtig war. Brackige Tümpel, landwirt-
schaftliche Nutzflächen, Kriegerdenkmäler. Die Menschen
waren unwichtig, ihre Bewegungen erst recht.

Von oben ähnelt sich alles. Sich ohne Navigationsinstru-
mente oder Generalstabskarte zurechtzufinden wird immer
schwieriger. Menschen existieren keine. Das Rhônetal und
das Zentralmassiv bieten dasselbe Erscheinungsbild. Bur-
gund mit seinen rechteckigen Wiesen ist in weniger als fünf
Minuten überflogen, und die Auvergne verliert sich im Nebel.
Hier in der Oberetage schien die Sonne, und Nanou erlangte
ihre gute Laune zurück. Dann gab es etwas wie ein Luftloch,
was die Temperatur in der Kabine ansteigen ließ. Die Stewardess verteilte trockene Kekse, Mandeln und einen Tomatensaft. Die Sonne schien durch das Fensterchen auf Éléonores Knie.

Und durch das Knie strömte die Energie in ihren Körper.
Éléonore kam sich vor wie eine Pflanze, die mehr Luft kriegt,
weil sie in einen größeren Topf umgepflanzt wird. Ihr Knie
war das Zentrum der Regeneration. Die Kniescheibe im Inneren wirkte magnetisch und zog die Energiequanten der
Umgebung an. Sie bat sie herein und brachte sie dazu, ihre
elektrische Ladung auf die Blutkörperchen zu übertragen.
Nanou stellte sich die langen Transport- und Verbrennungs-
ketten der Kalorien vor. Die Formeln, nach denen die Wärme
in Glukose verwandelt wurde, standen ihr so klar vor Augen
wie in ihrem Physikheft. Im Sonnenschein stürzten sich ganze Heerscharen von Elektronen und noch kleineren Teilchen

in die Öffnungen, prallten von ihrem Skelett ab, legten mit Lichtgeschwindigkeit den umgekehrten Weg zurück und schossen wieder gen Himmel. Und ihr Knie glänzte feucht angesichts der Penetration durch die Wärme. Die Blutkörperchen tauchten rot und kupfrig ungehindert in die Aorten und feuerten den großen Heizkessel ihres Körpers an. Ihre Batterien bestanden aus rechteckigen Säulen, wie bei einer Partie DUKE NUKEN, und zeigten mit mehreren Lebenspunkten pro Minute an, wie sie sich aufluden. Die Côte d'Azur lag greifbar nahe.

Ich will leben, dachte sie. Und ich will lieben. Das ist nichts, dessen ich mich schämen müsste. Ich möchte Sachen machen, auf die ich nicht stolz wäre.

Nanou störte die alte Dame neben ihr, um zur Toilette zu gehen. Sie ging nach vorn. Ein Samtvorhang trennte die erste Klasse von der zweiten. Im Mittelgang standen ein paar Stewardessen um Mémé herum.

– Geht es dir besser?, fragten sie.

Der Junge saß mitten im Weg und versperrte den Durchgang.

– Das ist ganz normal, sagten sie.

Sein Hemd und seine Jeans waren voller Erbrochenem, und statt seiner üblichen Sommersprossen hatte er eine grünliche Gesichtsfarbe.

– Kann ich Ihnen helfen?, fragte Nanou. Ich bin in Erster Hilfe ausgebildet.

– Dem jungen Mann ist nicht gut. Er fliegt zum ersten Mal.

– Vielleicht sollte er sich besser hinlegen.

– Er hat auf der Toilette geraucht, und da ist ihm schlecht geworden. Er hat sich übergeben müssen.

Der Steward kicherte in seinen Bart angesichts des Jungen, der wie komatös auf dem Bodenbelag kauerte. Mit seinen

Reeboks und der alten, verwaschenen Jeans sah Mémé aus wie ein Penner.

– Fliegst du allein?, fragte er.

– Mein Chef sitzt in der zweiten Klasse.

Nanou sah ihm in die Pupillen und fühlte ihm den Puls. Dank der Berührung ihrer Hände kam der Junge wieder zu sich. Aus seiner Position sah er Éléonores dicke Brüste, die sich im Takt mit ihrem Atem bewegten. Die würde er jetzt gern auf einem Luxussitz flachlegen, dachte er. Wenn er nur besser drauf wäre. Er hätte sie flachgelegt auf diesem Luxussitz und ihn ihr ordentlich reingerammt. Aber jetzt war ihm zu schwummrig, er konnte kaum schlucken.

– Das wird gleich wieder. Du erholst dich rasch.

– Könnten Sie bitte seinen Chef holen, Mademoiselle?

Die Löckchen des Jungen waren glanzlos und klebten vor Schweiß.

– Es ist zu warm in eurem Flugzeug, sagte er.

Nanou ging und weckte den Inhaber der Fischzucht, der rund zehn Reihen weiter hinten schlummerte.

– Entschuldigen Sie bitte, Monsieur. Ihrem Freund ist es übel geworden.

– Meinem Freund?

– Dem jungen Mann, der mit Ihnen reist.

– Mémé?

– Er hat sich übergeben müssen. Er liegt weiter vorn im Gang, die Stewardessen kümmern sich um ihn.

Rasch stand der Chef auf. Er war ein attraktiver Mann um die fünfzig mit grauen Schläfen und einem langärmeligen Newman-Polohemd. Er beugte sich über Mémé und sagte:

– Wird schon wieder, Kleiner. Hab gar nicht gewusst, dass du so ein Weichei bist.

Mémé zuckte mit den Schultern und sagte, kann ich nichts für, der Flieger ist schuld, dass ich hab kotzen müssen.

Sein Chef erklärte, dass sie bei der Fischereimesse an der Porte de Versailles gewesen waren. Mémé sei sein Auszubildender in Fischzucht. Im Norden Frankreichs, und von da komme der Junge, reise man nicht per Flugzeug. Die seien da schon so weit oben auf der Frankreichkarte, dass sie keine Flugzeuge brauchten. Die könnten beim Gummiseilhüpfen nach Südfrankreich kommen. Außerdem habe er mit Fischen zu tun, da würde er so eine große Höhe nicht mögen, lieber Teiche und Forellenbecken. Zum Glück würde er wenigstens nicht seekrank, das wäre wirklich übel für den Job.

Die Stewardess gab dem Jungen etwas Wasser, dann halfen sie ihm hoch. Mémé trank einen Schluck, der Rest troff auf seine Jeans.

– Na, du siehst ja super aus, sagte sein Chef.

– Kannst du zu deinem Platz gehen?

– Ja, danke. Geht schon wieder besser. Geht mir super!

– Du musst dich nicht noch einmal übergeben?

– Nee, das Frühstück ist schon ganz raus. Hat mirs Hemd vollgesaut.

– Hier.

Tye and dye, dachte Éléonore. Zu Hause zog sie immer so ein Hulk-T-Shirt zum Heimwerken an, das sah ganz so aus wie Mémés Hemd jetzt.

Die Stewardess wischte ihm die Jeans mit einer feuchten Serviette ab und tat die Brocken unverdauter Nahrung in den Mülleimer. Sie zog einen angewiderten Mund, um sie herum herrschte durchdringender Gestank nach Erbrochenem. Alle lachten, und die beiden nahmen aufeinander gestützt wieder ihre Plätze ein.

– Das kommt bei jedem Flug vor, sagte die Stewardess.

– Beim Nächsten bist du mit dem Saubermachen dran, sagte sie zu ihrer Kollegin.

– Danke, Mademoiselle, sagte der Steward.

– Keine Ursache, war ja ein hübscher junger Mann.

Mémé blickte Nanou hinterher, die zur Toilette ging, er sah ihren eng im Rock sitzenden Hintern und den Bund der Unterhose. Kurz dachte er an all diese Fische, die er in Versailles gesehen hatte, an die Angelrollen und die Teleskopruten, dann überlegte er, wie er diese Frau anmachen könnte.

– Hoppla, meinte er zu seinem Chef.

– Dir geht's schon wieder gut, was, sagte der.

– Wenn wir nur bald da sind, seufzte er. Das macht mich ganz fertig.

– Zu Hause wartet der Job, Kleiner. Die Fischchen haben Hunger.

– Ich fahr viel lieber Bahn. Warum haben wir nicht die Bahn genommen?

Nanou schloss die Toilettentür und urinierte, ohne ihren Rock auszuziehen, denn sie fürchtete, bei dem Gestank könne ihr selbst auch übel werden. Sie richtete ihre Frisur in dem kleinen Spiegel gegenüber und kicherte bei dem Gedanken an den Jungen, der so grün gewesen war wie ihr Kostüm. Man sollte nicht alle Leute fliegen lassen, dachte sie. Die Typen aus dem Norden waren schlimmer als Schwangere und Alte. Man musste sie vor sich selbst schützen. Mémé saß auf seinem Platz und schaute aus dem Fenster. Diese Typen sind widerliche Dummköpfe und furchtbar hässlich. Sie tragen Jeansjacken, weiße Söckchen und Hosen mit breiten Aufschlägen, die zu kurz und an den Schenkeln zu eng sind. Sie haben keinerlei Bildung, das kann man ihnen am Gesicht ablesen. Wenn sie in diese Höhen kommen, platzen ihre Hirnzellen wie Blasen, und ihnen brennen die Sicherungen durch.

– Kann ich nicht das Fenster aufmachen?, fragte er seinen Chef.

– Versuch's mal, antwortete der.

Er dachte wieder an die junge Frau mit dem Kostüm und schlief mit seligem Lächeln ein, die Hände auf seinen pochenden Bauch gepresst. In der Toilettenkabine spürte Nanou, wie ihr Körper zu neuem Leben erwachte. Die Spülung traf die Wandungen des Chemieklosetts und brachte die Apparatur mit warmen, vor Hoffnung sprühenden Tröpfchen zum Erbeben.

Die alte Dame stand auf, als Éléonore zurückkam.

– Möchten Sie vielleicht ein Stück Teekuchen?, fragte sie freundlich.

– Nein danke. Ich habe keinen Hunger.

– Fliegen Sie zu Ihrem Liebsten?

Die alte Mitpassagierin trug eine weiße Bluse unter einer grauen Strickjacke. Über ihre Knie fiel eine Art langes schwarzes Kleid, wie die Kutte einer Nonne. Eine runde Brille unterstrich den freundlichen Blick ihrer braunen Augen. Wohlgenährte Hugenottenwangen ließen sie gutmütig wirken. Auf ihrem Kopf ragte eine kirschrote Frisur mit Haarknoten empor, gehalten von einer goldenen Spange in Bienenform.

– Wie bitte?

– Oh, entschuldigen Sie, ich war indiskret. Ich habe nur gefragt, Mademoiselle, ob Sie zu Ihrem Liebsten fliegen. Das kann ich Ihnen doch am Gesicht ansehen. Ich habe selbst oft so ausgesehen, als ich jung war, da täusche ich mich nur selten. Wenn ich eine junge Frau sehe, die so lächelt wie Sie, dann liegt das doch meistens an der Liebe.

Éléonore lächelte, denn es war eine natürliche Reaktion, einer Dame dieses Alters freundlich zu begegnen. Im Allgemeinen sprach sie nicht gern mit Unbekannten. Es war ihr lästig. Fast immer waren es irgendwelche Männer, die ihr Glück bei ihr versuchen wollten.

– Nein, sagte sie, denn die alte Dame wartete auf ihre Antwort, ich fahre in Urlaub. Nur für ein paar Tage.

– Ach, das habe ich auch erst gesagt. Aber sie werden schon sehen. Erst für einen Urlaub, dann fürs Leben. Man mag sich von der Côte d'Azur gar nicht mehr trennen. Es ist so eine wundervolle Gegend. Ich bin zur Hochzeit meiner Enkelin nach Paris hochgereist. Sie ist ungefähr so alt wie Sie. Wie alt sind Sie?

– Siebenundzwanzig.

– Florence wird bald fünfundzwanzig, im … Jetzt will mir das gar nicht einfallen … Ja, das Alter! Na, ich komme wieder nach Hause, das ist das Wichtigste. Nach drei Tagen vermisse ich allmählich die Sonne. Ich habe vor, an der Côte zu sterben. Aber ich bin dumm, Sie wissen ja sicher, dass alle Alten davon träumen, an der Sonne zu sterben! Die Sache mit dem Elefantenfriedhof, wie es immer heißt. Die Alten bringen ihre Stoßzähne dorthin. Die Skelette sind weißer in der Sonne, und sie trocknen schneller.

Éléonore spielte mit dem Plastikverschluss ihres Tomatensaftes. Sie ließ ihn um ihren Daumen kreisen wie eine Majorette.

– Sagen Sie: Sind Sie verheiratet? Ach, ich bin dumm, Sie tragen keinen Ehering. Obwohl, mein Mann hat seinen auch nie getragen. Das hat mich geärgert, ich hatte ihn immer im Verdacht, er hätte ihn verloren oder täte das extra, um mich eifersüchtig zu machen. Obwohl, eifersüchtig … nein, das entspricht nicht meinem Temperament.

Éléonore diente der Großmutter als willkommener Redeanlass. Das war ihr zwar nicht angenehm, aber sie wollte nicht unhöflich sein. Zum Spaß antwortete sie ihr in Gedanken. Nein, sie war nicht verheiratet. Wahrscheinlich würde sie es nie sein. Vor ein paar Monaten war sie bei der Hochzeit von Anne, ihrer älteren Schwester, mit Christophe Franceschi. Jetzt hieß ihre Schwester Anne Franceschi, nicht mehr Anne Caribou. Sie hatte sich neue Visitenkarten drucken lassen und die Aufschrift am Briefkasten geändert, auf dem bislang beide Namen nebeneinander existiert hatten, ihrer und der ihres Lebensgefährten, von einem Schrägstrich getrennt. Der Name Caribou war zum Aussterben verurteilt, denn ihre Eltern hatten nur Töchter zustande gebracht. Éléonore würde ihn als Letzte tragen. Der letzte Zweig im Stammbaum, das Ende der Ahnenreihe. Nach ihr würde es keine Caribous mehr geben und also niemanden, über den man sich wegen des Namens lustig machen konnte.

Sie hatte die Hochzeit erlebt, als wäre sie erst zwölf und würde über alles staunen, über das Kleid, das ihre Schwester an dem Morgen trug, darüber, wie gut der Bräutigam im Frack aussah, wie elegant ihr Vater war und wie stolz auf seine Kinder, über das Lächeln ihrer Mutter, darüber, wie ähnlich sie ihren Schwestern sah, wie grün der Garten war, wie nett die Gäste, wie viel es zu essen gab. Der Priester war angekommen, und sie hatte sich gewundert, dass er niemanden fragte, ob Anne und ihr Zukünftiger unberührt in die Hochzeitsnacht gehen würden. Auch wegen Annes Kleid, das so sexy war und über das alle lachten, machte er keine Schwierigkeiten, und nicht einmal wegen der Trauzeugen, dabei waren das Geschiedene und eine alte Junggesellin, deren Leben durchaus nicht ohne Fehl und Tadel gewesen war. Éléonores Vater hatte irrsinnig, ja leidenschaftlich genau mit dem Computer die Hochzeitskosten aufgelistet: Die Ausgaben der einen Seite, die Ausgaben der anderen Seite. Éléonore hatte mit ihren Cousins getanzt, ein wenig getrunken, sich gefreut, dass sie zur Gruppe dazugehörte. In keinem Augenblick hatte sie daran gedacht, dass sie auch einmal an die Reihe kommen könnte. Dass sie heiraten und alles ganz anders aussehen würde. Dass sie dann nicht mehr unbeachtet

bliebe und ohne die Unterstützung der Familie würde aus-
kommen müssen. Dann wäre sie die Königin des Abends und
könnte sich nach dem Ende der Zeremonie nicht den Blicken
der anderen entziehen und endlich allein sein. Also natürlich
mit ihrem Auserwählten.

Wer das aber sein sollte, das könnte sie allerdings nicht sagen. Bislang hatte sie keinerlei Bild. Er wäre ganz anders als
alles, was sie bislang kannte. Keiner von derselben Art. Er
müsste etwas Göttliches an sich haben. Strahlend und gut gebaut sein. So stilvoll, dass es sie vor Freude die Wände hoch-
treiben würde. Gut katholisch natürlich. Groß und chole-
risch, um ihr klarzumachen, dass sie sein Eigentum wäre,
und seine Arme sollten ohne weiteres um ihre Brust reichen,
wenn sie nebeneinander schliefen. Er würde breite Schultern haben und einen Oberkörper voller Haare, so starr wie
Schamhaar. Dieser Typ müsste über eine bedeutende gene-
tische Ausstattung verfügen – mit einer Anzahl normaler
Chromosomen, aber dazu noch besonders reichen, unge-
wöhnlichen Abschnitten auf der DNA –, damit ihrer beider
Kinder außergewöhnlich sein würden. Die Vorstellung, Kinder zu haben, begeisterte sie nicht über die Maßen. Sie würden ihr das letzte bisschen Zeit stehlen und sie daran hindern,
nackt in der Wohnung herumzulaufen. Andererseits könnte
man die Kinder als Zeichen für eine feste Paarbeziehung ansehen, und sie würden als Kleber dienen, wenn irgendwann
zwischen ihr und ihrem Mann Spannungen auftauchten. Bis
die Leidenschaft erlöschen würde, hätte sie noch zwei Jahr-
zehnte vor sich, in denen sie glücklich und sorgenlos leben
konnte.

Éléonore mochte es noch so tapfer versuchen, aber sie sah
sich einfach nicht auf einem Foto am Arm eines ihrer bis-
herigen Liebhaber. Sie war sicher, dass sie dem einen noch
nicht begegnet war. Sie würde ihn auf den ersten Blick er-

kennen oder vielleicht nach ihrem ersten Mal im Bett. Sein Geschlechtsteil würde anders aussehen als die der anderen. Er würde die Fähigkeit besitzen, direkt zu ihrem Körper zu sprechen und ihr zu sagen, ich bin's, aber ohne Worte.

Die Männer, die sie bisher gevögelt hatten, waren nicht anders mit ihr umgegangen als mit allen anderen Mädchen, die sie vor ihr gehabt hatten. Sie hatten ihr exakt dieselben Zärtlichkeiten zuteil werden lassen, dieselben Aufmerksamkeiten wie der Frau davor und der danach, obgleich sie wusste, dass manche von ihnen, weil sie miteinander Dinge erlebt hatten, die über das rein Animalische hinausgingen, sie mit besonderem Genuss genommen hatten. Sie träumte von einer an ihr Geschlechtsteil und ihre körperliche Beschaffenheit angepassten Sexualität. Eine Sexualität nach Maß. Einer handwerklichen Sexualität, anders als die konsumorientierte Sexualität, deren Objekt sie bisher meistens – und oft auf ihren eigenen Wunsch hin – gewesen war. Ihr Mann war gewiss noch nicht geboren, also war er auch noch nicht gestorben, und das war doch schon mal eine gute Sache. Es sei denn, in ein paar Stunden würde Julien zu ihr zurückwollen und ihr manches versprechen ... aber auf diese Weise sollte sie erst gar nicht an ihn denken.

Ihre Liebhaber waren ihr vollkommen wurscht. Sie hatten alle dasselbe Gesicht. Dieselbe Visage. Éléonore schlief nicht mehr mit erkennbaren Männern, sie schlief mit Geschlechtsteilen in Männergestalt, die sie in Kondome hüllte, damit sie einer wie der andere aussahen und gleich schmeckten. Sie sah, wie ihre kleinen, schrumpligen Eier an der plastischen Oberfläche des Parisers klebten und an den Eingang ihrer Möse klatschten, während der Rest in einem Spermien- und Lusttropfenmatsch hin und her ackerte.

Das Kondom hatte die Schwänze uniformiert, dachte sie, ein weiterer Sieg von Demokratie und Konformismus. Sie und ihre Freundinnen sprachen nur noch von den »kleinen Grégorys«, in zynischer Anspielung auf jenen spektakulären Mordfälle in den Vogesen, weil sie die Typen hinterher mitsamt dem Einwickelpapier wegwarfen und sich nicht mehr an sie erinnerten. Ihr Zukünftiger hatte ein aristokratisches Geschlechtsteil, gebogen wie ein Krummschwert, außerdem war es natürlich lang und voller grüner Adern.

– Mademoiselle, Sie hören mir ja gar nicht zu.

– Oh, entschuldigen Sie, ich war abgelenkt.

– Wollen Sie wirklich kein Stück Teekuchen?

Nanou aß eine dünne Scheibe, um sich die alte Schachtel vom Hals zu schaffen. Der Kuchen roch nach Landbutter und krümelte ihre Bluse voll. Das Flugzeug zitterte und fiel mit jedem Luftloch eine Etage tiefer. Die Stewardessen gingen hin und her und verteilten heiße Servietten, die die Ängstlichsten sich auf die Stirn drückten, um die Angst nicht mehr zu sehen.

– Fahren Sie ans Meer? Die Alte ließ nicht locker. Sie lächeln ganz so.

– Ich weiß noch nicht, sagte Nanou. Ich weiß nicht, ob ich genug Zeit habe.

– Sie haben Glück. Ich habe seit dem Tod meines Mannes das Meer nicht mehr gesehen. Ich bin nicht mehr hingefahren. Wahrscheinlich komme ich zu meinen Lebzeiten nicht mehr hin. Mein Leben ist jetzt so anders. Ich mache so seltsame Sachen. So ist das eben. Ich versuche, mich zu amüsieren und auch die anderen zu amüsieren.

Éléonore wiegte den Kopf hin und her. Sie wusste nicht, was sie dem noch hinzufügen sollte. Die Turbulenzen waren offenbar überwunden. Die Leute bekamen allmählich wieder ihre ursprüngliche Gesichtsfarbe und fanden ihr Lächeln wieder.

– Entschuldigen Sie bitte. Ich langweile Sie. Verstehen Sie, ich frage Sie all das, was ich meine Enkelinnen nie zu fragen gewagt habe. Sie denken, ich hätte kein eigenes Leben gehabt. Sie kennen mich nicht. Sie wissen nicht, dass ich auch noch etwas anderes gemacht habe, als ihnen Marmeladenbrote zu schmieren. Finden Sie das nicht merkwürdig, dass man für die eigenen Kinder gar nicht existiert? Ich bin nicht so artig, wie ich alt bin, wissen Sie ...

– Ich weiß nicht, ob man das sagen kann.

Ein Kind rannte weinend durch den Mittelgang, von einer wütenden Stewardess verfolgt.

Éléonore hatte ihre Eltern nie als vollgültige sexuelle Wesen angesehen. Manchmal hörte sie nachts ihre Geräusche, und dann kam ihre Mutter ins benachbarte Badezimmer, wo sie sich heimlich wusch und ihre Spirale wieder einsetzte. Nanous Mitpassagierin hatte wahrscheinlich recht, die Alten existierten für die Jüngeren gar nicht richtig. Oder zumindest konnten sie nicht so existieren, wie sie wirklich waren. Wenn die Jungen nämlich feststellen würden, dass sie selbst trotz aller noch so heftiger Auflehnung ein mit dem Leben ihrer Vorfahren mehr oder weniger identisches Dasein führen würden, müssten sie sich von der Idee verabschieden, etwas absolut Neues zu erleben.

Éléonore wusste, dass sie nie etwas anderes erträumt hatte, als das zu reproduzieren, was ihre Eltern für sie und ihre Schwestern aufgebaut hatten. Aus diesem Grund konnte sie es sich nicht erlauben, in ihren Eltern etwas anderes zu sehen als eben Eltern. Abgesehen davon, dass das ihre Erzeuger waren, musste sie leugnen, dass sie auch Mann und Frau waren. Vielleicht trank Éléonores Vater ein bisschen mehr, als gut war, wenn er sich seinem Lotto/Toto widmete. Er mochte eine Geliebte in einer möblierten Wohnung aushalten. Er mochte ihre Mutter von hinten sodomisieren und ihr dabei die Brüste kneten. Das durfte nicht zählen. Das konnte an der Tatsache, dass er vor allem ihr Vater war, nichts, aber auch gar nichts ändern. Die Liebe zu den Eltern beinhaltete nicht, anzuerkennen, wer sie waren, das stand fest.

– Ich komme bei Freunden unter, fing die Alte wieder an. Werden Sie am Flughafen abgeholt?

– Ja. Ich wohne auch bei Freunden. Also einem früheren Freund, um genau zu sein. Seine Eltern haben ein Grundstück, das sie nicht nutzen. Mit einem Swimmingpool.

– Sie können sich mit dem Heiraten auch gut noch Zeit lassen. Meine Freunde haben auch einen Swimmingpool. Aber ich kann nicht mehr schwimmen. Sie werden sagen, das ist idiotisch, aber ich habe es verlernt. Ich würde ertrinken. Die Ärzte sagen, das ist ziemlich selten. Ich glaube, ich habe Alzheimer. Diese Krankheit ist die größte Angst von Leuten meines Alters: sich nicht mehr daran zu erinnern, wer man ist, was man erlebt hat. Alle sagen, das wäre schrecklich. Die Alten leben von ihren Erinnerungen, und diese Krankheit raubt sie ihnen. Ich habe das nie so erschreckend gefunden. Ich bin schon alt, und ich habe Angst, die Krankheit nicht mehr zu erleben. Entschuldigen Sie nochmals. Ich erzähle düsteres Zeug, so morbide und sicher lästig …

– Aber nein, durchaus nicht …

Die Alte sprach ohne Pause weiter. Ihre Hand spielte auf dem linken Knie mit den Fransen ihres Kleides, die andere rieb die Seiten einer angesagten Zeitschrift. Ihre Hände waren vom Alter deformiert. Sie hatte ihr Handy und einen ledernen Terminkalender, der so dick war wie der eines Geschäftsmannes, auf das Klapptischchen gelegt. Nanou beobachtete sie genauestens. Das Alter ließ einen manchmal ganz schön giftig werden. Diese Alte war sicher nicht so nett, wie sie aussah. Die Côte d'Azur war eine zweischneidige Sache.

Éléonore wäre gern von diesem wunderbaren Leiden befallen worden, dank dessen sie in einer ewigen Gegenwart würde verschimmeln können. Alzheimer wäre ihr Wohltäter. Er würde sie genauso auslöschen, wie sie Dateien auf ihrem PC löschte. Von ihrem Hiersein würde nur eine fast unsichtbare Spur bleiben und eine verschwindend kleine Chance, dass jemand sie aufstöbern und im ursprünglichen Ordner wiederherstellen würde. Die Stewardess sagte, bitte schnallen Sie sich wieder an.

– Wir sind gleich da. Merken Sie es?

Das Flugzeug begann den Landeanflug auf Nizza. Der Airbus neigte ein Querruder, vollführte eine Kurve und senkte die Nase. Der Rumpf erbebte unter der Anstrengung. Das Flugzeug streichelte die silberne Fläche des Mittelmeers und spaltete den Moltonstoff des klaren Himmels. Die Start- und Landebahnen waren ein paar Dutzend Meter neben dem Meer in einem Schmuckkästchen von Grün und Erde angelegt, sodass man beim Herunterkommen schon dachte, gleich lande man im Wasser. Das Flugzug prallte von einer Wolke ab, dann rollte es über die Piste wie ein Automobil. Nanou entspannte sich wieder, aber ihre Organe purzelten immer noch in ihren Schuhen herum. Das würde ganz sicher ein schönes Wochenende. Alles würde gut gehen. Der Boden erbebte unter dem Aufprall, die Körper zerrten an den Gurten. Dann stand das Flugzeug still. Nanous Magen blähte sich auf wie ein Airbag. Sie half der alten Dame, ihr Köfferchen aus dem Gepäckfach zu holen. Jetzt gab es einen Wettkampf, wer als Erster aussteigen und auf dem Mond herumspazieren würde.

– Ich danke Ihnen sehr, Mademoiselle. Das ist sehr freundlich.

Die Vorstellung, gleich Julien wiederzusehen, machte Éléonore glücklich, aber auch ein bisschen ängstlich. Sie verließ das Flugzeug als eine der Ersten. Als sie sich umdrehte, um der Großmutter zu helfen, war die schon nicht mehr da. Vielleicht war sie vorne ausgestiegen. Vielleicht hatte sie durch einen plötzlichen Krankheitsschub vergessen, dass es sie gab.

Éléonore bekümmerte sich nicht weiter darüber. Ringsum keuchte die Côte d'Azur wie eine kranke Lunge, verschleimt durch Straßen, Verkehrstunnels und Vorgebirge. Der Beton troff von den Hängen und bildete unförmige immobilienhafte Konkretionen, die sich nebeneinander türmten und von den zahlreichen, kannibalisch erholungsgierigen Touristen erobert wurden. Der Flughafen war von einer großartigen Natur eingekreist.

In einem staubigen Sonnenstreifen, der den Schatten seiner majestätischen Gestalt auf den Boden zeichnete, erschien die Silhouette von Julien Demailly.

5 HALLELUJA!

»Wir sind auf diesem Planeten ausgesetzt worden,
der von verlogenen Schuften mit
bescheidenen geistigen Fähigkeiten regiert wird.
Nicht mal ein Minimum an guten Absichten.
Lügen über Lügen. Nichtsnutzige, verlogene Schufte.
Die Menschen.«

William S. Burroughs: *Tagebuch*

Julien hatte keine Blumen gekauft, um sie Éléonore Caribou zur Begrüßung zu überreichen. Zum Ausgleich war er unglaublich attraktiv, wie in einer Rasierschaumreklame, von einer Schönheit, die nicht ostentativ genug war, ihn lächerlich oder wie eine Statue von Praxiteles wirken zu lassen, sondern von jener Schönheit selbstsicherer Führungskräfte, die einen Hauch von Angabe und von Arroganz an sich hat. Julien verbarg seine Überlegenheit hinter einem entspannten, recht lässigen Auftreten. Sein Körper war ebenso unbekümmert wie der eines Jugendlichen. Seine tentakelartigen Arme und allgemeine Schlaksigkeit minderten durchaus nicht die Würde seiner Haltung und die Wirkung seines edlen Wuchses. Seine schmale Nase war leicht gebogen. Seine sommersprossigen Wangen waren mit einem Zweitagsbart bedeckt, den er sich bei jeder Gelegenheit stehen ließ, um zu zeigen, dass er durchaus imstande war, sich von der herrschenden Norm, die geleckte Glätte forderte, freizumachen. Juliens Schönheit diente nicht dem Wettbewerb, anders als seine anderen Qualitäten hatte er sie nicht auf einer Handelsschule unter dem Einfluss von irgendwelchen Referenten erworben.

Dennoch konnte ein geübtes Auge verschiedene Elemente

in der Disposition des Fleisches und der allgemeinen Körper-
bewegungen (Attitüden, ein gewisser Schwung, eine Beweg-
lichkeit) erkennen, die sich nur mit geduldigem Üben und
Hin- und Hergehen unter Aufsicht herausarbeiten lassen. Das
Geheimnis seiner Verführungskraft bestand eben darin, dass
er ungeziert wirkte und nicht mit der letzten Mode mitlief.
Unter seinen braunen Haaren, die er halblang geschnitten
trug, unter seiner Kluft aus Ledersandalen, einer Leinenhose
von Gap und einem Radiohead-T-Shirt war Julien normal
und, wie man so sagt, ganz er selbst.

Als sie ihn erblickte, geriet Éléonore sofort wieder in den
Bann des jungen Mannes, dessen schlanke, hohe Gestalt sich
in Verlängerung des Gepäckförderbandes cinematografisch
im Gegenlicht abzeichnete. Sie griff ihre Reisetasche und ging
auf ihn zu. Der Flughafen war von großen Segeltuchplanen
überspannt, die den Reisenden Schutz vor der Sonne boten;
sie reichten wie Wandbehänge herab und kitzelten den Splitt
und Kies am Boden. Man kam sich fast vor wie am Rande
einer afrikanischen Kolonie oder in einer Folge von *Daktari*.
Mit seinen bunten Trägern und den Kartons, die sich abflug-
bereit zu beiden Seiten des Hauptgebäudes türmten, ähnelte
der Flughafen einem vorgeschobenen Posten.
   – Schöne Ferien, Madame, sagte der Beamte leutselig.
   Julien stand am anderen Ende der Halle, und Éléonore
musste sich mühsam gegen die Strömung der anderen Reisenden zu ihm vorkämpfen. Sie hüpfte regelrecht zwischen
den Urlaubern hindurch und stieß sich an ihren Koffern ab
wie an Felsen in einem Fluss, um schneller zu ihm zu gelangen. Unter Juliens engem T-Shirt zeichnten sich seine Brustmuskeln und die Nippel ab.
   Endlich langte sie bei ihm an. Erst wollte sie sich ihm in die
Arme werfen, dann besann sie sich. Mag sein, dass sie sexu-

ell auf dem Trockenen saß, aber darum brauchte sie sich noch lange nicht zu erniedrigen. Zehn Meter vor ihm verlangsamte sie ihr Tempo, zog die Jacke ihres Kostüms zurecht, die sich wie ein Fächer unter ihre Brust geschoben hatte, und nahm sich auch noch Zeit, sich mit der Hand durchs Haar zu fahren. An der Schläfe spross ihr ein Pickel, sie glättete ihn mit den Fingerspitzen.

Über ihr flatterten wie überall widerliche Tauben durch die Löcher im Dach rein und raus. Hier sahen sie eher wie Ringel- oder Turteltauben aus als wie Raubvögel. Ihr Flaum segelte wie Staubschmetterlinge oder Laub im Sturzflug durch die Sonne. Wenn die Tauben eines Tages auf die Idee kämen, die Reisenden anzugreifen, das gäbe ein schönes Gemetzel, da könnte man die Gliedmaßen mit der Schaufel zusammenschieben und nächtelang die Ratten und Obdachlosen damit füttern. Bislang gab es das nur in Horrorfilmen, aber man konnte ja nie wissen, wenn die Vögel anfangen sollten fernzusehen und sich dadurch inspirieren zu lassen wie echte Kriminelle, dann stieg ihnen das eines Tages womöglich zu Kopfe. Die Suggestion funktionierte schließlich auch bei Kindern und Jugendlichen. Um des weltweiten Spektakels willen musste man hoffen, dass die Vögel nicht mehr allzu lange damit warteten.

– Wie geht's? Geht's dir gut? Wow, das scheint ja ein neues Kleid zu sein, was?

– Ja.

– …

– Ja, ich hatte eine gute Reise. Danke.

– Ich habe alles vorbereitet, du wirst sehen. Das wird ein traumhaftes Wochenende. Hast du etwas gegessen?

– Ein bisschen Kuchen, im Flugzeug.

– Willst du hier noch zum Imbiss?

– Nein, ich kann bis zum Abendessen warten. Der Flug ist

mir auf den Magen geschlagen. Außerdem muss ich mich ein bisschen zurückhalten.

– Ich habe schon gegessen. Steak, Pommes und Salat, im Hafenbistrot.

– Super.

Eine Zeit lang hatte sie sich bemüht, solche albernen Begriffe wie »okay«, »super«, »cool« nicht mehr zu verwenden, aber dann hatte sie auch da locker gelassen. Prince hatte in seinem Song »Superfunkycalifragisexysowieso« darüber gesungen. Er fand Frauen, die jede Menge solcher Ausdrücke verwenden, erotischer als andere. Wie auch immer, sie waren sehr praktisch, um Zustimmung oder Begeisterung auszudrücken. Freilich brauchte es ein wenig Selbstironie, um sie unablässig im Munde zu führen, wie sie es tat, und alle möglichen Sachen als »super« zu bezeichnen, die es nicht so ganz wirklich waren.

Wahrscheinlich erlaubte ihr das einfach, auf eine weitergehende Analyse zu verzichten, sondern es dabei zu belassen. Julien war cool. Nizza war auch cool. Juliens Knollenblätterpilz war cool in ihrem Ficus. In ihrem Mund war er auch cool, wenn auch weniger. Die Welt und die darin enthaltenen Dinge waren in zwei Kategorien unterteilt: die coolen und die nicht coolen.

Ich bin eine super Frau, die einen auf cool macht, dachte sie. Cool sein, das ist eben cool, so, wie ein Pfefferminzbonbon zu lutschen und zu spüren, wie das Aspartam den Mund erfrischt. Seinen Humor auch in den schlimmsten Momenten des Lebens nicht zu verlieren. So zu tun, als hätte man immer festen Boden unter den Füßen und kein Glatteis.

Im Fluss eines Gesprächs konnte sie sich natürlich nicht mit all diesen Sprachmarotten und den Wahnsinnstheorien aufhalten, die großtuerische Intellos darum errichtet hatten. Die Anti-cool-Ideologie konnte man schon gut fünf Minuten lang durchhalten, aber seine Lippen im Zaun zu halten, das war schon deutlich schwieriger.

Eins aber tat Éléonore absichtlich und mit Vorbedacht, wenn Sie mit Julien sprach, und zwar versah sie jeden Satz mit einem sonoren »danke«, das dazu diente, ihm klarzumachen, dass sie ihn nie wieder so lieben würde wie früher.

Jedes »danke« bedeutete, das sie ihm nichts schuldig war. Aus ihrem Mund also klang dieses »danke« wie »Ich muss dir durchaus nicht die Freude zurückgeben, die du mir bereitest«, oder »Du hast nichts von mir zu erwarten« oder auch »Du hast mir so wehgetan, das verzeihe ich dir mein Leben lang nicht«. Um die Wahrheit zu sagen, war er allerdings für einen, der einen Verrat wieder gutzumachen hat, nicht besonders aufmerksam. Julien konnte so nett sein, wie er wollte, die arithmetische Summe seiner guten Taten würde ihm nie und nimmer ein Recht an ihr erkaufen oder zu etwas mehr als dem Austausch von Höflichkeiten führen.

– Es ist ja wahnsinnig schönes Wetter. Ich möchte möglichst schnell ins Wasser, sagte sie.

– Ich parke da drüben.

Draußen herrschte tatsächlich strahlender Sonnenschein. Julien trug Nanous Tasche, und sie ging wie früher ein paar Meter hinter ihm. Eine sanfte Brise fegte über den Parkplatz und hob die Haare des jungen Mannes wie eine Mähne aus Schatten an.

– Wir brauchen so eine gute halbe Stunde, weißt du, sagte Julien.

Er drückte ihr freundschaftlich die Hand und half ihr beim Einsteigen. Dann legte er eine Kassette von den Pet Shop Boys ein und fuhr los.

– Hörst du noch immer diesen Mist?, fragte sie.

– Das ist die beste Gruppe der Welt. Vor allem das letzte Album.

– Schlechte Tanzmusik ist das. Nur was für Schwuchteln.

Sie hörten beim Fahren die Songs der Pet Shop Boys und diskutierten mit wirklicher, ernsthafter Vertrautheit.

Sie unterhielten sich über gemeinsame Freunde, das Wetter und andere absolut unverbindliche Themen. Éléonore machte sich Sorgen wegen ihres Bauchs, sie spürte, wie er sich maßlos blähte wegen der Hitze, dem stundenlangen beengten Sitzen, während dem sie Mineralwasser ohne Kohlensäure und Tomatensaft mit Selleriesalz getrunken hatte. Der Pickel an ihrer Schläfe wurde nicht größer. Mittlerweile hatte sich unter der Haut eine feine Eiterschicht gebildet, wuchs aber nicht weiter und hatte offenbar nicht die Absicht, sich weiter zu erheben. Sie hoffte, den Eiter durch Massieren mit dem Zeigefinger zu verteilen und so dafür zu sorgen, dass der Pickel bis zum Ende ihres Aufenthaltes nicht sichtbar würde.

Sofort nachdem sie das Stadtgebiet verlassen hatten, schaltete Julien das Autoradio aus, schlug das Steuer ein und rollte an den Straßenrand. Er drehte sich zu Nanou hin, schluckte trocken und bremste im Heidekraut.

– Ich werde im Dezember heiraten. Du bist die Erste, die es erfährt.

Julien hatte an diesem Satz herumgefeilt, während er auf Éléonore wartete. Die Mitteilung kam ebenso unvermittelt wie die Beklommenheit, die sie auslöste. Einige Sekunden lang herrschte Stille, dann bemerkte Nanou, während sie den am Rückspiegel hängenden Duft-Tannenbaum befingerte:

– Das ist ja … super!

Julien fuhr wieder los.

– Jetzt riechen meine Finger nach Tanne, fügte sie hinzu. Der Duftbaum baumelte hin und her und verbreitete einen heimeligen Weihnachtsgeruch. Nanou hielt sich die Finger an die Nase.

Die Pet Shop Boys hauten ordentlich rein. Julien rollte auf

die Straße zurück, und hinter ihnen dröhnte eine Hupe derart los, dass sie sich beide in die Sitze pressten. Nanou blieb das Herz stehen. Um ein Haar wäre ein Laster mit Vollgas auf sie aufgefahren. Der Anhänger des LKWs schleuderte hin und her, während der Clio in einer Wolke aus qualmendem Reifengummi verschwand. Der Fernfahrer hupte noch einmal, und Julien zeigte ihm im Rückspiegel einen Stinkefinger, bevor er sich im Zickzack davonmachte.

– Pass doch auf!, schrie Nanou mit Spätzündung.

– Also echt, sagte Julien. Das fette Arschloch hat mich doch genau gesehen. Der hat extra draufgehalten.

– Du fährst dich noch mal zu Tode.

– Pfff …

– Super, habe ich gesagt, sagte Nanou noch einmal … also dass du heiratest.

– Hmja, super. Sie heißt Sylvie. Hab sie bei der Arbeit getroffen. Sie ist bei Andersen Consulting.

– Liebst du sie?

– Ich glaub schon. Macht dir das nichts aus?

– Nein … Im Gegenteil, ich freue mich für dich.

Nanou schaute auf die Côte und das Meer, das unter der Leitplanke glitzerte.

– Heh! Was ist denn?

– Nichts. Ich hab nur nicht gewusst, wie du es aufnimmst.

Sie fand, dass derzeit rings um sie herum reichlich viel geheiratet wurde. Die brutal plötzliche Nachricht überraschte sie nicht über die Maßen – so etwas war immer möglich –, und sie spürte auch keine Eifersucht. Julien konnte die andere gar nicht so lieben, wie er sie geliebt hatte, schließlich war sie die Erste gewesen, mit der er zusammengelebt und Erfahrungen mit einer wirklichen Paarbeziehung gemacht hatte. Sie ärgerte sich nur, dass er sie überholt hatte und es schneller als sie geschafft hatte, das Vergessen zu organisieren.

Sie lächelte ihn an und versicherte, dass es ihr gut gehe. Dem jungen Mann war eine gewisse Enttäuschung anzusehen. Insgeheim hätte er gehofft, von Nanous Gesicht die Spur eines Bedauerns ablesen zu können. Was den Außenstehenden frappierte, war die extreme geistige Dürftigkeit ihres Gesprächs. Man kann zwar nicht erwarten, dass normale Menschen reden wie im Buch oder dass das, was sie sagen, unbedingt wert wäre, festgehalten zu werden, aber an Romanfiguren aus diesem Milieu dürfte man schon einen höheren Anspruch haben.

Nanou hatte nie den Wunsch, Glücksmomente in Worte zu fassen. Der Transfer ihres Körpers an die Riviera hatte den merkwürdigen Effekt, dass sie dadurch die Gabe der Rede wiedergefunden hatte, aber sie beraubte sie der traditionellen bürgerlichen Diskursstruktur. Éléonores Sprache war, als hätte sie sich im Grabe umgedreht und würde jetzt langsam wiederauferstehen. In ihr brodelte das Blut heiß und blubbernd wie eine starke Bouillon, es wallte enorm auf, bis in den Hals, sie drohte fast zu ersticken. Jene wilde Sprache, die auf sie wartete und bald ihre neue Vitalität ausdrücken würde, hatte die ziselierten Phrasen des Morgens gelähmt und sie zu ihrer simpelsten Form reduziert. Nur noch Bruchstücke konventioneller Sätze waren übrig, Höflichkeitsfloskeln, zusammenhanglose Kontaktversuche, die im Leeren baumelten und nicht mehr viel besagten. Julien mochte keine großen Reden. Er konnte Aktien an der Börse ordern, Unternehmen evaluieren und in einer einzigen Nacht ganze Rechnungsbücher durchackern, er konnte jede Menge Aufgaben erledigen, die seinen beruflichen Wert steigerten und zu denen es erstaunlicher Kenntnisse und Fähigkeiten bedurfte. Er konnte Dutzende Kilometer joggen, ohne dass ihm die Beine wehtaten, und zwei Mal hintereinander vögeln, ohne dass sein Schwanz dazwischen richtig schlaff wurde, aber reden, intelligente Dinge äußern, das konnte er nicht. Doch bedeutete es keine Einschränkung im Leben, nicht viel zu reden. Bei Männern war es sogar eine unleugbare Qualität, nicht zu reden.

Julien trug einige Informationen über seinen neuen Clio vor. Er führte das äußerst günstige Verhältnis zwischen PS-Zahl und Hubraum dieses Modells an und dass sein Wagen außerdem einen besonders hohen Wiederverkaufswert bot. Diese Informationen waren durchaus nicht überflüssig, denn sie übten auf Nanou, die von Autos nicht viel verstand, eine Art esoterische Faszination aus. Die technische Welt gehörte zur männlichen Identität und zu den Mechanismen, die das weibliche Begehren verstärkten.

Die Küstenstraße war großartig. Sie kletterte in Windungen bergan; die Monts de l'Esterel waren von felsigen Wunden und heimtückischen Höhlen durchsetzt. Von den Serpentinen aus waren unten fischreiche kleine Buchten zu sehen und auf Absätzen am Steilhang imposante provençalische Landhäuser, oft mehrere Gebäude nebeneinander, die meisten von Schutzmauern umgeben. Die Swimmingpools waren ebenso groß wie die Meeresstücke, die man zwischen den Klippen sehen konnte. Über schmale Pfade kletterten kleine Grüppchen von winzigen, durch die Perspektive und die Last ihrer Ausrüstung gedrungenen Wanderern. In abgelegenen Felsnischen lagen eidechsengleiche Männer nackt in der Sonne. Sie rieben sich langsam am Gestein, um sich alle Hautunreinheiten abzuscheuern, dann fanden sie sich fast reglos zu kleinen heißen Menschentrauben von dynamischer Sexualität zusammen.

– Das sind die Schwulen-Badeplätze, bemerkte Julien.

– Cool.

Julien fuhr extrem gut, den linken Ellbogen aus dem Fenster gelehnt. Er überholte ohne einen Blick für die allzu langsamen Fahrzeuge mit Kindern auf der Rückbank oder Wohnwagen, und scherte immer rechtzeitig ein, bevor die entgegenkommenden Wagen auf sie aufgefahren wären. Manchmal wandte er sich zu der jungen Frau an seiner Seite um, als wollte er kontrollieren, ob das nicht nur eine Kopie von Éléonore sei. Sie sagte nichts, sondern starrte auf die Straße. Zwanzig Kilometer von der Villa entfernt fühlte Éléonore sich plötzlich sehr müde.

Der Clio mühte sich an den Steigungen und röhrte jedes Mal so, dass man das eigene Wort nicht verstand und auch sonst nichts mehr hörte. Wild wuchernde, knochentrockene Kräuter drangen von allen Seiten mit ihren Düften auf sie ein. Éléonore kam sich vor, als wäre sie in ein Gläschen Kräuter der Provence gepfercht und man würde sie jeden Augenblick über ein leckeres Schweinskotelett streuen. Die Luft war zum Erbrechen dick. Julien legte ihr die Hand auf die Schenkel, um ihr seine Zuneigung zu zeigen. Sie wischte sie weg, ohne auch nur hinzusehen, denn solche Gesten waren Menschen vorbehalten, die das Bett miteinander teilten, die allnächtlich ineinanderkrochen, und sei es auch ohne jedes Gefühl.

Julien begriff nicht, warum diese Gebärde ihm jetzt untersagt sein sollte. Aber das war jetzt nicht der Augenblick für eine Revolution. Er sah das Gesicht der jungen Frau an. Er schaltete verdrossen in den Fünften. Er konnte durchaus ohne den Kontakt seiner Hand mit diesem Schenkel leben, ganz ohne weiteres. Er brauchte das nicht zum Leben, er hatte das Autoradio für seine Ohren und die Zigarette für die Hand, die nicht das Steuer hielt.

– Du bist vollkommen zerstrubbelt, Nanou. Was hast du in dem Flieger getrieben?

– Nichts. Ich hab kein Auge zugemacht. Ich habe mich mit einer alten Frau unterhalten, die in Paris gewesen war. Zur Hochzeit ihrer Tochter. Vielleicht war das ja ein Omen, fällt mir jetzt ein, die Geschichte von wegen Hochzeit.

– Macht es dir wirklich nichts aus? Ich wollte es dir jedenfalls rechtzeitig sagen.

– Was soll Schlechtes daran sein, wenn einer heiratet.

– Würdest du hinkommen?

– Wenn du mich einlädst. Wann denn?

– Am 12. Dezember.

– Da hat meine Mutter Geburtstag.

– Also kommst du? Wart mal.

Er schob ihr eine Haarsträhne aus der Stirn, die ihr überm Gesicht hing. Sie ließ ihn gewähren.

– Danke. Ja, klar.

– Ich werde dir nachher Sylvie vorstellen. Wir werden eine Superzeit haben. Es hat schon seit Tagen nicht mehr geregnet. Ich freue mich dermaßen, dass du hast kommen können.

Bei seinem zweiten Versuch fehlte ihr die Energie, seine Hand wegzuschieben, die sich gegen ihre Scham schmiegte. Ihre sämtlichen Zellen spuckten gleichzeitig Jahrhunderte von Erschöpfung aus, die sich in ihrem Körper ausbreiteten. Wie unter der Wirkung einer Droge oder des Giftes, das nach der Todesspritze durch die Adern des Delinquenten fließt, ließ Nanou die Welt in sich verschwinden. Der Ernst & Young-Effekt ließ nach. Männer hatten einfach dieses unausweichliche Bedürfnis, zu zweit zu sein. Ohne Schwierigkeiten wechselten sie von der einen zur anderen. Sie hielten es nicht lange aus ohne jemanden, der ihnen die Hemden bügelte oder den Hintern polierte.

Während er sie betatschte, hörte Julien im Radio die Ergebnisse vom Pferderennen.

Alle Männer sind aus demselben Holz geschnitzt, klebrig und nymphomanisch. Ohne sie wäre die Welt besser. Da gäbe es nicht diese ganzen Kriege und Selbstmorde.

Und die letzten zwanzig Minuten der Fahrt über schlummerte sie, während ihr Exfreund ihr den Schenkel und alles knetete, wo er rankam. Im Hintergrund ertönte die Stimme von Neil Tennant, hypnotisierend und unwirklich, und überdeckte die Geräusche von den Pferderennen.

Schweinehund, dachte sie, dann hüllte sie sich in einen Traum.

6 DER ZWEITWOHNSITZ

»Und so sah ich mich statt im Paradies in der unfruchtbaren
Wüste des Handelsgeistes. (…) Ich fand keinen, der sauber,
nobel und rege war, wenngleich ich viele fand, die rege waren
– in Verderbtheit …«

Jack London: *Die eiserne Ferse*

Die Villa der Demaillys lag zwischen Théoule und Fréjus.
Um in den Garten zu gelangen, stieß man ein schweres Ei-
sentor auf, das nur noch in einem Scharnier hing. Mehrere
Generationen lang hatte das Anwesen einer großen Familie
gehört, der die Entwicklung des Hafens von Toulon zu ver-
danken war und die sich dann außerhalb der Stadt niedergelassen hatte. Als die Erben von der Côte d'Azur weggezogen
waren und sich in Miami niedergelassen hatten, war die Im-
mobilie von Hand zu Hand gegangen, erst an örtliche Händler,
dann an Stars mit Comeback verkauft, schließlich mit einer
Hypothek belastet und zu einem günstigen Preis versteigert
worden. In diesem Moment hatten Juliens Eltern die Villa gekauft, für nicht mal drei Millionen Francs, also für einen Ap-
fel und ein Ei, wenn man die phantastische Lage und die
Ausstattung bedenkt.

Die Höhen über der Stadt waren der Zufluchtsort der führenden Schichten, die auch nicht für alles Gold der Welt an
den Plätzen der Innenstadt geblieben wären, wo Seeleute,
Arbeiter und später Militärangehörige wohnten. Anders als
in anderen Städten war das Zentrum dem Gesindel überlassen geblieben, und so sahen die engen, schmutzigen,
dunklen Straßen dann auch aus. Die Gassen waren zwischen
feuchte Lehmbauwände gezwängt, von denen zweideuti-
ge Wäschefetzen herabhingen, Laken und Marineuniformen;

es wimmelte von Kneipen, Massagesalons und Tattoo-Studios.

Hier oben hatte man einen herrlichen Rundblick. Das in die Hänge der Esterel-Berge geschmiegte Haus schaute teils auf Kalkgebirge, teils auf ölglattes Meer. Fern waren die Inselchen zu sehen, die immer noch der Armee gehörten und wo Raketenübungen abgehalten wurden. Man hatte dort befestigte Zitadellen angelegt, um fern aller Blicke die letzten Waffen der Grande Nation zu testen. Bei klarer Sicht konnte man mit Fernglas oder Fernrohr sogar die bewaldete, geheimnisvolle korsische Küste erkennen. Hier ähnelte das Mittelmeer den bretonischen Küsten mit Merlins Zauberwald Brocéliande oder der mythischen Insel Avalon. Privatjachten ankerten vor der Küste und entsandten dann und wann ein angeberisches Motorboot, um Proviant zu holen. Von der Terrasse der Villa aus konnte man all das beobachten, ohne aus dem Liegestuhl aufzustehen oder auch nur den kleinen Finger zu bewegen.

Das Anwesen war mit großen Kosten instand gesetzt worden. Zuvor war der Garten lange sich selbst, der Trockenheit und der Verzweiflung preisgegeben gewesen. Juliens Vater, ein begeisterter Hobbygärtner, hatte den größten Teil wiederhergestellt und Koniferen und andere für die Region typische Bäume pflanzen lassen: Pinien natürlich, aber auch Olivenbäume und marokkanische Dattelpalmen. Diese trugen noch keine Frucht, verliehen dem Ganzen aber ein üppiges orientalisches Gepräge. Die Einfahrt hatte man absichtlich eher ungepflegt gelassen, um keine Plünderer anzuziehen. Im Lauf der letzten fünf Jahre hatten nicht weniger als zwei Drittel der Villen während der Abwesenheit ihrer Besitzer Besuch von Vandalen oder New Age Travellers bekommen. Sie richteten keine schweren Schäden an, hatten aber die unangenehme Gewohnheit, in die Betten zu scheißen und überall leere Flaschen herumstehen zu lassen. Video-Überwachungssysteme hatten Ordnung geschaffen, aber es gab ein Restrisiko. Also wucherte zur Abschreckung Stechginster zwischen den Gittern und entlang der römischen Allee, die zum Haupthaus führte. Der Tapetenwechsel war total.

– Da sind wir, sagte Julien stolz, als sie durchs Tor fuhren. Mein Zuhause.

Nanou kehrte schleunigst aus dem Reich der Schatten zurück. Befriedigt stellte sie fest, dass sie sich wohlfühlte oder wenigstens träumte sich wohlzufühlen. In den zwei Jahren ihres Zusammenlebens hatte Julien sie nie hierher mitgenommen.

– Ich hab was Seltsames geträumt, sagte sie.

Aber Julien bat sie nicht, es ihm zu erzählen. Um diese Tageszeit herrschte drückende Hitze, selbst die Eidechsen hatten sich in Felsritzen verkrochen. Der Boden riss auf, fossile Rasenstücke wurden von der enormen Temperatur plattgemacht. Auf dieser Seite des Anwesens gönnte man der Vegetation keine Bewässerung. Weiter drinnen versorgten große Wasserleitungen und Rasensprenger das Grün mit allem, was es zum Leben brauchte.

Éléonore traute ihren Augen kaum. Ihr war, als hätte sie eben Paris verlassen und wäre auf einem fremden Planeten gelandet. Das Licht war so hell, dass sie ein paar Minuten brauchte, um sich daran zu gewöhnen. Sie blinzelte und musste die Augen halb geschlossen halten, bis sie in ihrer Tasche die Inès de La Fressange-Sonnenbrille gefunden hatte. Dem Topmodel selbst waren die Rechte an seinem Namen von einem Handelsgericht aberkannt worden, aber die Firma nutzte ihn weiter für allerlei Produkte: Anstecker, Slips, Erotikspielzeug. Sonnenbrillen waren noch das Achtbarste, was von der alten Kollektion geblieben war.

– Du wirst Melanie Griffith immer ähnlicher, sagte Julien.

– Und du Antonio Banderas.

– Nein, ich meine Meg Ryan. Ich verwechsele die immer.

– Also Jean Réno.

Der Clio bog unter einen Schirm von Korkeichen ein, die etwas Schatten und Kühle spendeten. Jetzt waren sie angekommen.

– Ich hätte dich viel früher mal hierher mitnehmen sollen, sagte Julien.

– Das kann gut sein, ergänzte sie.

Das Haus war großartig. Kein Vergleich mit der Einfahrt. Im provençalischen Stil, aber nach allen Seiten durch rechteckige Anbauten verlängert, Wind- und Sichtschutzmauern, Terrassen, Bambuspergolen, was ihm eine fantastische Dimension verlieh. Das Haus sah aus wie einem Cézanne-Gemälde entsprungen. Der Blick verlor sich in den geometrischen Formen, unfähig, sich in all diesen Schnittlinien und Perspektiven zurechtzufinden.

– Mein Vater hat diesen Bereich von einem Architekten aus Taiwan gestalten lassen, erklärte Julien und wies auf ein merkwürdiges Ensemble von Tüchern und Ziegeln. Seinen türkischen Patio nennt er das. Er hat da seine Gewächshäuser drin, seinen Garten. Ich zeige dir das alles später.

*

In diesem Augenblick kam Sylvie aus dem Haus. Éléonore dachte sofort, dass Julien ihr nicht alles über sie beide erzählt hatte. Die junge Frau eilte fröhlich auf sie zu. Sie trippelte wie eine Figur aus den *Daniel et Valérie*-Kinderbüchern. Sie trug einen Bikini, der genauso rot war wie Pamela Andersons in *Baywatch,* und darüber ein weißes T-Shirt, das an ihrem noch feuchten Körper klebte und ihre Brust betonte. Ihr Haar hatte sie mit einem quietschebunten Gummi hochgebunden, an den Füßen trug sie gelbe Latex-Flip-Flops. Sie flog in Juliens Arme.

– Ich habe gerade gebadet, Chéri. Das tut ja so gut.

Sie umarmte Éléonore, die sie natürlich dämlich und idiotisch fand. Sie musste doch einfach wissen, wer sie war, und eine vernunftbegabte Frau konnte einer anderen, die den Schwanz ihres zukünftigen Mannes im Mund gehabt und ihn bis tief im Bauch gespürt hatte, unmöglich derart freundschaftlich begegnen.

Sylvie konnte das einfach nicht wissen, sonst hätte sie nicht den ersten Schritt gemacht. Sie hätte alles aus einem gewissen Sicherheitsabstand heraus beobachtet, wäre Éléonore misstrauisch oder gar feindselig begegnet. Sie hätte sie höflich begrüßt, statt sie überschwänglich in die Arme zu nehmen und zu zwitschern, super, super, ich freue mich ja so, dich kennenzulernen, Julien hat mir viel von dir erzählt. Vielleicht hatte er sie als eine gute Freundin hingestellt, aber nicht als seine frühere Lebensgefährtin. Augenscheinlich wusste Sylvie tatsächlich nicht, wer sie war und wer sie gewesen war. Die beiden jungen Frauen waren ein absoluter Gegensatz, die eine im Vollgefühl ihres Sieges, mit ihrem barbiepuppenhaften Gehabe und ihrer schrillen Stimme, die andere, immer noch in städtischer Kleidung und so bar jeden Selbstbewusstseins, dass sie ganz keinlaut war. Sylvie war atemberaubend attraktiv. Die Kurven ihrer Brüste unter dem nassen T-Shirt endeten in hochmütigen Nippeln, und ihre Beine waren verführerisch lebkuchenbraun. Nanou war fünf Zentimeter größer als sie, aber die körperliche Ausstattung der anderen war sehr viel beeindruckender. Sie hatte ein fein geschnittenes Gesicht und funkelnde blaue Augen. Ihr Gast spürte einen schmerzhaften Stich in der Brust.

Was bin ich gewöhnlich, sagte sie sich. Was bin ich klein und gewöhnlich.

Das dachte sie, während diese Schönheitskönigin sie in die Arme schloss und zu ihr aufblickte, um sie willkommen zu heißen, wobei sie in die Hände klatschte, wie ein kläffendes Hundejunges.

Es war schönes Wetter – und das sollte ihr dann jeder hier erneut mitteilen –, und sie kämpften nicht in derselben Klasse. Sylvie war nicht ihre Rivalin: Sie hatte sie bereits besiegt. Aber was war sie nur dämlich mit ihrem Lächeln und den Zähnchen, die so ordentlich aufgereiht waren wie Zuckerstückchen.

– Hallo, ich bin Sylvie.

– Ich nicht.

– Immer noch dieselben Witze, bemerkte Julien, der von den dreien am angespanntesten war. Sylvie, darf ich dir Éléonore vorstellen. Éléonore, das ist Sylvie.

Er küsste seine Freundin auf die Wange, wie er es so oft mit Éléonore gemacht hatte, dann streichelte er ihr die Hinterbacken mit der flachen Hand. Er gab ihr sogar einen Klaps auf die Stelle überm Po. Sylvie hatte am Hintern braune Haut, so straff wie ein Trommelfell. Das gegnerische Paar so traut sehen zu müssen, war für Nanou die schlimmste Prüfung. Sie hatte dem nur ihre tragische, jämmerliche Einsamkeit entgegenzusetzen.

Schnell zwang sie sich, wieder Oberwasser zu gewinnen. Ihr Blick suchte Trost in der Umgebung. Sie schnappte ein paar radioaktive Partikel auf, die in der Luft schwebten, und dach-te-po-si-tiv. Das hatte sie im Managerkurs gelernt.

1. Mach aus deinen Schwächen Stärken.

2. Mach aus deinen Stärken Drogen.

So konnte man sich völlig blind stellen und mittels seiner Schwächen Berge versetzen. Sie kannte Frauen, die reinsten Plunzen, die mit Hilfe dieser beiden Regeln etwas aus sich gemacht hatten und als absolut passabler Umgang galten.

Schließlich brodelte alles vor Energie, man brauchte sich nur zu bücken und etwas davon aufzusammeln, schon wirkte man stärker als eine Legion Libellen. Sie atmete tief durch und sagte sich, uff, geschafft. Die Welt gehört mir.

Die Hormone gelangten im Gehirn an und trübten den Blick. In wenigen Augenblicken würde eine Welle von Selbstvertrauen über sie hinwegspülen, und dann wäre sie wieder topcool und selbstsicher. Gar nichts draus machen. So trieben es die Gefühle in allen Frauenköpfen. Up and down. Die großen Gezeiten des weiblichen Bewusstseins. Éléonore hatte gelernt, ihre Stimmungsumschwünge zu bändigen wie einen Flohzirkus.

Sylvie führte sich immer noch kriecherisch auf, als wären sie Freundinnen. War sie etwa derart bescheuert, dass sie nicht begriff, wie sehr Éléonore sich wünschte, sie würde auf der Stelle krepieren oder sich an ihrem Bikiniträger aufhängen?

– Ich weiß nicht, hast du schon was gegessen ... Ich zeige dir dein Zimmer ... Und tirili und tirila ... Wenn du willst, mach ich dir was fertig. Oder du kannst dich gleich umziehen, die anderen sind am Pool, hinterm Haus. Wie es dir lieber ist ... Ach, ist das gut, ein paar Girls hier zu haben ... Du bist echt super gebaut ... willst du ein Glas Wasser ...

Ein gutmütiger Sprechdurchfall, wie sie ihn nicht oft zu hören bekommen hatte. Wirkte nicht mal gezwungen. Dieses Mädchen musste wirklich nett sein, das war auch der Grund, warum er sie ihr vorgezogen hatte, ihr, deren Charakter ihrer Intelligenz entsprach. Aber das war nicht die Frage. Nanou liebte Julien nicht mehr. Sie hatte sich das derart oft suggeriert, dass es irgendwann stimmte. Der Anblick dieses Paars und der Gedanke, wie es sich entwickeln dürfte – diese Nettigkeit, diese katholisch-bürgerliche Wertewelt, zu der er sich durch diese Karikatur von einer Frau Zugang verschaffen wollte – genügte, dass sie sich angewidert fragte, wie sie diesen Mann als Vater ihrer Kinder hatte haben wollen. In einem Paar musste es doch auch etwas Dreckiges geben, Unebenheiten, Schönheitsflecken. Es konnten doch nicht alle leben wie in einem Film von Jacques Demy, blonde Haare haben und Biofutter essen.

Ihr Bauchansatz wackelte unter der Bluse.

– Ich bin echt. Fett, hässlich und echt. Ich bin kein Klon.

– ...

– Ich habe schon gegessen. Ich würde gern mein Gepäck abstellen und dann den anderen guten Tag sagen. Sind Leute dabei, die ich kenne?, erkundigte sich Nanou.

– Ich glaube nicht. Damien wäre eigentlich gern mit Alice gekommen. Du weißt doch, er hat jetzt diesen Job in Toulouse, aber dann musste er wegen eines Kongresses oder so dableiben, ich weiß nicht. Carole hatte keine Lust auf die Reise und Cyrille schon etwas anderes geplant. Also sind fast nur Arbeitskollegen von mir und Freunde von Sylvie da. Einer war mit uns auf der Schule. Im Jahrgang über uns. Ich glaube aber nicht, dass du ihn kennst. Aber sie sind sehr ... cool.

– Oh, so habe ich das nicht gemeint. Ich bin hier, um mich auszuruhen.

– Und Tim ist auch da, weißt du noch, der Fußballer?

– Tim?

– Buffalo Tim. Der Ami.

– Keine Ahnung, wer das sein soll.

– Der bei uns ein Praktikum gemacht hat, ein halbes Jahr lang. Hatte ich dir erzählt. Der Junge, mit dem ich immer beim Squash war. Jetzt arbeitet er in Rennes.

– Kann schon sein.

– Gehen wir.

Sylvie mochte es nicht so leiden, wenn Julien über Leute redete, die sie nicht kannte.

Éléonore folgte ihr hinein.

Juliens Zukünftige war äußerst zuvorkommend. Sie warnte sie vor etwas höheren Stufen, zeigte ihr die wichtigen Örtlichkeiten, die Toiletten, die Küche, das Zimmer, in dem sie und Julien schliefen und miteinander schliefen, und dann auch ihres. Vielleicht wusste sie doch Bescheid und war sich nur einfach ihrer unerschütterlichen Position sicher. Das Haus war riesig, es hatte mindestens ein Dutzend Zimmer. Man betrat es durch ein Atrium im römischen Stil, mit einem kleinen, von Bimsstein eingefassten Fischbecken voller Seerosenblätter. Überall standen breite Sofas und in den Ecken Sitzkissen à la »Emmanuelle in Bangkok«. Durch eine Glaswand gelangte man in ein gewaltiges Esszimmer im Kolonialstil, in dem schon gar nicht wenige leere Flaschen standen und zusammengeknüllte Strandhosen herumlagen. Von dort aus gab es nicht viel zu sehen: nur den Garten, so weit das Auge reichte.

Eine breite Treppe führte ins Obergeschoss. Die Wände waren mit pastellfarbenem Leinenstoff tapeziert. Oben stand allerlei Nippes auf hohen Kirschbaumständern, und verdurstende Kletterpflanzen ließen ihre Ranken kläglich zu Boden hängen. Sylvie kommentierte jede Entdeckung mit einer kleinen belanglosen Bemerkung.

– Die Küche.

Auch Nanou hatte schon erkannt, dass das die Küche war.

– Die Toilette. Oh, das Ferkel. (Jemand hatte nicht abgezogen, und in der Schüssel gärte bernsteingelber Urin samt einer havannazigarrenförmigen Wurst.)

– Der Flur. Ich muss mal die Blumen gießen. Ich habe ganz vergessen, die Blumen zu gießen. Pfui, pfui.

Einige Bilder an den Wänden erregten Éléonores Aufmerksamkeit, solide gemalte Ansichten von der Riviera, von irgendwelchen vergessenen Malern des 19. Jahrhunderts fabriziert, dazu eine Kollektion morbider Porzellanpuppen und eine metallisch glänzende Standuhr. Der Reichtum konnte sie nicht beeindrucken. In Wahrheit pfiff sie sogar darauf, schließlich hatte sie seit ihrer Schulzeit immer wieder mit Leuten zu tun gehabt, die mit Sicherheit noch viel wohlhabender waren als Juliens Eltern und dabei auch nicht mehr taugten als sie und ihre Familie.

Dank der Verhältnisse, in denen sie groß geworden war, maß sie Kunsthandwerk keinen besonderen Wert bei (anders als jemand, der aus einer Arbeiterfamilie stammte und angesichts einer solchen Anhäufung von wertvollen Gegenständen und Großartigkeit sehr gestaunt hätte). Nanous Mutter hatte ihr Heim sehr geschmackvoll eingerichtet. Außerdem war Éléonore nicht deswegen hier. Also achtete ihr Geist nicht weiter darauf. Diese Dekoration war ihr ziemlich gleichgültig. Ihr Zimmer war recht klein, aber gemütlich, ganz so, wie man es von einem Gästezimmer in einem Haus der oberen Zehntausend erwarten konnte, also mit Bedacht möbliert, aber ohne den überzogenen Luxus der Wohnräume, in denen auf jedem Quadratzentimeter der Ruf des Hausherrn auf dem Spiel steht. Juliens Vater war Notar. Er musste ordentlich viele Gebühren und Schmiergelder eingestrichen haben, um sich diese Bude leisten zu können.

– Gut, dann lass ich dich mal verschnaufen. Hast du einen Badeanzug dabei?, fragte Sylvie.

– Ja, ja, klar. Danke.

Sylvie war kleiner als sie. Julien dürfte sie um einen Kopf überragen. Hochgewachsene Typen liefen ohne die geringsten Skrupel mit Zwerginnen herum, und so große Stuten wie Nanou schauten in die Röhre.

– Super. Ich geh dann wieder an den Pool. Komm runter, wenn du fertig bist. Handtücher sind in der Kommode und Ambre Soleil im Badezimmerschrank.

– Solaire.

– …

– Ambre Solaire. Ich habe alles dabei, was ich brauche.

– Super. (Jedes dritte Wort war bei Sylvie »super«). Gut, dann will ich mal.

– Okay.

– Äh, Éléonore?

– Was denn?

– Ich freue mich, dass du hast kommen können. Julien hat gesagt, du bist seine beste Freundin.

– Ich freue mich auch. Danke … Drecksschlampe.

Sylvie trabte los, hinter ihren Brüsten her. Vielleicht waren die überhaupt unecht, dachte Nanou. Die Spalte, die durch das T-Shirt zwischen den beiden Carbon-Möpsen zu sehen war, konnte durchaus auf eine OP hindeuten.

Nanou fläzte sich der Länge nach aufs Bett und stemmte sich mit den Füßen vom Fußende ab, um den Rock auszuziehen. Sie sparte sich die Mühe, ihn auf einen Bügel zu hängen, sondern ließ ihn wie eine Fahne zusammengeknüllt auf der Matratze liegen.

»Seine beste Freundin.« Im Bett, dachte sie. Seine beste Freundin im Bett. Sie war mit Sicherheit die beste Fickerin, der Julien je begegnet war. Alles hatten sie angestellt. Sie streichelte einen Kratzer an ihrem Handgelenk, dessen Narbe seitdem nicht verschwunden war. Sie verfolgte das langsame Kreiseln des Rattan-Ventilators an der Decke, der für kühle Luft sorgen sollte, vollführte noch ein paar »Deep Breaths« und stand dann auf, um auszupacken.

Die Kalifornische Deep-Breath-Technik erlaubte es, den Körper maximal mit Sauerstoff zu versorgen und folglich so gut wie augenblicklich sämtliche Verspannungen zu beseitigen, die die Ausbreitung positiver Schwingungen behinderten. Man brauchte nur ganz tief einzuatmen und dann mental den Weg des Sauerstoffs zu verfolgen, der huckepack von den roten Blutkörperchen in sämtliche Kapillaren transportiert wurde. Wenn man den Körper einmal komplett durch hatte – eine Strecke und eine Anzahl von Kreuzungen, die dem gesamten französischen Autobahnnetz entsprachen –, war man wieder mit seinem »physischen Leib« im Einklang und konnte ein normales Leben weiterführen.

Im Spiegel gesehen, war ihr Körper gar nicht so übel. Die Epilation hatte kaum Schäden angerichtet, und ihre Rundungen gerieten nicht aus der Kurve. Sie zog sich den Bikini zurecht. Ihre Brüste passten gerade so hinein. Sie musste sich langsam mal an 95 D gewöhnen. Was soll's. Die linke Brust war halb eingeklemmt, und sie riskierte Zysten und Brustkrebs. Ihre Tante war daran gestorben. Der Gynäkologe hatte gesagt, mit solchen Brüsten sei das Risiko deutlich erhöht. 95 D, die Körbchengröße kam von dem, was der Markt bot, ihrer idealen Brustgröße am nächsten. Sie hatte ein paar Jahre gebraucht, um sich dessen bewusst zu werden und sich ein bisschen Bequemlichkeit zu gönnen. Früher hatten die Bügel unter ihren Brüsten so tief eingeschnitten, dass sie regelrechte Rillen hinterließen, so tief wie Furchen auf einem Kartoffelacker. Die BHs ihrer Mutter waren die bequemsten, aber leider in Sachen Verführung nicht funktional. Von Spitzen bekam sie Juckreiz. Von rotem Stoff ebenso.

Aus dem Fenster war der Pool nicht zu sehen, nur der Hof, durch den sie gekommen war, und der Clio, der achtlos vor der Tür geparkt stand.

Nanou nahm das Handy und rief ihre Mutter an.

– Hallo Mama, ich bin's.

– Ah … lieb, dass du anrufst.

– Ja, ich bin gerade angekommen.

– Habt ihr gutes Wetter?

– Wunderbares Wetter. Und Juliens Haus ist fantastisch. Weißt du was, ich ziehe mich gerade zum Baden um ...

– Bist du mit Julien zusammen?

– Äh ... nein, Mama, du weißt doch ...

– Nein, ich weiß nicht. Du sagst, du bist in Juliens Haus, aber nicht mit ihm zusammen?

– Mama, das habe ich dir schon erklärt. Gut, ich geh jetzt baden. Das wollte ich dir nur schnell erzählen. Und dass ich gut angekommen bin.

– Ja, ja. Soll ich deinen Vater rufen? Er sieht gerade Fußball im Fernsehen.

– Nein, nein, ich hab das Aufladegerät für's Handy nicht dabei und kann nicht so lange reden. Gib ihm einen Kuss von mir.

– Aha? Gut, gut, dann auf Wiederhören. Viel Spaß, und pass mit der Sonne auf. Du weißt, da kriegt man einen Hängebusen von.

– Ja, Mama, tschüß. Ich ruf dich an, wenn ich wieder zu Hause bin.

– Auf Wiederhören, Chérie. Und gib auf deinen Busen acht.

– Grüß Papa von mir.

– Ja.

– Ich leg jetzt auf.

– Auf Wiederhören.

– Jetzt leg ich auf.

Éléonore stöhnte kurz. Sie liebte ihre Mutter so sehr, dass sie sie ständig anrufen musste. Sie zog ein Jay-Jay-Johnson-T-Shirt über, schlüpfte in rosafarbene Frotteeshorts und ging nach unten zu den anderen.

Der Pool war von Pinien umstanden, die man in Form von Ölbohrplattformen zugeschnitten hatte. Rings um das Be-

cken herum lagerten Éléonores neue Freunde auf Liege-
stühlen, mit Sonnenbrille, schmalkrempigen Strandhütchen
oder Tennismützen, sie plauderten fröhlich, in Zweier- oder
Dreiergruppen arrangiert wie Obst, und schlürften dabei
Erfrischungsgetränke. Zwei Frauen waren im Wasser und
bespritzten sich, indem sie ganz, ganz doll mit den Füßen
planschten. Ihre vergnügten Quietscher klangen wie Walge-
sänge und waren sicher noch jenseits der Grundstücksgren-
zen zu hören.

Als sie Nanou erblickten, beendeten die Gäste ihr Sonnen-
bad. Manche legten ihre Modezeitschrift oder einen Roman
aus der Hand, um aufzustehen. Andere legten nichts weg,
denn sie brutzelten ohne weiteres Accessoire. Die Sonne tön-
te ihre Weißemenschenhaut mit mehr oder weniger Glück.
Julien war ins Wasser gesprungen, während sie das Haus
besichtigt hatte. Er stieg über die Badeleiter aus dem Pool,
schüttelte sich und kam dann herbei, um die gegenseitigen
Vorstellungen zu leiten, stolz und tropfend wie ein Bademeister.

Nanou fühlte sich unbeholfen, wie immer. Sie war zwar
sehr anmutig, konnte aber nicht anders, als an sich zu zwei-
feln. Wenn sie Fremden vorgestellt wurde, verursachte ihr
das dieselben Beklemmungen, wie beim Bäcker Brot zu kaufen oder wenn sie eine mündliche Prüfung abzulegen hatte.
Ihre öffentlichen Auftritte im Job wurden von ihren Kollegen
und Vorgesetzten oft als katastrophal beurteilt. Sie kam ins
Stottern, wurde rot und verhaspelte sich restlos. Manchmal
wurde ihr Haar fettig, und von ihrer Stirn kullerten dicke
Schweißtropfen. Jetzt sah sie, wie sich ihre Pobacken und
der restliche Körper bei jedem Schritt in ihrer Aufmachung
bewegten, und staunte, dass sie so fest wirkten, so selbstsicher, wo sie doch diesem Licht ausgesetzt waren, das nicht
einen einzigen Fehler durchgehen ließ. Nach all den Mona-

ten im Schatten von Hosen- und Rockstoffen kümmerte ihr Fleisch sich einfach nicht darum, was sie dachte. Menschliche Körper leiden gar nicht besonders, wenn sie in Dunkelkammern gehalten werden, genau wie Chicoree. Wenn sie dann ins Freie kommen, tragen sie ihre Blässe und mangelnde Vertrautheit mit der Umwelt sogar mit einer gewissen Grazie. Nanous Körper hatte blitzschnell seine Rechte geltend gemacht. Jetzt würde er ihr immer um einen Schritt voraus sein. Er würde ihr ihr Verhalten diktieren, als wäre er ein Männerkörper, unbekümmert und autoritär.

Julien machte sie mit Serge, Anita, Goddie, Samuel, Fabienne, Benjamin, Tim und Jade bekannt, die sie in dieser Reihenfolge auf die Wangen küssten. Bussi. Bussi. Nur Jade küsste sie vier Mal und dazu noch ziemlich nah am Mund. Die anderen setzten ihr ganz automatisch unpersönliche Küsse auf die Wangen. Sylvie bemühte sich nicht herbei, sondern verfolgte das Ritual vom Rand des Pools aus, wo sie oben ohne badete. Ihre Möpse waren tatsächlich nicht mal fake.

Serge und Anna waren ein Paar, auch sie wollten demnächst heiraten. Sie trugen Trauringe aus Silber mit Anlaufschutz. Goddie mochte wohl mit Fabienne gehen, vielleicht aber auch mit Samuel. Aber das ging Éléonore nichts an, sie bemühte sich, die Fragen, die sie ihr stellten, so zu beantworten, dass sie freundlich wirkte und sich in die Gruppe einfügte. Ihr Arbeitgeber war angesehen genug, dass die anderen ihr Vorschusslorbeeren im Hinblick auf Intelligenz und soziale Stellung zubilligten. Alle waren sie Consultants oder bekleideten beneidenswerte Positionen in prosperierenden Firmen. Ernst & Young genoss eine ganz außerordentlich respekteinflößende Aura. Dieses Renommee für sich nutzen zu können, war ein realer Vorteil, ganz egal, zu welcher Gesellschaft man Zugang erhalten wollte.

Die anderen Gäste sagten ihre Identität leidenschaftslos

daher, denn sie wussten, dass sie das alles im Laufe des Abends wiederholen mussten, wenn sie über sich und ihre Berufe reden und danach versuchen würden, einander mit Berichten über ihr Geld und ihre jüngsten Anschaffungen an Möbeln, Klamotten oder HiFi-Anlagen zu beeindrucken.

Nanou war beeindruckt von der Schönheit all dieser reichen jungen Menschen. Nur Benjamin entsprach der übrigen Gesellschaft körperlich nicht so ganz. Er war deutlich kleiner als die anderen, schien einer untergeordneten Rasse – oder zumindest Klasse – anzugehören und lächelte etwas dämlich, als verfügte er über ein Wissen, von dem die anderen nichts ahnten, und behielte es egoistisch für sich. Statt fester seitlicher Bauchmuskeln hatte er Love Handles, und auf seinen Beinen spross grässliches wolliges Haar. Serge war ein hübscher Bursche, hatte aber schon einen Bauch. Goddie war groß gewachsen und hatte breite Schultern wie ein Rettungsschwimmer, sehr kurz geschnittene Haare und einen Athletenkörper. Sein Hintern war breit und hing etwas tief, und er hatte eine deutliche Tendenz zum Dickwerden, was seinem glatten Oberkörper zwei kleine Titten bescherte. Sein Gesicht hingegen war makellos, griechisch, und seine sehr gerade Nase verlieh ihm eine gewisse Kraft.

– Ich kann dir sagen, der ist so was von brillant, hatte Julien ihr ins Ohr geflüstert. Er hat schon ein paar Diplome.

– Ach? Als Ingenieur?

– Nein, Mensch, als Leistungsschwimmer.

– Ah.

Das war Éléonore eigentlich herzlich egal. Samuel hatte ein Engelsgesicht, das aber leider von unreiner Haut verdorben wurde. Seinen Oberkörper bedeckte schwarzer Flaum, aber er hatte einen fabelhaften, sehr femininen Hintern. Sein Teint war kränklich, fast schon grün, und sein Bart derart schwarz, dass er schon wieder zu sehen war, obwohl er sich am Morgen rasiert hatte. Er hätte durchaus schöner sein können, als er war. Wie auch immer, in Badehose wirkte er unvorteilhaft. Und er war ein zu schmächtiges Bürschchen, um hier besonders aufzufallen. Neben dem großen Tim verschwand er geradezu. Der Amerikaner war wohl der Einzige hier, der einem Vergleich mit Stars und Models in Badehosen standgehalten hätte. Seine breiten Schultern waren in der Sonne wirklich beeindruckend. Er hatte Hände, so breit wie Teppichklopfer, und seine Schenkel wurden durch schwellende Muskeln in verschiedene Bereiche unterteilt. Jade sah auch nicht übel aus, wenn auch etwas gedrungen und nicht besonders selbstbewusst. Ihre wulstigen Lippen wirkten verdammt erotisch. Anna war ein hübsches Mädchen, aber sie hatte einen fetten Hintern, und ihre Haltung wirkte auf Éléonore eine Spur bäurisch. Nein, sie passte wirklich nicht zu Serge, dessen Wanst wegen seines genießerischen Lebenswandels schlaff und abstoßend war, aber dennoch etwas Machtvolles, Majestätisches an sich hatte. Fabienne war von angenehmem Äußeren, aber eine Dutzenderscheinung. Wetten, dass sie in einer Gruppe von mehr als drei Personen niemandem mehr auffallen würde, so zurückhaltend und komplexbeladen, wie sie war. Ihre Nase war etwas gerötet und hatte Mitesser auf den Flügeln, aber ihr Äußeres war sonst durchaus ansprechend. Ihre Augen waren mit Minen gespickt, die jeden Moment hochgehen konnten und die mit ihren Auslösern im Blau ihrer Pupillen trieben. Trotzdem war sie rassig, sehr blass und sehr braun, ganz im sizilianischen Stil. Ihr sehr fester Körper, die breiten, römischen Hüften verliehen ihr eine gute Form. Ihre melonenförmigen Brüste hatten purpurne Spitzen. Ihre Haut war sonnengerötet, trotz der Nivea-Milch, mit der sie sich eingerieben hatte und die überall auf ihrem Gesicht und ihrem Körper Fettspuren oder da, wo sie eingetrocknet war, feine weiße Linien hinterließ.

Éléonore sprach einen Moment mit Anita und Benjamin über die Arbeit. Bruno VanHede erwähnte sie nicht, sondern verschiedene prestigeträchtige Aufträge, die sie für die staatliche Bahngesellschaft oder Microsoft France erledigt hatten. Die anderen nahmen recht bald wieder ihre vorherigen Beschäftigungen auf. Sie lachten und rauchten Zigaretten. Die Vorstellungsrunde war herzlich, aber kurz ausgefallen. Der Nachmittag blieb dem Farniente vorbehalten, und das war etwas Einzelgängerisches. Zum besseren gegenseitigen Kennenlernen und für intensivere Gespräche bliebe ihnen noch der ganze Abend. Benjamin, so erfuhr sie, gehörte nicht zu denselben Kreisen wie die anderen. Er arbeitete nicht für eine Consulting-Firma, sondern studierte noch, ohne nennenswerten Erfolg, denn alles, was er vorzuweisen hatte, war ein Magister in Marketing. Sie fand das Gespräch mit ihm denkbar mühsam.

Dann legte sie sich für eine kleine Weile in einen Liegestuhl, der zwischen denen von Tim und Jade stand; Jade war nicht sehr gesprächig, sie wirkte depressiv. Gegenüber hob Fabienne ihren Bikinislip an, um zu kontrollieren, ob sie schon Farbe und einen weißen Streifen gekriegt hatte. Beglückt sah Nanou, dass die Pobehaarung der jungen Frau recht weit ihre Schenkel hinunterging. Sie hatte sie zwar rasiert, aber ein paar Stoppeln und sonstige Spuren waren geblieben und konnten die anderen Frauen nicht täuschen. Diese Feststellung erfüllte Nanou mit Sympathie für die junge Frau, die gleich darauf einschlief.

Éléonore badete, aber erst, nachdem Sylvie, Anita und Serge aus dem Pool gekommen waren, denn sie kannte sie nicht genug, um mit ihnen Wasserspiele zu spielen, sie zu bespritzen oder unterzutauchen. Sie schwamm ein paar Bahnen auf dem Rücken, dann nahm sie wieder auf ihrem Liegestuhl

Platz, diesmal im Sitzen, und betrachtete den Himmel. Er war von einem tiefen, gleichförmigen Blau, ein recht uninteressanter Anblick für jemanden, der sich sonst am abwechslungsreichen Himmel des Nord-Pas-de-Calais oder Savoyens berauscht. Der mediterrane Himmel hingegen war ärmlich, er bot keinerlei Farbabstufungen, war so breit wie nirgendwo sonst, ein einziges durchgehendes Stück. Kein Meeresvogel, keine Boeing, keine dinosaurier- oder krokodilförmige Wolke, da konnte sie so lange hinschauen, wie sie wollte. Zu dieser Seite wurde das Grundstück von einer verputzten Mauer begrenzt, dahinter auch von einer Reihe Zypressen und Kiefern, die jede Aussicht verstellten. Ganz links hatte man einen Blick in die Tiefe auf die Bucht von Cannes und die Felsenlinie, die entlang der Autobahn Richtung Vence verlief.

Wenn Nanou das Gesicht in die Sonne hielt und die Augen schloss, sah sie unterm Lid Bazillen treiben; sie hatten die Form von Balken, auf denen nackte Männer rittlings saßen, wie auf dem Gemälde *Das Floß der Medusa*. Wenn sie die Lider noch stärker zusammenkniff, erschienen Farben, und eine Art Kaleidoskop mit Glassplittern trat an die Stelle der vorigen Erscheinung.

Hinter der Mauer konnte Éléonore aber doch das Meer ahnen, das sich still und lautlos wie Öl unter ihr erstreckte; nur manchmal tauchten, für sehr kurze Zeit, ein paar bunte Drachen auf und ließen ihre schwankenden Spitzen in der Ferne über die Mauer schauen. Der Rasen rings um den Swimmingpool war sonnengedörrt und niedriger als Teppichboden. Éléonore trank den Obstsaft, den Benjamin ihr eingeschenkt hatte, in einem Zug aus und schlief ein, in Erwartung der Essenszeit; Julien hatte indessen einen Hechtsprung auf Sylvies Liegestuhl vollführt, um sie zu küssen und ihr die Nippel zu massieren. Ihr Exfreund beugte sich über seine neue Freundin und zog ihr von der Sonne verbrannte, durchscheinende, blutrot geäderte Hautstreifen ab. Diese manchmal mehrere Zentimeter langen Stücke lösten sich vom Bauch, den Schultern und Armen und flogen davon wie Pergament oder Zigarettenpapier, um dann im Pool oder in den Kreuzblumenbeeten zu landen. An manchen haftete wohl noch etwas Sonnencreme, denn sie blieben an Juliens Fingern kleben, und er musste sie abschütteln, damit sie losflogen.

Zum Spaß tat er so, als würde er Sylvies abgestorbene Haut essen oder sie küssen. Eines der Fetzchen trug der Windhauch bis auf Nanous Fuß; sie hob es auf, versuchte, seine Details zu entziffern und zu sehen, wie es sich von ihrer eigenen Haut unterschied. Éléonore stellte sich vor, dass unter Sylvies Haut bald rohes Fleisch käme und Julien aus Grausamkeit einfach weitermachte, sie stillschweigend häutete, bis sie zu einem großen Matsch aus Blut und Körpersäften zergehen würde. Und danach dann käme er zurück zu ihr, deren Haut unversehrt wäre, und würde ihr Feuchtigkeitscreme von Oréal auf die Wangen streichen.

Serge spritzte Anita mit dem Schlauch nass, mit dem der Rasen gesprengt wurde. Sie hob die Arme über den Kopf und machte kleine Hüpfer, damit ihr Freund auf ihren Nabel zielte.

– Tiefer!, kreischte sie.

Serge jubelte. Er bestrich ihre Brüste mit dem Wasserstrahl, bewegte ihn die Kurve ihres Busens hinab, überschwemmte die Vertiefung des Bauchnabels und spritzte Anita dann das kalte Wasser zwischen die Beine. Der Badeanzug zog sich zusammen, und unter der gemeinsamen Wirkung von Nässe und Kälte zeichnete sich zu Serges Entzücken und Befriedigung das hinreißende Schamhügelchen ab.

– Jetzt reicht's, beschwerte sich Anita. Sie fröstelte und wickelte sich in ihr Badehandtuch wie in eine Toga. Sie küssten sich.

Kurz vorm Einschlafen hatte Éléonore die Empfindung, sich wohlzufühlen, und das trotz der Isolierung. Der Status als Neuankömmling hing ihr jetzt an. Sie war die letzte, die dazugestoßen war, so würde es bis heute abend bleiben, dann würde niemand mehr daran denken.

Jade und Tim begonnen eine Partie Badminton im Garten. Sylvie legte Techno-Musik auf.

– Das ist die berühmte Best of Super Discount, sagte sie stolz und schwenkte das kükengelbe Cover.

– Oh ja, École de Versailles, bemerkte Benjamin ironisch.

*

Julien kam am Spätnachmittag und weckte Éléonore.

– Heh, Lénore. Waky! Waky! Waky! Du kannst doch nicht nur schlafen. Was macht denn das für einen Eindruck? Meine Freunde müssen bald denken, du kannst sie nicht leiden.

– Entschuldige. Ich bin einfach fertig. Ich muss mindestens dreihundert Jahre Schlaf nachholen.

– Das macht gar nichts, war nur ein Witz. Und, wie findest du Sylvie?

– Toll.

– Nein, im Ernst …

– Toll, im Ernst. Aber ich habe sie erst ein paar Minuten gesehen. Vielleicht irre ich mich ja.

Juliens Selbstsicherheit war beängstigend. Er verlangte unablässige Bestätigung in seinen Lebensentscheidungen, bis er einen auf einmal betrog und souverän selbstsicher wurde. Éléonore fand es gespenstisch, dass sie seine Zukünftige beurteilen sollte, als hätte sie, ausgerechnet sie, da ein Wörtchen mitzureden. Vielleicht hatte sie ihn nie um dessentwillen geliebt, was er wirklich war, sondern um dessentwillen, was sie in ihn hineingedacht hatte, als sie sich mit neunzehn kennen lernten. Auch um dessentwillen, was er in sie hineingemacht hatte, aber derart vulgäre Gedanken konnte derart vulgäre Gedanken nicht formulieren, ohne sie eng und idiotisch zu finden.

– Warum lachst du?

– Wegen nichts. Ich hab nur an was Komisches gedacht. Ich mag deinen Pool. Ich bin gern hier.

– Gehen wir?

– Ja. Jetzt habe ich Hunger.

Nanous Bauch war hohl, aber voller Sonne.

– Du hättest beim Essenmachen helfen können.

– Du hättest mich wecken können.

– War nur ein Witz … Ach, du liebes bisschen! Du bist verbrannt wie ein Würstchen.

– Häh?

– Sieh dir mal deine Schultern an.

Nanou hatte auf dem Bauch geschlafen, und ihre Schultern trugen den Abdruck der Sonne. Rote und bläuliche Spuren von verschiedenster Form, es sah aus, als hätte sie einer mit Fausthieben traktiert. Aber das zählte nicht im Vergleich damit, wie stolz sie sein würde, wenn sich das Rot in Braun verwandelt hatte. Sie warf einen prüfenden Blick auf ihre Sonnencreme und beschloss, am nächsten Tag eine mit höherem Schutzfaktor zu nehmen. Selbst jetzt, so früh im Jahr, genügte Faktor 10 ganz offensichtlich nicht, um die Kremierung zu vermeiden.

Julien reichte ihr die Hand und half ihr hoch. Alle waren schon im Esszimmer, bis auf Benjamin, der bäuchlings auf dem Rasen lag und mit den Händen ruderte wie ein Maulwurf. Sylvie hatte Pommes Frites gemacht. Mit Hähnchen.

– Klassisch. Aber saulecker, sagte Buffalo.

– Hmm, meinte Serge bedächtiger.

Éléonore setzte sich zwischen Fabienne und einen leeren Stuhl; Benjamin kam einen Moment später, immer noch in Badehose.

– Du hättest dir ruhig was anziehen können, bemerkte Juilen.

– Ich hätte mich auch ganz ausziehen können, sagte Benjamin und tat so, als würde er sein bestes Stück hervorholen. Die anderen Männer trugen Shorts von Calvin Klein oder Paul Smith, und bis auf Benjamin hatten sie alle perfekt rasierte Radrennfahrerbeine.

Das Hühnchen war nicht braun. Offenbar hatte Sylvie es in der Mikrowelle zubereitet. Alle hatten Hunger und aßen schweigend. Nanou fand diese Situation entspannend, während Anita verlegen schien und in gleichmäßigen Abständen mit irgendwelchen abgelutschten Gesprächsthemen anfing, wie Rollerscates, den Gefahren übermäßigen Sonnenbadens, der Wirtschaftskrise oder dem Rinderwahnsinn. Niemand stieg wirklich darauf ein, und nach ein paar Wortwechseln ging dem Gespräch die Puste aus.

Hühnchen, sagten sie, sei in diesen Zeiten neben Fisch das einzige Fleisch, das sie noch aßen. Alle Beefsteaks, Kalbsrollbraten und Kaninchen waren voll mit entarteten Genen, die nur darauf warteten, sich im Organismus auszubreiten und ihn zu Zellenmatsch zu verwandeln. Die wirklich Schuldigen waren nicht *Monsanto* und die anderen Gentech-Firmen, sondern diese Drecksärsche von geizigen, profitgierigen Bauern. Samuel war Vegetarier, ließ in seiner Weltanschauung aber auch Fisch gelten, obwohl Fische seit Jahrzehnten allen krankmachenden Dreck der Meere schluckten und blaue Algen schissen.

Als Nachtisch gab es bulgarisches Joghurt und Kaffee. Er erklärte, dass die Veganer, anders als die Vegetarier, ihr Embargo sogar noch auf Milchprodukte und Eier ausgedehnt hätten, aber so weit sei er noch nicht. Samuel verwechselte gesundheitspolizeiliche Maßnahmen mit Umweltengagement, aber niemand wies ihn darauf hin.

Den Abwasch machten alle gemeinsam, dann folgte eine dreistündige Partie *Trivial Pursuit*. Es gab bei dem Spiel viel Disput, insgesamt aber war das Niveau niedriger, als man es bei dieser Runde erwartet hätte. Die jungen Finanzleute verfügten über keine gute Allgemeinbildung, und in Sachen Literatur, Philosophie und Geschichte waren sie Nieten. Außerdem hatten sie Konzentrationsschwierigkeiten und tranken zu viel *Famous Grouse*-Whisky und *Zubrowka*-Wodka. Nanou schlug sich in den Fragen zum Sport gar nicht schlecht – dank Yannick Noahs Sieg 1983 in Roland-Garros und dem Boxkampf von Mohammed Ali und George Foreman in Zaire –, und auch in der Abteilung Kultur ganz gut, wo sie die folgende schwierige Frage beantworten konnte: Wer spielt die Esmeralda im Musical *Der Glöckner von Notre-Dame*? Merkwürdigerweise wusste niemand außer ihr die Antwort. Die anderen sahen keine Unterhaltungssendungen.

Anita antwortete Boy George, als Witz, aber der fiel durch.

Weitere schwierige Fragen waren:

– Von welchem Komponisten stammt die Originalmusik zum Film *Bullit*?

– Wie heißt die Hauptstadt von Obervolta?

– Wer war Jouffroy d'Abbans?

– Wie oft hat der amerikanische Radrennfahrer Greg Lemond die Tour de France gewonnen?

– Welche Staatsbürgerschaft hat der Sänger George Michael?

Schließlich gewann doch Goddie und gab, um das zu feiern, eine Runde Obstschnaps aus, den er in seiner Tasche mitgebracht hatte. Jetzt war klar, dass er und Samuel Schwuchteln waren. Unablässig legten sie die Hände aufeinander, umarmten sich und gaben sich kleine Klapser auf Schultern und Schenkel. Außerdem glaubte Nanou gesprächsweise mitgehört zu haben, dass sie im Marais zusammenwohnten. Wie auch immer, sie war nicht homophob. Nur dass Goddie eben verdammt attraktiv war und sie ihn sich gern später genehmigt hätte. Die Vorstellung, wie er seine Stange in das kleine, muschelförmige Arschloch seines Freundes schob, stimmte sie eher missmutig, als dass sie sie erregte. Je mehr sie sich die Szene vor Augen führte – mit ihrer Muschel anstelle des Arschlochs –, desto ungerechter fand sie das Leben.

Nach dem Spiel fing Julien an, Joints zu bauen. Das Cannabis würde die Zungen lösen. Die Typen veranstalteten einen kleinen Wettkampf, wer seinen Joint am schnellsten fertig hatte (Sieger: Tim, dank seiner Mordstechnik) und wer beim Inhalieren am längsten die Luft anhalten konnte. Jeder erstickte an seinem Zug, wurde knallrot und hustete heftig, um wieder zu sich zu kommen. Juliens Gras war besonders stark und stimulierte nicht gerade die Intelligenz. Bei jedem Zug spürte man sich verschwinden und wieder auftauchen, mit dem Gesicht eines Debilen.

Als endlich alle mehr oder weniger bekifft waren, lief das Gespräch lockerer und schlängelte sich auf neue Gebiete. Jeder wurde aufgefordert, seine berufliche Situation zu skizzieren, danach sein Gefühlsleben. Man verfuhr nach der Runde-Tisch-Methode. Jeder kam an die Reihe, sodann entspann sich wenn nötig eine Diskussion, um die Kernlinien des Gegenstands herauszuarbeiten. Niemand schien zu wissen, dass Julien und Nanou miteinander geschlafen hatten. Als sie an die Reihe kam, ließ Éléonore nichts davon verlauten, damit die Stimmung nicht frostig wurde.

– Ja, die Liebe kann einem schon wirklich schwer zu schaffen machen, sagten sie.

– Heutzutage, wo die ganze Welt erforscht ist, ist das Single-dasein die einzig noch mögliche Form von Heroismus.

– Nichts kann die körperliche Liebe ersetzen. Das ist kriegsentscheidend. Wenn es ihnen sexuelle Befriedigung verschaffte, würden es Pavian und Robbe miteinander treiben oder ein Seepferdchen mit einem Salbeistrauch.

Und was sonst noch an Banalitäten.

Benjamin veranstaltete ein Werberaten, bei dem sie Slogans zu Produkten nennen sollten, die in ihrer Kindheit eine Rolle gespielt hatten.

– Bonduelle ist das famose Zartgemüse aus der Dose!, sangen alle gemeinsam.

Bald gab es eine weitere Abschweifung, die alle miteinander zu anderem führte; das vorige Thema wurde ohne weiteres fallen gelassen, sie vergaßen einfach alles, was sie dazu hatten sagen oder zur Lösung des ursprünglich angesprochenen Problems hatten beitragen wollen. Diese Form der Unterhaltung war anstrengend, denn das war alles so vollkommen belanglos, es führte zu nichts, dazu kam noch der Einfluss von Alkohol und Gras, und nach zwei oder drei Stunden hatten alle genug davon.

Julien und Sylvie scherten sich nicht darum, dass die anderen da waren, und knutschten immer ungenierter. Sylvie züngelte drauflos wie eine Pornodarstellerin, aber niemand achtete weiter darauf. Benjamin redete schon lange nicht mehr mit. Er lungerte auf einem der Sofas und las eine alte Sondernummer von *France Football*, die Juliens Vater hier hatte liegen lassen; die Tielseite zeigte Marco Simone.

– Wie kannst du so einen Mist lesen?

– Wie kannst du ihn nicht lesen?

Und das Palaver ging weiter. Über den maßlosen Raum, den der Fußball seit der Weltmeisterschaft 1998 in Medien und

Öffentlichkeit einnahm. Über die Stellung der Frau in der modernen Welt, namentlich in den moslemischen Ländern. Und wieder wechselten sie nach zwei Minuten das Thema. Éléonore hätte fast den Anschluss verloren, weil sie nicht an der Diskussion teilnahm, inwieweit es sich für eine private Firma lohnte, externe Berater zu engagieren. Zwei Auffassungen standen einander gegenüber. Die eine, vertreten durch Samuel, führte ins Feld, die Mitwirkung externer Kräfte könne die Entscheidungsfindung verbessern, und zwar da die Diagnose auf diese Weise objektiver ausfalle. Sprachrohr der anderen Schule war Fabienne, die sagte, die Beratungstätigkeit erhalte erst dank der Ängstlichkeit und Unentschlossenheit der Führungskräfte ihre Profitchance. Consulting sei ein zwar kostenträchtiges, aber effektives Mittel, die Entscheidungen zu treffen, zu denen einem selbst der Mut fehle. Das war ein Gesichtspunkt.

Nanou schloss sich Fabiennes Meinung an. Alles in allem bewies auch ihre Erfahrung, dass der einzige Mehrwert, den sie zu einem Unternehmen beitragen konnte, darin bestand, in anderer Form wiederzugeben, was die Leute ihr erzählten. Es kam darauf an, die Suppe, die man ihr vorsetzte, genießbar zu machen und sie dann wieder anzubieten. Das war ein Beruf, manchmal auch eine Kunst. Der Unternehmensberater hört zu, macht sich Notizen, nimmt die Verhaltensweisen wahr und hört mit feinem Ohr die versteckten spitzen Bemerkungen der Direktionsmitarbeiter, dann formt er das alles um. Er tut das Gehörte in einen großen Mixer, verpackt es in eine wissenschaftlich wirkende Darstellung (mit Gilbreth-Grafiken, Perth-Grafiken und Organigrammen) und konfrontiert seine Auftraggeber mit dem, wofür er engagiert wurde.

Je nachdem, was er liefern soll, ordnet er seine Beobachtungen so an, dass das gewünschte Ergebnis herauskommt.

Und er verfasst seinen Abschlussbericht in einer Weise, die die Ausgangsidee des Direktors bestätigt.

– Jeder Dussel kann das machen, solange er ein Händchen für Powerpoint hat, sagte Fabienne.

Wenn der Direktor zum Beispiel eine Umstrukturierung plant, genügt es, auf ein paar Ineffizienzen im Sekretariat oder der Logistik hinzuweisen und ganz unschuldig anzumerken, in diesen Bereichen sei eine Steigerung der Produktivität ratsam. Eine Messung der Effizienz der Mitarbeiter, die ohne Ansehen der Aktivität und Bedeutung des Einzelnen durchgeführt wird, liefert Anhaltspunkte dafür, ob zehn, zwanzig oder vierzig Leute freigestellt werden sollten. Der Direktor ist hingerisen. Man hat ihm für ein paar Millionen Francs gezeigt, dass er ein Genie ist.

So lief es fast immer. Schaubild-Kuchen und –Säulen waren die Grundlage für die größten Entscheidungen unserer Zeit. Damit hatte Fabienne nicht Unrecht, und Samuel stand dumm da. Die größten Unternehmen wurden mit Hilfe von Präsentationen per Videoprojektor geleitet. Wer die elegantesten machen konnte, schnappte sich den Auftrag und kriegte saftige Verträge.

Jetzt war der Schwuli beleidigt, dass er bei einem Thema, das ihm so am Herzen lag, in der Minderheit war, und beschloss, schlafen zu gehen.

– Ich bin total erschossen, meinte er bitter. Alle durchschauten sein Spiel.

Es war zwei Uhr früh, und die jungen Leute ermüdeten allmählich. Jade hatte so viel getrunken und geraucht, dass ihr kotzübel wurde. Nach allerlei Hin und Her erbrach sie sich in ein Strandeimerchen mit Pu-der-Bär-Dekor, und alle lachten herzlich, außer Tim, der die noch dampfenden Spritzer aufputzen musste, die auf den Fliesen gelandet waren. Goddie folgte Samuel ins Zimmer, und alle nutzten die Gelegenheit, um ebenfalls schlafen zu gehen. Sie wechselten ängstliche Blicke à la, o Gott, jetzt wissen es alle.

Nanou blieb noch kurz mit Anita unten und half Sylvie beim Abräumen und in der Küche, dann empfahl auch sie sich. Die beiden anderen unterhielten sich über Sex. Aber Nanou war nicht recht am Platze für dieses Gespräch. Sie wusste nicht, was war besser, ein Freund, der gut im Bett, aber untreu ist, oder ein Freund, der treu ist, aber schlecht im Bett. Oder gar kein Freund und statt dessen Dildos mit eingebautem Vibrator.

Bis morgen, sagten sie zueinander.

Bis morgen.

Was machen wir morgen?, fragte Benjamin.

Nichts, ist doch klar.

Es war zu spät, um etwas zu entscheiden, also verzichteten sie kurzerhand darauf. Julien schlug vor, er könne noch die CD von Patrice Babatunde einlegen, dann würde der Reggae sie alle in den Schlaf wiegen. Benjamin wollte lieber West Coast Jazz. Er hatte seine Live-Doppel-CD von Chet Bakers Konzert in Stockholm 1983 dabei. Julien machte die Anlage aus und Schluss, denn er mochte weder Jazz noch Widerspruch.

Nach sorgfältigem Zähneputzen mit Zahncremes, die Frische und Schutz und Weißheit versprachen – einer Übung, zu der sie sich seit ihrer Kindheit zwangen –, fielen die Türen ins Schloss.

Wahrscheinlich ereigneten sich noch einige Geschlechtsakte zwischen legitimen Paaren, aber Nanou schlief sofort ein und hörte nichts anderes als das, was sich in ihren Träumen ereignete. Nordwind kam auf und raschelte in den Palmenhainen wie in den Clubs Med von Tunesien.

7 DAS POLITISCHE LEBEN

Jean-Louis Dolmen hatte eine großartige Visage. Die Stadtverwaltung hatte ihm Lautsprecher zur Verfügung gestellt,
die sonst bei Feueralarm und Ausgangssperren eingesetzt
wurden, sodass man seine Worte vom einen Ende der Stadt
bis zum anderen hören konnte, als stünde man nur ein paar
Schritte neben ihm.

Die Feierlichkeit fand auf dem Hauptplatz von Toulon statt.
Vor dem Springbrunnen hatte man große Podeste aufgebaut
mit roten Vorhängen davor und zu beiden Seiten der Bühne
Grünpflanzen und Schalen mit Alpenveilchen und Lilien. An
allen vier Ecken des Aufbaus staken Trikoloren, und ein drei
mal drei Meter großes Foto des Vorsitzenden hing direkt hinter dem Podium, auf dem er seine Ansprache halten würde.

Nach dem Aufstehen hatten sie einen Wagen gechartert, der
zum Anwesen gebracht wurde und mit dem sie einkaufen
fahren wollten, was zu trinken und Zigaretten kaufen. Julien
und Sylvie waren im Bett geblieben, ebenso Jade (von der
man noch nichts gesehen hatte), Anita und Fabienne, die
prinzipiell beschlossen hatte, an diesem Wochenende nicht
einmal den kleinen Finger zu rühren.

– Kommt gar nicht in Frage, dass ich vor die Tür gehe. Ich
habe Urlaub, da werd ich mir doch nicht den Supermarkt mit
den ganzen Touris antun.

Nun war Toulon aber auch nicht unbedingt eine hübsche Stadt. In Toulon bummeln zu gehen war nicht weiter reizvoll, es sei denn, man wollte mal sehen, wie Menschenleere bei Sonnenschein aussah. Sie hatten sich alle miteinander in den einen Wagen gezwängt. Goddie und Samuel stellten stolz ihre Sexualität zur Schau. Beide trugen enge Bill-Tornade-T-Shirts, die ihnen fantastisch standen und ihre Brustmuskeln zur Geltung brachten. Goddies kleine Brüste waren unter dem Gewebe fast niedlich. Tim steuerte den Wagen betont männlich, und Nanou saß auf der Rückbank in ihrem irisierenden Kleidchen, das sie extra für den Strand angeschafft hatte. Die schmalen Träger machten ihr zwar die Schultern einer Möbelpackerin, doch dieser kleine Nachteil wurde vom Dekolletee, das bis zu ihren apfelförmigen Brüsten reichte, mehr als ausgeglichen. Sie hatte gezögert, ob sie eine Jeans anziehen sollte, dann aber nicht der Neugier widerstehen können, mal zu sehen, wie ihr Körperbau auf die anderen wirken würde.

Die Schwulen hatten als Erste reagiert. Goddie, der etwas weniger andersrum wirkte als Samuel, hatte ihr Komplimente für ihren Busen gemacht und versucht, ihr durch den Stoff in die Nippel zu zwicken. Serge, der schließlich so gut wie verheiratet war, hatte so getan, als ob nichts wäre, beäugte sie aber lüstern im Rückspiegel. Tim hatte sich wie durch Zufall sehr viel herzlicher verhalten als am Vorabend.

– Alle an Bord, es kann losgehen.

Tim legte eine Procul-Harum-Kassette ein und drehte voll auf. Die Abfahrt in die Stadt war nicht ungefährlich. Das Sträßchen war gerade mal drei Meter breit und schlängelte sich eng an der Flanke des Mont Faron entlang. Einmal, als sie einem Bus voll deutscher Touristen begegneten, musste Tim auf den Seitenstreifen ausweichen.

– Diese Arschlöcher. Was müssen die hier unsere Berge verschandeln.

– Die denken, mit ihrer Mark können die sich alles erlauben. Die Mark ist der Feind, scherzte Goddie.

– Nieder mit Europa!

Gegen elf Uhr kamen sie in der Innenstadt an. Bis sie im Prisunic eingekauft und alles im Wagen verstaut hatten, war der Umzug angekommen. Als sie aus dem Zigarettenladen kamen, staunten sie über den Zustrom. Jede Menge Gaffer und herausgeputzte Leute mit Marineblazern, jede Menge Alte und Söhne aus gutem Hause strebten zum Ort der Kundgebung. Am Rande gingen Araber unstet hin und her und fragten sich, was da vorging.

Toulon ist eine ebenso buntscheckige Stadt wie Marseille. Viele Maghrebiner sind hergezogen, um in den Werften zu arbeiten, und geblieben, als diese dichtmachten. Also herrscht hier heiße Erde: auf der einen Seite müßige Einwanderer, die nicht wissen, wohin mit ihrer Zeit, und auf der anderen Soldaten auf Ausgang. In den Gässchen des Hafenviertels ereignen sich unzählige Zusammenstöße, und sobald es Nacht ist, setzt es jede Menge Fausthiebe, Drogenhandel und Prostitution treiben üppige Blüten.

Die französische Marine hat die Stadt zu einem ihrer wesentlichen Brückenköpfe gemacht und dadurch in der Tat ein Gegengewicht zum wirtschaftlichen Niedergang des Hafens geschaffen. Die Soldaten haben die Arbeiter ersetzt, die sich ins Hinterland des Departements zurückgezogen haben, fern ihrer früheren Arbeitsstätten, es sei denn, sie starben bereits, von Asbest oder anderem Dreckszeug zerfressen, das sie bei der Arbeit abbekommen hatten.

Jean-Louis Dolmens Erneuerungspartei hat hier seit der Ölkrise einen fruchtbaren Boden für ihre Ideen gefunden, und, nachdem sie 1987 und 1993 zweimal knapp die Sozialisten nicht hatte aus dem Rathaus vertreiben können, dies kurz darauf dann doch geschafft, wodurch zum ersten Mal eine

Stadt von mehr als 100 000 Einwohnern unter das Kommando dieser Partei fiel.

Vor Jean-Louis Dolmens Rede erklangen die Eingangstakte von Strauss' *Also sprach Zarathustra*. Er verwendete denselben Auszug wie Elvis Presley bei seinem legendären, via Satellit übertragenen Konzert auf Hawaii, und die Musik bewirkte unter seinen Parteigängern dieselbe ungeduldige Vorfreude wie unter den Fans des Kings.

Goddie und Samuel hatten sofort begriffen, was da vor sich ging. Nanou war völlig ahnungslos. Tim wusste gerade mal, dass die Stadt von der Erneuerungspartei regiert wurde, abgesehen davon war es ihm herzlich schnuppe. Er schlug vor, sie sollten den Aperitif möglichst weit weg von diesem Menschenauflauf trinken, was die anderen aber schlankweg ablehnten.

– Wartet mal. So was erlebt man doch nicht alle Tage.

Jean-Louis Dolmen, Führer der Erneuerung, hatte auf dem Grab eines Polizisten, der beim Aufstand in La Seyne nahe Toulon von den Arabern erschlagen worden war, einen Kranz niedergelegt und die Gelegenheit genutzt, um den Kandidaten seiner Partei für die Kommunalwahlen zu unterstützen. Das Rathaus hatte dafür gesorgt, dass sein Auftritt unter den besten Bedingungen stattfand. Die Deko war üppigst, die Sonne stand hoch am Himmel. Sperrgitter umzäunten den Platz, alle dreißig Meter verstärkt durch Gorillas in der Uniform von Marinesoldaten. Diese Kolosse waren die Präsidialgarde des Führers. Jean-Louis Dolmens Kopf war wie das Kruzifix in den Kathedralen genau an dem Ort aufgehängt, wo das Licht gebündelt auftraf. Die Palmen in seinem Rücken bildeten eine gigantische Dornenkrone und ließen ihn als veritablen Riesen erscheinen. Serge war von dieser Zeremonie wie hypnotisiert.

In einer Ecke des Platzes hatte die Partei ein digitales Zähl-werk aufgebaut, das alle zwei Minuten um eine Zahl weiter-sprang. Dolmen hatte dazu erklärt, alle zwei Minuten werde hierzulande von einem Ausländer ein Verbrechen begangen. Jedes Mal, wenn das Zählwerk eine Ziffer mehr zeigte, stie-ßen seine Anhänger ein lautes »Buhh!« aus und blickten feindselig zu den Arabern hinüber, die am Rand des Platzes bösartig und argwöhnisch auf- und abspazierten.

– Kommt, sagte er. Das müssen wir uns aus der Nähe an-schauen.

Éléonore fragte, ob es denn nicht auf eine Unterstützung dieser Partei hinauslief, wenn sie an der Kundgebung so eines Mistkerls teilnahmen. Eine kleine Debatte folgte, mit dem Ergebnis, dass es Bürgerpflicht sei, die Botschaft der Erneue-rungspartei kennen zu lernen.

Dolmens Anhänger ließen sich in drei Gruppen unterteil-len. Die glühendsten waren die alten Bürger, die sich beim Gehen auf ihre Stöcke und ihre Frauen stützen mussten. Sie drängten sich in den vordersten Reihen, und wenn sie einmal an Ort und Stelle waren, konnten sie sich keinen Meter mehr weiterbewegen. Ihre Frauen waren unglaublich hässlich mit ihren dicken Mänteln und den wie Unterwasserkarten ge-furchten Gesichtern. Unter ihnen befanden sich viele einst aus Algerien heimgekehrte Kolonisten mit dicken, feuer-wehrroten Nasen und Fans des Schauspielers Roger Hanin in Uniformen der Bewegung »Algérie française«. Diese erste Gruppe verlieh der Partei zwar nicht unbedingt etwas Zu-kunftszugewandtes, aber diese Leute waren ihre Goldesel. Die alten Schachteln trugen derart teure Pelzmäntel, dass man nur einen davon zu verkaufen brauchte, um Büroräu-me, Dienstwagen und Kleister für die Plakate anzuschaffen. Die zweite Gruppe bestand aus einfacheren Leuten, meist kleinen Arbeitern und Angestellten. Unter ihnen bemerkte

Nanou eine erhöhte Quote von schnurrbärtigen, blonden Vierzigern, in deren dickem Haar ein scharfer Seitenscheitel gezogen war. Ihre üppigen Schnurrbärte waren vom Typ Schrubber. Manche sahen aus wie Walrösser. Sie schauten unglücklich und resigniert drein. Offenbar Leute, die ihre Lebensziele nicht erreicht hatten und deswegen jetzt sozusagen sauer waren. In dieser Hinsicht war dies die Gruppe der normalen Menschen mit den gesündesten und nachvollziehbarsten Motiven. Ohne schlecht über sie reden zu wollen, hatten manche rot geäderte Gesichter und gebeugte Schultern, die bezeugten, dass sie schwer hatten schuften müssen, um sich zu diesem Grad der Abnutzung vorzuarbeiten.

Schließlich gab es da die Gruppe der Jungen, ganz ohne Zweifel die beeindruckendste, wenn auch kleinste. In Toulon gab es sehr wenige Skinheads und junge proletarische Faschisten. Oder aber sie lagen nach den Vergnügungen des Samstagabends um diese Tageszeit noch im Bett, mit einem Kater und übernächtigtem Zigarettengeschmack im Mund. Diejenigen, die schon auf waren, waren ganz offensichtlich die Enkel der ersten Gruppe. Sie verbreiteten ganz und gar nicht das Gefühl, etwas verpasst zu haben, wie die Vorigen. Im Gegenteil, sie waren gebräunt und gut gelaunt. Sie unterhielten sich angeregt, als wäre es ganz und gar selbstverständlich, politisch aktiv zu sein, und als ob die Art ihres Engagements nichts Fragliches oder Beschämendes an sich hätte.

Wer sie sah, dachte unweigerlich: Sie haben Recht, Rassisten zu sein, denn wenn Rassist sein bedeutet, so gut gekleidet zu sein wie sie, so gut frisiert zu sein und so gut drauf zu sein, na da muss man doch einfach Rassist sein.

Am Nachmittag lagen sie sicher in der Sonne wie alle andern auch oder fuhren mit kleinen Katamaranen weit hinaus aufs Meer, oder sie spielten mit ihren Freundinnen am

Strand Volleyball oder Jokari. Genauso ein Leben müsste man führen.

Serge, ein rechtskonservativer Balladur-Anhänger, erkannte nur zu gut, dass es sein größter Lebenswunsch war, so zu sein wie diese jungen Leute da und seine Boshaftigkeit ebenso cool ausleben zu können wie sie. Sie amüsierten sich schallend über grässliche Sprüche à la »Araber stinken, wenn's regnet« oder belachten Statistiken darüber, wie viele Einwanderer Sozialhilfe bekamen oder über die Anzahl der Personen, die Invalidenrente oder Kindergeld bekamen, obwohl sie außerhalb des Landes lebten. Ernster wurden sie, als Jean-Louis Dolmen über das Geld sprach, das für viele der höchste Wert sei, und über schlechte Franzosen, die dem Land den Rücken kehrten und sich im Ausland niederließen, um Steuern zu sparen, namentlich in Großbritannien. Vor allem Laetitia Casta, die einerseits als Marianne posierte und sich andererseits eine Wohnung in London gönnte, um der irrsinnigen Steuerlast zu entgehen, die diese Bolschewiken von Sozis einem aufbürdeten. Jetzt war das, was Dolmen sagte, schon sehr viel weniger klar, von wegen auf der einen Seite müssten die Steuereinnahmen den Franzosen und nur ihnen zugute kommen, und es sei die Bürgerpflicht eines jeden, Steuerzahlerdisziplin zu üben (was das anging, konnte man Dolmen nur beipflichten, umso mehr, als er einen äußerst zentralistischen Staat und radikale Säuberungsaktionen verfocht, die erhebliche Kosten verursachen würden), und auf der anderen Seite monierte er, dass Fabius, dieser Itzig im Finanzministerium – er bezeichnete ihn mal als Itzig, mal als Nosferatu, eine Anspielung auf seine Verwicklung in die Affäre um die HIV-verseuchten Blutspenden, oder er nannte ihn sogar die »Kanüle«, Fabius die Kanüle, die den echten Franzosen das Blut aussaugt –, dass Fabius für das extrem hohe Steuerniveau (bekanntlich 6o Prozent des

Brottoinlandprodukts) verantwortlich sei. Dass derart viel Steuern gezahlt werden müssten, liege daran, dass die Nigger von den Sozialämtern und dank der Quotenregelungen so gewaltig viel Geld kassierten, die Schwulen dank des PACS und die Juden sowieso. Für Juden gab es zwar keine staatlichen »Sonderzahlungen«, aber dank eines äußerst verwickelten und komplizierten Kreislaufs (derartig kompliziert, dass Dolmen keine Zeit hatte, ihn hier und jetzt zu erläutern) waren ihre Konten immer gut gepolstert. Beweis: Viele Juden gründeten Unternehmen, und mit Start-ups und Textilfirmen verdienten sie noch mehr Geld als echte Franzosen. Die jungen Leute waren mit diesen grundlegenden Feststellungen absolut einverstanden. Ihre Gefolgschaft wirkte wirklich ernsthaft und herzlich. Man konnte durchaus nicht behaupten, ihre Entscheidung für das Gedankengut von Jean-Louis Dolmen beruhe auf falschen Voraussetzungen oder liege nur daran, dass die Politik sonst nichts Gescheites zu bieten hätte. Diese Typen fanden tatsächlich Gefallen an den Ideen, die Dolmen verbreitete. Dass ihre Wahl seiner Partei nur an seinem Charisma liegen würde, konnte man nun wirklich nicht behaupten.

Der Leuchtturm der Erneuerung illustrierte seine Darlegungen mit großen Gesten. So reckte er beispielsweise die Arme gen Himmel, als er sagte, dass sich alles zum Besseren wenden würde, wenn er erst einmal Präsident wäre; es war, als beschwöre er die Sonne, über die Erde zu kommen und selektiv alle Araber und Nigger zu verbrennen. Die Sonne würde fabelhaft als Unkrautvernichter gegen die Quecken der Gesellschaft funktionieren. All das war zuvor sorgsam bedacht und von unwiderlegbarer Logik.

Oder aber er führte ruckartig die Ellbogen abwärts, um SCHLUSS!! zu sagen, und presste fest die Fäuste zusammen, wenn er gegen die Sozi-Regierung wütete. Seine Gestik war äußerst gelungen und entsprach seinen Emotionen aufs Beste. Es genügte, auf Dolmens Arme zu achten, schon verstand man perfekt, was er sagte, zum Beispiel, dass Lionel Jospin nichts als Mist baute, seit er Premierminister war. Dann vollführte er eine Art Schmetterlings-Schwimmbewegungen rückwärts, um zu zeigen, dass er all das zum Teufel jagen und die Kräfte des Landes wieder in Gang bringen würde. Dann hatte Dolmen einen sehr großen Mund, seine Wörter hallten sehr, sehr laut von den Mauern der Stadt wider. Leute waren in ihren Wohnungen geweckt worden und verfolgten die Kundgebung jetzt von ihren Balkonen aus, in Strampelanzügen und Unterhosen, Orangensaft trinkend.

Seine Anhänger hingegen tranken seine Worte, als wären sie lauter Milch und Honig, und kommentierten sie mit Kopfnicken oder lautem »Ja, ja!«, was den Redner dazu ermutigte, immer schneller immer radikalere Überlegungen anzustellen. Als er anfing, die französische Familie als solche mit den Araberfamilien oder degenerierten Familien zu vergleichen, kam Jean-Louis Dolmen wirklich enorm in Wallung und erhöhte die Frequenz seiner Gesten um mindestens 30 Prozent. Nanou fand das ein bisschen viel und fürchtete fast, er könnte sich die Arme auskugeln. Außerdem war ihr gerade eingefallen, dass Mylène Farmer in Bercy exakt dieselbe Choreografie veranstaltet hatte. Zum Glück war niemand außer ihr bei dem Konzert dabeigewesen, sonst hätten die Leute gedacht, Dolmen mache das absichtlich oder hätte seinen Auftritt vorher mit einem Choreografen und der Tänzerin Aurélie Dupont eingeübt.

Über die Familie sagte er mehr oder weniger, dass die westliche Zivilisation (er sagte nicht »christlich-jüdisch«, sondern nur »katholisch«) sich wegen Rassenvermischung und Liberalismus in einer Phase der Sperma-Dekadenz befinde. Die französischen Frauen könnten keine Kinder mehr kriegen, weil die Araber sie sofort nach der Schwangerschaft vergewaltigten, um ihnen ihre Handtaschen zu stehlen und auf ihren Vespas abzuhauen (die natürlich auch gestohlen waren, und er blickte die jungen Leute an, die solcherlei unangenehme Erfahrungen schon gemacht hatten und zu Fuß von der Schule nach Hause gehen mussten, weil die Araber die Vespas klauten). Folglich bekämen sie keine Kinder mehr, sondern die Araberfrauen bekämen an ihrer Stelle welche, und das erkläre, warum wie in dem Science-Fiction-Film *Die Dämonischen* die weißen Kinder allmählich verschwänden und nur noch braune Kinder übrig blieben, wodurch nach und nach ganz Frankreich nur noch Raï und Rap höre und in die Moscheen renne, um dort Glaspantoffeln anzuziehen.

Die Männer wiederum müssten den ganzen Tag lang für strenge jüdische Arbeitgeber schuften, sodass sie abends zu erschöpft seien, um sich um ihre Familien zu kümmern und nur noch Bruce Willis im Fernsehen und im Kino *Independence Day* sähen. Ergebnis: Sie veramerikanisierten, übernahmen antifranzösische Lebensweisen und wurden schwul.

Der Chef der Erneuerungspartei konnte sich nicht recht entscheiden, ob Jospin und der PACS schuld daran waren, dass die Schwulen schwul wurden, oder ob die Schwulen wegen der Vermischung mit unreinen Rassen schwul geboren wurden. Im letzten Fall konnte man die Schwulen nicht verantwortlich machen, denn dann war ihre Neigung eine Sache der Gene. Das war die einzige Schwachstelle seiner Ausführungen. Woher kamen die Schwulen? Die im alten Griechenland waren anders, die waren so schwul, wie normale Leute mit Frauen schlafen, es war eine gesunde Sexualität, die die Gesellschaftsordnung respektierte. Unsere waren viel perverser, denn sie waren absichtlich schwul, um die Fortpflanzung der weißen Rasse zu sabotieren; lieber gingen sie mit Jack Lang, »dem Rabbi Jacob von der Jaquette«, auf Technoparties, als ihr Vaterland zu verteidigen. Bei solchen Leuten konnte man nicht damit rechnen, dass unsere Armee das Land gegen Algerien, Deutschland und die Russen verteidigen könne. Stellen Sie sich das mal vor, Armeen von Schwuchteln und Itzigs gegen die vereinigten Russen und Araber. Gemeinsam mit seinem Bürgermeisterkandidaten wollte Dolmen Toulon zu einer uneinnehmbaren Festung machen, genau wie damals Napoleon, der die Stadt nutzte, um das Land gegen die Invasion vom Meer her zu verteidigen. Als er das sagte, blickte Dolmen voller Nostalgie, eine Träne im Augenwinkel, zum Fort weiter unten und zum Bunker oben auf dem Mont Faron. Alle Anwesenden spürten, dass eine grundlegende Wende in der Politik sein musste, wenn man die Ordnung wiederherstellen wollte.

– So weit bin ich von seinen Gedanken gar nicht entfernt, sagte Serge ganz leise.

Er wusste nicht, ob er so etwas sagen oder es nur denken durfte.

Zum Abschluss stimmte Dolmen a capella die *Marseillaise* an, mit den Alten als Backgroundchor wie in *Dimanche Matin* mit Robert Quibels Bigband.

In diesem Moment ging es los. Eine Bande junger Araber und Anarchisten rannte hinter dem Palmenhain los und startete eine Kommandooperation. Sie kamen von überall her, in losem Verbund, wie eine Armee junge Wildkatzen. Ein großer Kerl mit rasiertem Schädel und schnellen New-Balance-Sneakers drang in den Raum der Anhänger ein, zog seine Khaki-Shorts herunter und schrie mehrmals hintereinander: »Dolmen, jetzt wirst du gefickt!« Er neckte die Sicherheitsleute. Er schlenkerte seine Eier einmal nach rechts, einmal nach links und klatschte sich vor den Augen der Alten auf die

Hinterbacken. Die Sicherheitsleute eilten herbei. Sie warfen ihn zu Boden und schoben ihm einen Schlagstock als Dildo in den Anus, ohne Gleitmittel. Der Anarchist schrie vor Schmerzen um Hilfe. Er blutete aus dem Enddarm wie eine Litschi. Die Frauen schlugen sich die Hand vor den Mund, um den Gestank seiner Eier und Fürze nicht riechen zu müssen. Von hinten konnte man seinen Schwanz nicht sehen, Dolmen seinerseits sah von der Bühne herab wahrscheinlich nicht mal den Kopf. Er tat ohnehin so, als würde er den Nacktarsch nicht bemerken, und sang lieber »Vorwärts marschieren wir! Das unreine Blut tränke unserer Äcker Furchen!«.

Die Araber hüpften über die Sperrgitter, um dem Nacktarsch zu Hilfe zu kommen und lenkten die Ordner und all die herumstehenden jungen Leute ab. Die antifaschistische Gruppe bestand zu 40 Prozent aus Arabern und zu 60 Prozent aus jungen Weißen mit langen oder kurz rasierten Haaren. Alle trugen sie Sportkleidung oder Jeans, was ihnen einen unleugbaren Vorteil verschaffte gegenüber den anderen in ihren Kostümen, feinen Schühchen und Blazern. Manche hatten Rollerscates an den Füßen und bewegten sich mit Lichtgeschwindigkeit. Außerdem mussten die jungen Anhänger der Erneuerungspartei darauf achten, dass sie eine saubere Weste behielten, und eher fliehen als draufhauen. Die Sicherheitsleute waren sehr stark. Sie teilten Fausthiebe und Kopfstöße aus, zudem traten sie den Gegnern mit ihren schweren Stiefeln vors Schienbein. Manche waren in Kampfkünsten bewandert und vollführten Sprünge, die auf Araberbäuchen landeten. Sie setzen japanische Schreie ein, um höher zu springen und ihre Konzentration zu steigern. Nach dem Vorbild Jean-Louis Dolmens hatten manche Mitglieder des Sicherheitskommandos spezielle gestische Choreografien erlernt, dank derer sie den Gegner mit Finten verwirren und ihn dort treffen konnten, wo er es am wenigsten erwartete.

Nanou wollte weglaufen, aber sie war zu nahe bei den jungen Parteianhängern. Sie wurde gemeinsam mit den Frauen der Erneuerung umzingelt, die Anarchisten umkreisten sie mit ihren Vespas wie Indianer und schlugen mit Fäusten und Baseballschlägern auf die Männer ein, die sie beschützen wollten. Obwohl zahlenmäßig weit unterlegen, konnten die Anarchisten die Parteigänger eine Weile hinhalten. Jean-Louis Dolmen stand großartig in der Sonne und sang unverdrossen weiter. Der Vorsänger der Erneuerung hatte einen schönen Tenorbariton und wusste die Lautsprecher zu nutzen, um seine Stimme voller und tongenauer wirken zu lassen, als sie war. Schüsse knallten. Die reinste Panik. Die jungen Leute rannten in alle Richtungen und warfen die Alten über den Haufen wie Kegel. Die alten Schachteln kreischten und schützten ihre Klunker. Alte Männer bluteten aus Platzwunden an der Stirn. Manche von ihnen schlugen mit ihren Krücken nach den Anarchisten, die auf dem Weg von einer Kampfgruppe zur anderen an ihnen vorüberkamen. Serge fing sich von einem Araber einen Haken ein und ging zu Boden.

– Ich bin keiner von denen, versuchte er zu erklären.

Doch das nahm ihm der andere nicht ab (nicht zuletzt, weil Serges präfaschistische Kleidung Anlass zu Verwechslungen bot) und verpasste ihm einen Tritt in die Nieren. Serge blieb die Luft weg, er konnte nicht mal protestieren. Der Araber spielte Fußball mit seinem Kopf und ließ nicht von ihm ab.

– Serge, Serge!, schrie Éléonore und wollte ihm helfen. Der Araber trat Serge unterdessen mit dem flachen Fuß ins Kreuz. Serge floss Blut über die Stirn.

Zum Glück wurde der Araber jetzt von einem mindestens eins fünfundachtzig großen Fascho umgenietet, der ihm von hinten die Beine wegtrat und ihn wie ein Rugbyspieler auf den Boden drückte. Mit der einen Hand hielt er ihm den Kopf fest, mit der anderen riß er ihm die Nasenlöcher auf und die Haare aus. Ein junger Mitstreiter half ihm, dem Olivenfresser den Schädel einzuschlagen, und Serge, wieder auf den Beinen, trat ihm zur Revanche auch ein paar Mal in die Eier. Da hatte der Muselman ein Souvenir!

Der Kampf lief in Grüppchen von fünf oder sechs Personen. Wenn die Gegner einer Gruppe am Boden lagen oder geflohen waren, kamen die Sieger ihren Genossen an anderer Stelle zur Hilfe. Parallel dazu lieferte man sich Verfolgungsjagden, trat sich von hinten in die Knie oder verpasste den Opfern die gemeinsten Blutgrätschen. Auf diese Weise konnte man so einen Arabarchisten mit einem einzigen Tritt zu Fall bringen. Hüten musste man sich vor denjenigen, die einem mit stählernen Schlagringen die Wange aufschlitzen wollten. Manche von den jungen Leuten hatten mit Titanklingen verstärkte Hockeyschläger, die einem in die Waden schnitten.

Nach drei Minuten gelang es den Bullen endlich, alle auseinanderzubringen. Eigentlich aber hatte der Anführer der Anarchisten das Zeichen zum Rückzug gegeben, und schon verschwanden seine sämtlichen Truppen im Laufschritt oder holten noch ihre Skateboards aus dem Gebüsch. Die Gruppe zerfiel zu vier Teilen und entwischte durch die vom Platz abgehenden Straßen. Als wäre nichts gewesen. Serges Araber lag da, die Eier zu Matsch getreten; der attraktive Fascho und sein Kumpel übergaben ihn der Polizei. Serge zerquetschte ihm noch die Finger, Glied um Glied.

– Da bitte, sagten sie zu den Polizisten, übernehmen Sie.

Die Bullen schleppten ihn wegen Störung der öffentlichen Ordnung in ihren Mannschaftswagen.

– Alles in Ordnung, Serge?

Jetzt war der Araber auf einmal kleinlaut. Er begann um seine Gesundheit zu fürchten und bat die Polizisten um Gnade.

Tim, Goddie und Samuel hatten sich vor der Schlägerei in Sicherheit gebracht wie die letzten Weicheier. Gleich zu Anfang waren sie sofort in den Eingang des Kinos geflohen und hatten sich nicht mehr gerührt.

Serge war von dem Hieb noch ganz benommen. Er blickte sie dämlich an.

– Alles in Ordnung, Serge?

Dann kam er wieder zu sich und reichte dem Fascho, der ihn gerettet hatte, zum Dank die Hand.

– Nichts zu danken, sagte der. Ist doch selbstverständlich.

Der Fascho umarmte Serge. Auch Nanou dankte ihm. Der junge Faschist war wirklich hübsch, und sie gab ihm einen leichten Kuss auf sein Veilchen. Dann ging der junge Mann zu seinen Kumpels und seiner Freundin, die ihn bei den anderen Mädchen der Erneuerungspartei erwartete.

Serge war nur leicht verletzt, seine Lippe blutete, die Freunde umringten ihn und drückten ein Papiertaschentuch darauf, damit sie nicht so anschwoll.

– Ist nicht so schlimm, tröstete ihn Tim. Da hab ich schon ganz anderes gesehen.

– Zu Hause tun wir Eis drauf, zur Kühlung.

Goddie und Samuel waren immer noch verängstigt und Nanou den Tränen nah.

– Ich hab ja gesagt, das ist keine gute Idee, bemerkte sie.

Sie nickten alle betreten, aber passiert ist passiert, da war nichts zu machen.

Unterdessen hatte Dolmen mit den Alten in schönster Gleichgültigkeit fertig gesungen und war in seinem Wagen gen Restaurant davongerollt, um mit seinem Bürgermeisterkandidaten und seiner Frau Anne-Marie Meeresfrüchte zu essen.

Seine Anhänger gingen zu Fuß nach Hause, und wer nicht zu schwer verletzt war, prahlte vor den anderen mit Tritten, die er den Anarchos verpasst hatte. Auf dem Platz blieben jede Menge Trümmer und Kleidungsfetzen zurück, genug Arbeit für die Veranstalter und die Stadtreinigung.

Serge hielt sich die schmerzende Lippe. Wie eine fette violette Nacktschnecke kroch sie ihm pochend mitten übers Gesicht. Er sagte, das letzte Mal habe er sich in der Grundschule geprügelt und das kotze ihn jetzt an, weil Anita schimpfen würde.

– Dann erklären wir ihr, dass du nicht schuld warst, sagten sie alle auf dem Heimweg.

Nanou beschloss, jeden Gedanken an Politik fallen zu lassen und sich nach dieser scheußlichen Erfahrung von allen öffentlichen Belangen abzuwenden. Ob Faschos, ob Arabarchos, die taugten doch alle nichts.

8 DAS PFLANZENREICH

»Der westliche Bourgeois wird erst dann
aufhören, sich selbst zu bejammern, wenn er
wie früher die anderen bejammern kann.«

Jean-Claude Milner: *Der Lohn des Ideals*

Wieder zurück auf dem Anwesen, kehrte alles zur Ordnung zurück. Anita verpflasterte Serges Lippe, und Samuel schilderte den Vorfall mit zwei Sätzen. Niemand hatte Lust, noch viele Worte darum zu machen, vor allem nicht Serge, der die Situation ausnutzte, um sich von Anita und den anderen Mädchen bedienen zu lassen wie ein Pascha.

Sylvie hatte wieder Essen gemacht. Pasta mit Ricotta und Basilikum. Diesmal hatte sie sich Mühe gegeben, alle fanden es köstlich und nahmen sich zwei Mal. Sie hatte es sogar geschafft, das Gericht zu überbacken, und Nanou aß ein ordentliches Stück von der Kruste.

Julien war wegen Serges Lippe wirklich betrübt, er bot ihm Aspirin an, weil er Kopfweh hatte, und auch ein Gel gegen die Blutergüsse am Rücken.

– Kommt, wir baden und vergessen das Ganze, meinte Fabienne.

Und sie sprangen nacheinander in den Pool, machten Bomben oder Köpper vom Rand oder vom Sprungbrett. Anita badete jetzt oben ohne. Ihre Körper sahen fantastisch aus mit dem 28 Grad warmen Wasser, das an ihnen herabrieselte. Wespen tranken aus dem Becken, und sie schöpften sie mit der hohlen Hand heraus, ohne gestochen zu werden, dann schwammen sie ganz entspannt weiter. Julien rauchte eine Zigarette nach der anderen.

Dann veranstalteten die Männer im Garten spontan eine

Partie Volleyball, und Julien, der nicht mitspielte, sagte, passt aber auf die Beete auf, und deutete auf die Blumen, die neben dem Spielfeld standen, die Lieblinge seines Vaters. Tim hatte in New Jersey in der Staatsliga gespielt und schmetterte die Bälle locker über das Netz, das sie mit einer Strippe zwischen zwei Bäumen aufgespannt hatten.

Bei schwachen Aufschlägen wurde der Ball regelmäßig vom Wind abgetrieben, was die Spieler verwirrte und der Qualität des Spiels abträglich war. Trotz seiner geringen Körpergröße schlug Benjamin sich dank seines Ballgefühls gut. Ihm gelangen Rückpässe und Hochbälle, aber auch Würfe, die haarscharf hinter dem Netz niedergingen. Sein großes Vorbild war Alain Fabiani, der legendäre Nationalspieler aus Fréjus, aber was Spielbeeinflussung und Motivation seiner Partner anging, konnte er ihm natürlich das Wasser nicht reichen.

Buffalo Tim vollführte Hechtsprünge mit ausgestrecktem Arm, um den Ball zu erreichen, stand danach blitzschnell wieder bereit, um die kurzatmigen Attacken der gegnerischen Mannschaft abzufangen. Mit beeindruckender Leichtigkeit reckte er seinen Körper und trotzte den Gesetzen von Schwerkraft und Anatomie, es war deutlich zu sehen, dass Volleyball sein Lieblingssport war. Goddie und Samuel wirkten keine Wunder, schlugen sich aber ganz wacker. Egal wie, wer in Tims Mannschaft spielte, gewann sowieso mit dreimal so vielen Punkten wie die anderen. Jade und Anita beschlossen, auch mitzuspielen, dann kam Sylvie und schloss sich ihnen auch an, was das allgemeine Niveau und die Intensität des Spiels weiter sinken ließ.

Wenn ein Ball zu heftig war oder direkt auf sie zugeflogen kam, krümmten die Frauen sich ängstlich kreischend wie Embryos zusammen, oder sie ließen ihn sowieso vorbeifliegen und mitten auf dem Spielfeld aufklatschen. Sie schleuderten die Hände nach hinten und verschränkten die Arme hinter dem Kopf, stießen einen spitzen Schrei aus oder, wenn der Ball sie nicht traf, ein erleichtertes »Uff!« und führten die Arme wieder vor den Körper.

Buffalo sagte, wenn das so ist, dann solltet ihr lieber Völkerball spielen, und auch, mit solchen ängstlichen Gestalten habe anspruchsvoller Frauensport keine Zukunft. Die Männer nutzten die Situation aus und schossen ihnen Schmetterbälle in die Deckung, die jedes Mal punkteten, wenn sie noch innerhalb des Spielfelds auftrafen, was zum Glück nicht immer der Fall war.

Auch beim Aufschlag hatten die Frauen riesige Schwierigkeiten; sogar wenn sie von unten aufschlugen, brachten sie den Ball kaum mal übers Netz. Der Ball stieg ein, zwei Meter hoch und fiel dann dicht vor ihnen zu Boden, oder aber sie trafen ihn sowieso nur mit dem Handgelenk, und er flog sonstwohin, schlimmstenfalls ihnen aufs Knie, was mit dem Sinn des Spiels nun gar nichts mehr zu tun hatte. Die Kerle versuchten sich mehr oder weniger erfolgreich an Schmetterbällen. Aber weil sie sich zu viel Mühe gaben, war die Ausschussquote enorm – sie lag so bei 50 Prozent, mal landete der Ball im Aus, mal ging er ins Netz. Dennoch machten Schmetterbälle jedenfalls mehr her als Löffelschläge.

Benjamin troff und hatte Schwitzflecken unter den Achseln.

Der andere Klassiker war, dass zwei Frauen zugleich auf einen leichten Ball zurannten und dann beide stoppten, weil sie dachten, die andere würde ihn annehmen. Dann schauten sie sich mit hängenden Armen dumm an und schoben sich gegenseitig die Schuld zu.

– Ich hab gedacht, du nimmst ihn!

– Nein, du!

Dann prusteten sie los und küssten sich auf die Wangen,

ohne zu bedenken, dass der Punkt verloren und der Aufschlag nach drüben gegangen war. Beeindruckend viele Spielzüge wurden auf diese Weise versiebt. Trotzdem gab es ein, zwei qualitätvolle Momente und vor allem eine wirklich wunderschöne Passage, als nach Tims kraftvollem Aufschlag Goddie einen traumhaften Hechtsprung hinlegte und den Ball, der um ein Haar den Boden berührt hätte, mit der flachen Hand rettete und ihn Benjamin zuspielte, der einen Pass nach rechts zu Anita antäuschte und ihn dann statt dessen rücklings Sylvie zuschnippste.

Sie hatte dieses eine Mal aufgepasst, wartete den Ball ab, sprang mindestens zehn Zentimeter hoch und schmetterte den Ball diagonal in Samuels Richtung.

Samuel stellte sich bereit, umrundete einen der Liegestühle, die in Verlängerung des Spielfelds standen, erreichte den Ball mit der linken Faust und ließ ihn zu Buffalo trudeln, der an Jades Position stand, eine Vierteldrehung um die eigene Achse beschrieb und das Leder mit einem glänzenden Schlag des gestreckten Arms wie mit einem Mühlenflügel auf die andere Seite des Spielfelds sandte. Goddie, der ihn hätte annehmen müssen, verstrickte sich in seine eigenen Arme, sodass Benjamin mittels eines kühnen Hechtsprungs an Sylvie weitergab. Leider hatte der Ball jetzt einen Drall und kam ohnehin zu niedrig, als dass sich noch groß hätte etwas machen lassen. Sylvie brachte ihn höher und schaffte ihn mehr schlecht als recht auf die andere Seite. Dort prallte der Ball an die Bande und sprang Tim vor die Füße, der ihn nicht mehr in der Luft halten konnte. Schluss. Die Mannschaftskollegen applaudierten sich und klatschten einander in die erhobenen Hände, wie sie es im Film gesehen hatten.

– Super Ballwechsel, sagten sie im Chor.

– Willst du nicht mitspielen, Éléonore? Dann wären die Mannschaften gleich stark.

Nanou lehnte die Einladung ab, wegen, so sagte sie, der Rückenprobleme, die sie in der Kindheit gehabt habe und wegen derer sie die Beine weder krümmen noch strecken könne. Sie musste sich sehr gerade halten und durfte ihre Wirbelsäule keinen Stößen aussetzen.

Benjamin verglich sie mit Franklin Delanoe Roosevelt, der vor seiner Amtszeit als Präsident der Vereinigten Staaten an Kinderlähmung litt und sich nur unter größten Schwierigkeiten zu Fuß fortbewegen oder öffentliche Bauten und Ausstellungen eröffnen konnte. Diese beiden Personen konnte man aber doch unmöglich vergleichen. Éléonores Leiden war nie so schwer gewesen, dass daraus jene Charakterstärke hätte erwachsen können, die sein Leben lang der Antrieb des Initiators des New Deal gewesen war. Ihre Rückenprobleme hatten im Gegenteil nur ihre natürliche Trägheit verstärkt. Trotzdem war das nicht lustig, denn es handelte sich um etwas Vererbtes, und sie drohte, im Alter im Rollstuhl zu landen wie ihre Großmutter, zumindest würde sie am Stock gehen müssen. Man würde sie in eine Spezialklinik einweisen, und niemand würde sich trauen, sie zu besuchen, um sie ja nicht daran zu erinnern, dass draußen die Menschen zu Fuß gingen, Fahrrad fuhren und sich rasend schnell fortbewegten.

Also schlug Julien, der das alles wusste, Éléonore vor, er könnte ihr ja, da alle Volleyball spielten (außer Serge, der komatös im Gästezimmer Nr. 2 lag), das Gewächshaus seines Vaters zeigen, das sie gestern nur kurz gesehen hatte und, so fanden alle anderen, den Besuch lohnte.

Sie umrundeten die Terrasse und gingen einige Dutzend Meter durch den Park. Ein rosafarbener Schotterweg führte zu einer Art Bungalow mit Glasdach. Das Gewächshaus war ein fast provisorisches Gebäude, fünfzehn Meter lang und vier Meter breit, von großen weißen Wandlampen beleuchtet. In von unten beheizbaren Becken standen Ton- und Plastiktöpfe mit faserigen Pflanzen. Hinten war ein größerer Bereich für hohe Pflanzen freigehalten, der reinste tropische Garten. Um die Deckenträger wand sich schlangengleich kletternder Efeu.

– Wahnsinn, ist das schön!, rief Nanou begeistert.

So viele verschiedene Farben und Formen. Juliens Vater hatte einen Sprungbrunnen mit schwimmenden Gefäßen gebaut, in denen alle möglichen Pflanzen wuchsen: provençalische Ackerwinden, Immergrün und Oleander. Die Rufe vom Volleyballspiel waren hier kaum mehr zu hören. Die auf dem Wasser schwimmenden Blumen trieben ruckhaft und zuckend dahin, wie Fischaugen. Eine Umwälzpumpe sprudelte und besprühte das Ganze mit Düngerzubereitungen und Oligo-Elementen. Juliens Vater führte auf eng beschriebenen Schiefertafeln Buch über die Sämereien und Keimlinge, die er in den vergangenen Monaten betreut hatte. Ja, Gartenbau verlangte verdammt viel Aufmerksamkeit und sehr viel mehr Können, als man denken würde.

– Und die da, wie heißen die?, fragte Éléonore.

– Das sind Sonnenkörbchen, man nennt sie auch Katzenpfoten, wegen dieser kleinen braunen Körbchen inmitten der gelben Krone. Sieht aus wie der Ballen unter der Pfote von einem Kätzchen, findest du nicht? Hübsch, oder?

– Und die da? Die sieht ja scheußlich aus.

– Ach, die. Die finde ich auch besonders hässlich. Das sind irgendwelche Wolfsmilchgewächse, glaube ich. Sehen aus wie aus Gummi. Und giftig sind sie. Läuft mir kalt den Rücken runter, wenn ich die sehe. Die Inkas haben die Blätter ausgekocht, um die Kinder zu betäuben, vor den Menschenopfern. Eine sehr alte Pflanze. Eine sehr, sehr alte.

– Bääh.

– Und hast du so eine schon mal gesehen?

– Wie heißt die?

– Venusnabel.

– Aber die ist doch hässlich. Sieht fast aus wie …

– Ja, im Mittelalter haben sie die so getauft, aus Spott. Die sieht eigentlich aus wie lauter auf einen Stängel gereihte Klitorisse. Eine sehr seltene Pflanze, sehr kostbar. Sie wächst vor allem auf felsigem Grund, weit abseits von allen Straßen.

Éléonore kniete sich hin und streichelte die Blume, die vor der Berührung zurückzuckte wie eine Mimose. Der Stängel erzitterte, die runden Blätter öffneten sich, wie kleine blutende Muscheln.

– Schau mal, sie bewegt sich.

– Nein, sie zittert. Du tust ihr wohl.

– Du spinnst ja!

Sie lächelten einander an. Julien versuchte, Éléonore an der Hüfte festzuhalten, um ihr einen Zungenkuss zu verpassen.

– Heh, geht's noch?

– Hab dich nicht so. Um der alten Zeiten willen.

Julien atmete schwer. Éléonore ließ ihn noch einmal gewähren, und sie küssten sich, neben dem Venusnabel sitzend.

– Scheiße, Mensch, bemerkte Nanou. Du hast echt sonst nichts im Sinn. Und Sylvie?

– Ach, die erfährt davon nichts. Außerdem ist es was anderes, wenn man schon mal zusammen war.

Als sie zusammen waren, hatte sie ihn »Schwanz auf zwei Beinen« getauft, ein Spitzname, den er dann noch übertraf, indem er ihn sonstwem reinsteckte. Es war sehr schwierig, einem Ex-Lover einen Kuss zu versagen oder ihn zum Teufel zu wünschen, wenn er unverhofft für eine Nummer zu einem zurückkam.

Nanou vergaß alles sehr schnell. Julien versuchte nicht

weiter, sie zu küssen, sondern begnügte sich mit dem, was er ergattert hatte. Nach ein paar Minuten zogen sie ihre Kleidung zurecht. Nanou mochte Juliens Art zu küssen und ihre Brüste zu berühren. Sein Atem war auch ganz wie früher. Ein warmer Hauch, der nie schlecht roch; sogar wenn Julien gerade erst aufwachte und seine Zähne stundenlang im eigenen Nachtsaft geschmort hatten, war sein Atem frisch.

– Kennst du alle Pflanzen hier beim Namen?

– Na ja, mein Vater hat mir dermaßen damit in den Ohren gelegen, dass ich sie irgendwann einfach kannte. Ich hab das ganze Grünzeug endlos gegossen, stundenlang, da hab ich es lieb gewonnen.

– Glaubst du, Blumen haben ein besseres Leben als wir?

– Keine Ahnung.

Das Ideal eines Lebens als Grünpflanze hielt einer genaueren Prüfung nicht stand. So ein Dasein bot wahrscheinlich jede Menge Unannehmlichkeiten und wenig Befriedigung, obwohl einem ein Sozialleben im eigentlichen Sinne und allerlei berufliche und gefühlsmäßige Sorgen erspart blieben. Aber es war durchaus nicht bewiesen, dass das Leben der Pflanzen ihren Wünschen entsprach. Oft waren sie in winzige Töpfe gezwängt, und ihr Kontakt mit der Außenwelt beschränkte sich auf die Photosynthese. Wäre Nanou unvermittelt in eine Pflanze verwandelt worden, hätte sie keine drei Tage durchgehalten, ohne vor Sehnsucht nach ihren Cremes, nach ihren ehrgeizigen Zielen und dem Fernsehprogramm durchzudrehen.

Sie besahen sich noch eine Weile die verschiedenen Arten, deren Namen auf kleinen goldenen Schildchen unten an den Töpfen standen. Julien wusste wahnsinnig viel. Mehr, als Nanou je wissen würde. Wie konnte jemand, der Blumen so liebte, ein so untreues Herz haben? Aber sie wollte kein persönliches Gespräch mit ihm anfangen.

– Es tut dir leid, dass du mich verlassen hast, was, du Depp, hätte sie gern gefragt, aber sie hielt sich zurück.

– Nein, hätte er geantwortet. Weißt du, unsere Hoden stellen so viele Keimzellen her, wir sind einfach auf viele wechselnde Partnerinnen konditioniert. Julien hatte sich von den Inhalten seines naturwissenschaftlich orientierten Abiturs noch nicht erholt: Er glaubte immer noch, die Natur selbst zwinge ihn zu seinen Seitensprüngen und hindere ihn daran, ein tugendhaftes Leben zu führen.

Éléonore zog ihren Badeanzug glatt, den sie zerknittert hatten. Als sie wieder auf die Terrasse kamen, rauchten die anderen Zigaretten oder schlürften Orangeade.

– Das ist mal ein Leben, seufzte Benjamin und reckte sich.

– So könnte es von mir aus bleiben.

Die Zikaden zirpten unablässig, es konnte einem ganz schön auf den Wecker gehen. Jade hatte schon Kopfweh von dem ewigen Geräusch.

– In Rennes kriegst du keine zu hören. Und in Paris auch nicht.

Nanou erkärte, in manchen Metrostationen gebe es welche, vor allem in Barbès-Rochechouart, aber es sei nicht dasselbe, ob man sie dort höre oder hier unten. Das Zirpen der Zikaden ist an sich nichts Besonderes. Aber man mag sie, weil sie an sonnigen Orten singen, die man mit Ferien und dem Dolce Farniente verbindet.

Jade gab zu, dass sie Recht hatte. Immer noch besser als der Verkehrslärm, vor allem die Mopeds, wenn sie an den Ampeln anfahren. Das Wohnheim für junge Führungskräfte, wo sie wohnte, war nicht sehr ruhig. Ein Lärmschutz war der Eigentümergemeinschaft zu teuer erschienen.

Jade war nie zufrieden. Sie schwieg entweder, oder sie maulte herum. Manchmal zog sie sich den Badeanzug herunter und machte Buffalo scharf, der kriegte dann eine Erektion und musste sich ein Handtuch um die Hüften schlingen, wenn er aufstand.

Der Nachmittag verlief mehr als ruhig. Diejenigen, die vormittags einkaufen waren, hatte die Prügelei erschöpft. Und das Volleyballspiel hatte allen den Rest gegeben. Nanou nutzte die Ruhe, um Ovid zu lesen, dann haute sie sich für zwei Stündchen aufs Ohr. Die Sonne brachte Menschen und Pflanzen zum Erlöschen. Sie lähmte sie und veränderte ihre Beschaffenheit. Das Fleisch verwandelte sich in etwas Weiches, Schlaffes. Sich in der Sonne zu bräunen war nicht nur ein oberflächliches Phänomen, sondern bedeutete eine umfassende zelluläre Mutation. Die Energie löste die Zellwände auf und bewirkte kleine nukleare Reaktionen im Inneren der Körper. Diese Reaktionen verbrauchten die Protein- und Vitaminspeicher des Menschen, der nach ein paar Stunden in der Sonne völlig geplättet war.

Sie nahmen den Aperitif auf der Terrasse.

– Wer will eine Mauresque?, fragte Julien.

Sämtliche Finger gingen hoch, also gab es Mauresque für alle, oder fast alle. Fabienne nahm ein Perrier Citron, sie trank keinen Alkohol. Nanou fragte, ob weißer Martini da sei, aber sie hatten die Flasche am Vorabend geleert, so musste sie sich mit einem Fingerbreit Whisky zufriedengeben, den sie mit Pepsi-Cola aus einer Zwei-Liter-Supermarktflasche verdünnte.

– Scheiße, wir haben keine neuen Eiswürfel gemacht, sagte Julien.

– Nein, Serge hat sie für sein Auge benutzt, sagte Anita.

– Echt, Mann, du Mike Tyson für Arme, du kannst einem echt auf die Eier gehen. Buffalo machte Witze.

Serge antwortete nicht, sondern ging ins Bad, um sein Veilchen und die geschwollenen Lippen zu begutachten. Goddie sagte, schade, dass sie nicht in einem Actionfilm waren, da heilten die Wunden immer im Handumdrehen, keine zehn Minuten, und schon waren blaue Flecken oder tödliche Verletzungen spurlos verschwunden. Eins war mal sicher, nämlich dass Serge weder ein Mutant noch ein X-Man war, und schon gar kein Highlander. Nach den Schlägen, die er kassiert hatte, war er noch hässlicher als vorher, und Nanou fragte sich, wie seine Frau es bei ihm aushielt; sicher musste sie zum Vögeln das Licht ausmachen. Wenn er redete, zwang er sein Gesicht zu merkwürdigen Verrenkungen, damit die von Schorf und einer dünnen, glänzenden Lymphschicht bedeckten Wunden nicht wieder aufrissen.

Nachdem sie jetzt einige Zeit miteinander verbracht hatten, veränderte sich das Verhalten der Leute untereinander. Die anfänglich züchtige Sprache war einem weniger gepflegten Jargon voller Flüche und Zoten gewichen. Benjamin hatte die Feindseligkeiten eröffnet. Er versuchte es mit kleinen Spitznamen für Jade, die er Jagger nannte, wegen ihrer aufgeworfenen Lippen, und für Fabienne. Sie taufte er Vampirella, wegen ihrer dicken Brüste und der geisterhaften Art. Gar keine so ungeschickte Art zu flirten, aber mit den jungen Frauen dieses Wochenendes funktionierte das absolut nicht, weil niemand die Spitznamen aufgriff, die er erfand. Für Nanou hatte er sich Hulk ausgedacht, weil sie ein schulterfreies grünes Kleid trug und er fand, sie habe breite Schultern. Das brachte die anderen nicht weiter zum Lachen, und er gab das Spielchen rasch wieder auf. Nanou unterhielt sich lieber mit Serge, der über seinen Beruf erzählte und ihr seine Konzeption der Homosexualität erläuterte. Für ihn gab es keine großen Unterschiede zwischen Homos und Heteros. Die Details der körperlichen Liebe waren nur Mittel, um die Zuneigung auszudrücken, die man für jemanden empfand. Sie waren nur deswegen anders, weil man sich an die organischen Besonderheiten anpassen musste, fertig.

Goddie war da schon selbstbewusster, er sagte, die Schwulen hätten die Freiheit wieder erfunden, und weil die Gesellschaft sie moralisch ausgrenze, seien sie die Einzigen, die wirklich Spaß hätten.

– Wir können ficken, mit wem wir wollen. Das ist weder gut noch schlecht. Es ist einfach klasse, fertig.

Nanou konnte nicht ganz erkennen, wie es ein Mehr an Freiheit bedeuten sollte, wenn man sich den Gesetzen der Treue entzog. Benjamin hatte sowieso die Nase voll von den Schwulen und ihrer Kultur, die auf allen möglichen Gebieten dominierte, Mode, Musik, jetzt auch noch Philosophie. Wenn die Schwulen nicht anders als andere sein wollten, sollten sie aufhören, sich überall so aufzuspielen, und sich statt dessen ein bisschen unauffälliger verhalten. Ihr Sexleben war mit Sicherheit genauso frustrierend wie das der Heteros, kein Grund, eingebildet zu sein. Die meisten Arschlöcher der Schwulen, sagte er, seien voller Blutergüsse und Wunden, und gar nicht so wenige starben gegen sechzig an Krebsgeschwüren oder mit Rosenkränzen von Schorf, ist doch widerlich, so was.

Samuel sagte, so ein Unsinn, und er sei nicht mehr und nicht weniger gefährdet, sich Hämorrhoiden zu holen, als andere Männer. Ist auch egal, entgegnete Benjamin, wenn ihre Neigung, wie sie behaupteten, genetisch programmiert sei, dann könnten sie genauso wenig damit angeben wie ein Neger damit, dass er schwarz ist oder ein Kahlkopf, dass er keine Haare mehr hat. Also was soll das Thema überhaupt.

Jedes Mal, wenn Benjamin was sagte, mache er das Gespräch kaputt, bemerkte Sylvie. Anita sagte:

– Da ist was dran.

Und Benjamin war beleidigt:

– Ach Mann, Scheiße, ich mach 'ne Runde durch den Garten. Wenn ihr keinen Spaß versteht, könnt ihr mich mal.

Julien rief, es sei doch nur ein Scherz gewesen, nichts weiter, also kam er zurück, setzte sich wieder zu den anderen, und zwei Minuten später hatten ihn alle vergessen.

Jetzt waren sie in der Peddigrohr-Sitzgruppe versammelt, die einen in der Sonne, die anderen im Schatten des Schirms. Erstmals war Éléonore versucht, die neuen oder bereits bestehenden Paare genauer in Augenschein zu nehmen. Samuel und Goddie waren zusamen, Serge und Anita, Julien und Sylvie, Buffalo und Jade, also blieben nur noch Fabienne, Benjamin und sie, also zwei Frauen für einen einzigen Typen. Schlimmer hätte sie es kaum treffen können. Benjamin war klein und nicht gerade attraktiv. Sie musterte ihn, bis er es bemerkte, sich in seinem Sessel räkelte und sagte, ich weiß, ich weiß, ich sehe aus wie James Dean.

– Ja, nach dem Unfall, lachte Sylvie.

– Haha, genau, meinten die anderen. Nach dem Unfall.

– Oder wie Élie Seymoun, der Komiker.

Es war Éléonore peinlich, und sie wurde rot wie eine Tomate. Immerhin war sie so klug, keine Erklärungen abzugeben, und sich stattdessen in die Betrachtung ihres Whiskys zu flüchten. Sie spürte ihre brennenden Wangen und wusste nicht mehr, wo sie die Hände lassen sollte. Benjamin hatte offensichtlich begriffen, was los war, jetzt sah er sie regelmäßig an. Sie beschloss, ihm für den Rest des Abends aus dem Weg zu gehen, damit er sich keine falschen Hoffnungen machte.

Andererseits, dachte sie, falls sie sich Benjamin näherte, der Sylvie gründlich zu verabscheuen schien (schon gar, nachdem sie ihm zweimal in die Parade gefahren war), konnte sie ihn vielleicht verführen und dafür sorgen, dass er sie umbrachte, dann hätte sie Julien wieder für sich. Sie fragte sich, wie lange es dauern würde, bis sie ihn so weit hatte, dass er ihr helfen würde, und ob es sie ihrem Ziel vielleicht näher brachte, wenn sie mit ihm schlief.

– Ich geh trotzdem mal ein bisschen, sagte Benjamin und verschwand im Garten; beim Gehen wiegte er sich in den Schultern wie ein Rapper.

Die anderen tranken ihren Aperitif und unterhielten sich friedlich weiter. Auf einmal verspürte Nanou ununterdrückbare Mordgelüste Sylvie gegenüber. Sie betrachtete sie genauer, diese weißen Zähne, dieses falsche Lolita-Gehabe, und ihr wurde klar, dass sie sie zutiefst grässlich fand und sie bei sich bietender Gelegenheit tatsächlich umbringen könnte. Nicht um Juliens willen. Nicht nur um Juliens willen. Sylvie war der Typ junge Frau, den sie am meisten hasste: hübsch, erfolgreich, eine von denen, die einen bei Bewerbungsgesprächen ausstechen. Sie war ihr in jeder Hinsicht überlegen, und das war im gegenwärtigen Stadium ihrer Entwicklung nicht hinnehmbar.

Sylvie war ihr gegenüber so was von freundlich gewesen, vollkommen grundlos. Éléonore versuchte erst, gegen ihre Gedanken anzukämpfen, dann gab sie sich ihnen hin. Recht bedacht, war es unglaublich befriedigend, sich den Tod einer so erfolgreichen Freundin vorzustellen. Sie stand auf, ihr Glas in der Hand, nahm auch Sylvies und fragte:

– Ich hol uns noch einen, oder, Sylvie?

Sylvie nickte, und Nanou ging in die Küche, um der Gastgeberin noch einen Pastis und sich einen Whisky zu holen. Niemand kam nach, die anderen hatten noch nicht ausgetrunken. Nanou ging auf den Kühlschrank zu, stellte beide Gläser auf den Tisch und nahm die Whiskyflasche aus dem unteren Regal. Dann zog sie die Pastisflasche hervor, die jemand irgendwie in den Kühlschrank gestopft hatte, und streckte wieder den Kopf aus der Tür.

– Noch eine Mauresque oder diesmal Pastis pur?

– Eine Mauresque bitte, sagte Sylvie. Danke.

Und Nanous Kopf verschwand wieder in der Küche. Sie goß eine kleine Dosis Pastis ins Glas, mischte ihn mit Mandelsirup und öffnete dann den Unterschrank, um etwas zu suchen, das Sylvie mit Sicherheit töten würde, ohne dass die was merkte, und ohne sich selbst allzu sehr in Gefahr zu bringen. Unter der Spüle standen je eine Flasche Chlorbleiche und Meister Proper. Sie sah dahinter nach. Eine Flasche Ammoniak, eine mit Scheuerpulver. Nanou zögerte einen Moment, dann bepuderte sie das Glas mit Scheuerpulver. Die Streulöcher waren größer als bei Meersalzdosen. Außerdem fand sie eine Flasche mit destilliertem Wasser fürs Bügeleisen. Sie schüttelte das Glas, bis das Scheuerpulver und die anderen Zutaten gut vermischt waren, dann goss sie mit Aquadest auf. Für Wasser aus dem Wasserhahn war kein Platz mehr, also rührte sie noch einmal um und stellte alle Flaschen wieder ordentlich an ihren Platz, nachdem sie sie mit einer Serviette abgewischt hatte. Sie nahm beide Gläser und trug sie zum Tisch, so stolz, als hätte sie den perfekten Mord begangen.

Sylvie kippte ihre vergiftete Mauresque in einem Zug herunter, ohne etwas zu bemerken.

– Du hast ja ganz schön Durst, sagte Julien.

– Kein Wunder bei der Hitze.

Nanou beobachtete Sylvies Gesicht und wartete darauf, dass etwas passierte. Sylvie wirkte aber ganz gut beieinander. Nanou beschloss, sie alle zehn Minuten zu beobachten, um zu sehen, ob die Vergiftung wirkte. Nach einer halben Stunde schien Sylvie immer noch nichts zu spüren. Zehn Gramm Scheuerpulver reichten wohl nicht, um jemanden zu töten. Obwohl … Nanou war überrascht, dass sie überhaupt kein schlechtes Gewissen hatte. Im Gegenteil, das Ausbleiben jeder Wirkung bestätigte das Hochgefühl, das die Tat ihr verschaffte.

Sie saßen bis gegen acht beim Aperitif. Dann fragte Tim, wann sie zu Abend essen wollten, und auf Sylvies Gesicht erschienen die ersten Anzeichen von Unbehagen. Serge schlug vor, sie könnten nach Vallauris ins Restaurant fahren. Sylvie schien nicht begeistert. Fabienne und Jade waren auch nicht so richtig dafür, und Sylvies Unwohlsein geriet in den Hintergrund. Sie wand sich auf ihrem Sessel und schenkte sich unaufhörlich zu trinken ein. Sie trank ein großes Glas Wasser nach dem anderen und schluckte alle zwanzig Sekunden trocken.

– Geht's dir nicht gut?, fragte Julien nach einer Weile.

Nanou war beklommen, sie wusste, jetzt machte das Scheuerpulver seinen Weg Sylvies Speiseröhre hinunter und zerfraß ihr die Eingeweide. Auf einmal war ihr schon sehr viel weniger fröhlich zu Mute bei der Vorstellung, dass die anderen sie bald beschuldigen würden und sie ganz schön in Verlegenheit wäre, ihre Handlung zu erklären. Das Gefühl war reizvoll genug, um sich mit ihm anzufreunden. Sie spähte nach der kleinsten Andeutung von Übelkeit im Gesicht ihrer Rivalin und deutete es als Merkmal, wie schwerwiegend ihre Tat war und wie peinlich die Strafe, die sie zu gewärtigen hatte. Jedenfalls dachte sie sich das so und fürchtete, dass Sylvie sich vor ihren Augen allmählich auflöste.

– Doch, doch, geht schon. Ich weiß nicht. Ich hab nur so wahnsinnig Durst.

– Vielleicht warst du zu lange in der Sonne? Dein Gesicht ist ganz rot.

Tatsächlich war Sylvies Stirn purpurn angelaufen, trotz ihrer unverschämten Bräune. Julien tupfte sie mit einer angefeuchteten Serviette ab und sagte, es gehe ihr sicher gleich besser. Serge ließ nicht locker von wegen dem Restaurant und sagte, er wolle unbedingt ein Aïoli essen. Tim war einverstanden. Samuel und Goddie wollten sowieso ausgehen, egal was passierte.

– Wir brauchen ein bisschen Bewegung, sagte Goddie. Hier drin riecht es schon ganz muffig. Wir könnten wenigstens auf ein Glas in die Stadt fahren.

– Ich hab nicht so Lust rauszugehen, meinte Fabienne.

– Für mich ist es sowieso gelaufen, glaub ich, sagte Sylvie. Ich fühl mich wirklich nicht gut.

– Komm, Liebling, leg dich ein bisschen hin.

Julien führte sie ins Schlafzimmer, er fasste sie um die Schultern, als käme sie gerade aus dem Vietnamkrieg und hätte ein Bein verloren. Wieder legte er ihr einen feuchten Lappen in den Nacken. In diesem Augenblick kam Benjamin von seinem kleinen Spaziergang zurück.

– Was ist los?, fragte er.

– Sylvie fühlt sich nicht so wohl. Wahrscheinlich ein Sonnenstich. Hast du Lust, noch auszugehen?

– Hm naja, warum nicht?

Benjamin setzte sich auf einen Stuhl und starrte Éléonore beharrlich an, ein kleines Lächeln im Mundwinkel, und sie glaubte, er zwinkere ihr sogar zu, als die anderen nicht hinsahen. Es fiel Nanou ein, dass er nicht mit am Tisch gesessen hatte, als sie Sylvie das Scheuerpulver in den Drink gemixt hatte. Er konnte sie ohne weiteres von draußen durchs Fenster beobachtet haben, wenn er hinterm Haus im Garten unterwegs war. Éléonore drehte sich weg und räumte den Tisch ab.

– Wie ihr wollt, sagte sie. Ich gehe mit den Meistbietenden. Ist mir beides gleich lieb.

In Wahrheit hatte sie derart Angst, dass sie gar nicht wusste, ob sie lieber hier bleiben oder essen gehen wollte. Und Benjamin starrte sie immer noch an … Sie konnte seinen Blick im Rücken spüren.

Sie stellte die Gläser in die Spüle, wusch sie unter kräftig laufendem Wasser aus, mit Spülmittel. Sie schrubbte Sylvies Glas mit dem Topfreiniger, sodass garantiert kein einziges Körnchen Scheuermittel übrig blieb. Das Glas war jetzt völlig geruchlos. Sie hatte alle Beweise vernichtet.

Als sie zurückkam, waren Samuel, Goddie, Serge, Anita und Buffalo in ihre Zimmer hochgegangen, um sich ausgehfertig zu machen.

– Sie gehen ins Restaurant, sagte Fabienne. Ich schau mal nach Sylvie. Und sie verschwand ihrerseits. Sollen wir nach dem Essen ein bisschen Karten spielen, was meinst du?

– Okay.

Benjamin saß in seinem Sessel und blätterte wieder in *France Football*. Éléonore setzte sich ihm gegenüber und betete, dass er nichts gesehen hatte. Nach einer Weile hob er triumphierend den Kopf und lächelte:

– Geschieht ihr ganz recht, was? So, wie sie mich behandelt hat.

Éléonore erblasste.

– Warum sagst du das?

– Nur so. Du kannst sie doch auch nicht leiden, oder?

– Na ja. Sie ist doch ganz in Ordnung.

Sie musste locker bleiben. Aber Éléonore war eine schlechte Schauspielerin. Es kam ihr vor, als könnten ihre Lippen nichts als die Wahrheit sagen und die Wörter kämen in der verkehrten Reihenfolge heraus.

– Du hast Recht. Ganz in Ordnung, wiederholte Benjamin. Aber es würde ihr gar nicht schlecht bekommen, wenn sie ein bisschen kotzen müsste. Komisch, als sie anfing, Bauchweh zu kriegen, hatte ich ihr gerade die Pest an den Hals gewünscht.

Éléonore schwieg.

– Gehst du mit ins Restaurant?, fragte er.

– Nein, ich bleibe hier. Ich hab Lust auf eine Runde Tarock.

– Ist das nicht eher was für Kerle?

– Wer sagt dir, dass ich kein Kerl bin?

– Das! Er deutete auf ihre Brüste. Sehr hübsch, fügte er hinzu. Sehr hübsch, und er tänzelte los, sich fertig machen. Das wird heiß heut Abend, ich spüre es, rief er. Huh, huh. Ich fühle mich olympiareif.

Éléonore saß noch kurz allein am Tisch und versuchte, sich zu sammeln. Dieser Schweinehund schien alles mitbekommen zu haben, aber er würde nichts sagen, das war mal sicher. Er war zu verrückt, um sich über einen Mordversuch aufzuregen. Sie ging zum Pool und kniete sich hin. Sie schob ihrem auf dem Wasser treibenden Double das Haar zurecht, spürte aber, dass ihre Haare sich in Wirklichkeit nicht bewegten. Sie strich ihrer Zwillingsschwester die Augenbrauen glatt, aber nichts passierte. Das Double schnitt eine Grimasse und streckte ihr die Hand entgegen. Was war los? Élénore machte noch zwei, drei Versuche, aber einzig und allein ihr Abbild veränderte sich. Ihr eigener Körper regte sich nicht, da war sie sicher. Alles war erstarrt. Da, jetzt hielt sie sich für Dorian Gray.

– Du wirst verrückt, Alte, sagte sie. Und ging auf ihr Zimmer, wo sie bis zum Abendessen warten wollte.

Auf der Treppe begegnete sie Julien, der von oben kam.

– Und?

– Sie schläft jetzt. Ich verstehe gar nicht, woher das kommt.

– Die Sonne, hast du doch selbst gesagt.

– Ja, das muss es sein, die Sonne. Oder was wir beide heute Nachmittag gemacht haben.

– Glaubst du auf einmal an den lieben Gott?

– Ich hab Quatsch gemacht. Vergiss es. Spielst du nachher mit Fabienne und mir Karten?

– Klar. Mal sehen, ob du's schaffst, mich zu stechen.

Éléonore bereute den Witz sofort. Julien kicherte, drückte ihre Seiten und verschwand.

– Ich darf keinen Quatsch machen, murmelte er. Ich darf keinen Quatsch machen, Lénore.

Um neun trafen sie sich zum Abendessen. Julien und Fabienne hatten einen Salat aus Walnüssen, Ziegenkäse und Gurke gemacht und servierten einen frischen provençalischen Rosé und etwas Brot mit Ricotta dazu.

– Gar nicht übel, was?, meinte Julien.

– Ja, gut gemacht, sagte Éléonore.

– Ja. Leicht und lecker. Was ist das da?

– Salbei.

Danach spielten sie ein paar Runden Tarock und rauchten einen Joint dazu. Dann und wann ging Julien hoch, um nach Sylvie zu sehen, die jetzt schlief, nachdem sie drei Flaschen Wasser ausgetrunken hatte.

– Geht's ihr besser?

– Ja, ein bisschen. Sie hat so ein Kratzen im Hals und ein bisschen Fieber. 38,5. Ich hab ihr ein feuchtes Tuch auf die Stirn gelegt.

– So ein Mist.

– Kommt vor, so was. Ich hab ihr ja gesagt, sie soll nicht so lange in der Sonne bleiben. Sie hat gesoffen wie ein Kamel, als hätte sie Salz geleckt.

Jedes Mal, wenn Julien herunterkam, war Nanou vor Angst wie gelähmt. Sie war auf die Nachricht gefasst, seine Sylvie sei tot und jede Hilfe komme zu spät. In Wahrheit ging es Sylvie stündlich besser. Nanou ertappte sich dabei, dass ihr das Leid tat. Sie hatte nicht genug Pulver genommen. Schade. Der Vorfall hatte sie erregt.

Sollte ich eine Mörderin sein?, fragte sie sich. Ist es meine

Bestimmung, Menschen zu töten? Sie überlegte, welchen Menschen sie den Tod wünschte, und war erleichtert, dass es nicht gar so viele waren.

Nach einer Weile dachte sie nicht mehr daran. Sylvie war noch mal davongekommen. Sie brauchten nicht einmal den Arzt zu rufen. Morgen wäre der Spuk vorbei. Sie würde ganz normal zum Strand schwimmen gehen können. Jedenfalls war Julien sich da ganz sicher.

Sie warteten bis ein Uhr früh auf die anderen und spielten so lange Tarock. Nanou spielte völlig kopflos, sie konnte sich nie die Anzahl Trümpfe merken, die schon ausgespielt waren. Sie bediente sich vier Mal und fiel drei Mal dabei herein, dabei zog sie einmal die drei Asse und zwei Könige. Sie versuchte zu stechen als Karo ausgespielt war, was gegen sie selbst ausschlug, es kostete sie den Narren und den König, den sie sec gelassen hatte.

– Du stellst dich immer dämlicher an, sagte Julien, der sich gerade an die Spitze gespielt hatte.

– Ich hab lang nicht gespielt.

Fabienne kam gut zurecht. Sie hatte fast immer den Sküs und genügend Trümpfe, um sich im Spiel zu behaupten.

– Kommst du aus einer Zockerfamilie oder was ist los?, fragte Julien, als sie nach drei Runden führte.

– Mein Vater hat es mir beigebracht. Der war total verrückt auf die Karten. In der École normale hat er ganze Nächte durchgespielt. Er hat gewartet, bis ich fünf war, dann hat er es mir beigebracht. Ich glaube, er hat meine Brüder nur gezeugt, um noch einen vierten und fünften Mitspieler am Tisch zu haben.

Später ging Julien in Führung, jedesmal hatte er die 21 und den Sküs. Mit einer Reihe schöner Stiche verschuf er sich einen unaufholbaren Vorsprung. Zwischen zwei Runden drehte er neue Joints, allmählich waren sie alle angenehm stoned. Sie unterbrachen das Kartenspiel, tranken einen Gin-Tonic und plauderten. Die Zikaden zirpten immer noch, der Mond kurvte auf gefährlichen Bahnen über den Himmel.

– Der fällt uns noch auf den Kopf, was meint ihr?

– Ja. Außerdem ist er gespalten. Schau mal, als wäre er mitten durchgeschnitten.

Tatsächlich, die Mondspuren hinterließen klar und deutlich zwei gleich große Körper.

– Ist heute Vollmond?, fragte Nanou.

– Noch nicht ganz. Ein paar Tage noch.

– Er sieht so unheimlich aus, meinte Fabienne, die allmählich ziemlich übel drauf war.

Sie hatte geweitete Pupillen, ihre Augen versprühten Funken wie ein Feuerwerk.

– Er sieht aus wie ein Hintern.

Das Gespräch wandte sich erregenderen Themen zu, und Éléonore beschloss, es dabei bewenden zu lassen. Sie sagte, sie gehe jetzt schlafen. Julien blieb bei Fabienne. Nanou küsste sie beide auf die Wangen und flüsterte Julien ins Ohr:

– Pass gut auf dich auf!

Sie wusste nicht, warum sie das sagte. Dann saß sie allein in ihrem Zimmer wie eine Doofe, und ihr wurde klar, dass sie sich nicht zieren würde, falls er ihr nachkäme. Sie war durchaus nicht sicher, ob Julien nicht gerade auf der Veranda Fabienne flachlegte, also ging sie nach einer kleinen Weile noch einmal hinunter, um sich ein Glas Wasser zu holen und zu pinkeln. Julien und Fabienne waren verschwunden, dann hörte sie seine Stimme im Obergeschoss aus dem Zimmer, wo er mit Sylvie schlief, und war mehr oder weniger beruhigt.

Noch einmal dachte sie an ihren misslungenen Mordversuch und fand das eine bereichernde Erfahrung. Alles in allem, warum sollte die Deregulierung nicht auch auf solchen Gebieten greifen. Man müsste all diese Hemmungen fallen lassen und endlich den kreativen erotischen Impulsen freien Lauf lassen. Die waren auch nicht schädlicher als die Mechanismen, nach denen der Markt funktionierte.

Die Gesetze bezüglich Verbrechen aus Leidenschaft waren ein Schritt in die richtige Richtung. Aber man müsste weiter gehen und viel mehr zulassen als heute. Es war doch unnatürlich, dass anständige Leute jahrelang hinter Gittern schmorten, nur weil sie völlig legitimen Trieben nachgegeben hatten.

Um Schlag drei hörte sie den Rest der Bande heimkommen. Das Gekicher im Flur klang ziemlich angeheitert. Tim und Samuel unterhielten sich vor ihrer Tür, bemüht leise. Aber es ging ihnen wie allen Betrunkenen: Je mehr sie sich darum bemühten, gedämpft zu reden und niemanden zu stören, desto weniger gelang es ihnen. Nanou stand auf und presste das Ohr an die Tür.

– Glaubst du, er vögelt sie?

– Wenn er nicht vorher einpennt.

– Der Idiot. So eine Wahnsinnsfrau!

Kurz darauf erschien auch Goddie, und Jade kam aus dem Bad. Beide Paare gingen in ihre Zimmer. Éléonore begriff, dass Benjamin das große Los gezogen hatte. Sie versuchte nicht, noch mehr mitzubekommen, und wurde von einem ungeheuren Einsamkeitsgefühl überwältigt.

– Ich hätte sie vielleicht umbringen sollen. Dumme Pute.

Sie nahm sich fest vor, es noch einmal zu versuchen, dann schwor sie sich, es nie wieder zu tun. So etwas hatten ihre Eltern ihr nun wirklich nicht vorgelebt. Sie umarmte ihr Kissen, drückte es an sich wie einen Mann, dann fiel ihr ein, dass es mit gut tausend Entenfedern gefüllt war. Heute Nacht würde sie sich ohne weiteres von einem Schwan nehmen lassen. Einem fetten Schwan für sie, seine kleine Leda mit der tropfenden Möse, er würde sie mit seiner langen, rosigen Schwanenzunge lecken, der langen, feinen, wie ein Mister Freeze. Sie dachte an jede Menge männlicher Gestalten. Actarus und Serval. Jean Galfione. Guillaume Canet. Jarvis Cocker, Gérard Vivès und sogar an den guten alten Philippe Sollers.

9 WASSERSPORT

*»Doch welche Gnade von Sonne und salzigem Wasser
Trennte uns am Morgen.«*

Sandro Penna: *Gedichte*

Am nächsten Morgen herrschte zwischen Sylvie und Julien dicke Luft. Sie standen mit dem Rücken zueinander auf, redeten beim Frühstück kein Wort miteinander und gingen sich den ganzen Morgenspaziergang über aus dem Weg, sodass alle sich wunderten, was wohl vorgefallen war.

– Glaubst du, das ist wegen gestern?, fragten sich Serge und Anita.

– Wahrscheinlich, weil sie ihn nicht rangelassen hat, sagte Jade. Ihr seid doch alle Schweine, bemerkte sie in Richtung Männer.

– Darum treiben wir es ja miteinander, sagte Goddie, packte Samuel in der Leibesmitte und hob ihn hoch, als wäre er ein Kind.

– Bääh, ihr widert mich an, lächelte Tim.

– Schnauze, Hetero.

– Fick dich doch selbst.

Sie lachten gezwungen. Es herrschte gewittriges Wetter. Der Himmel war von gleichförmigen Wolken verhangen, grau wie ein Leichentuch. Nur wenige Sonnenstrahlen drangen durch die dichte Decke und trafen die Menschen absichtlich in die Augen, um sie zu blenden oder damit sie sich wegdrehten.

– So ein Scheißwetter, bemerkte Serge.

– Wieder mal die Russen.

Seit das U-Boot *Kursk* in der Barentssee gesunken war, schien das klimatische Gleichgewicht drunter und drüber geraten zu sein. Obwohl die Meteorologen schworen und öffentliche Stellen es bestätigten, dass keinerlei ursächliche Verbindung bestand und auch kein radioaktives Material in die Atmosphäre hatte entweichen können, war Julien überzeugt, dass die Tiefdruckneigung auf ein Leck in dem Wrack zurückzuführen war.

– Das ist doch dämlich. Wie soll sich das an der Côte d'Azur auswirken? Das sind mindestens fünftausend Kilometer.

– Weißt du nichts von den unterirdischen Konvektionsströmungen? Unter den tektonischen Platten fließt die Lava, überall auf der Erde. Ich bin bombensicher, dass die Explosion der *Kursk* einen Riss in der Erdkruste bewirkt hat und das Plutonium unterm Kontinent entlangwanderte. Irgendwo bringt die Strömung es wieder an die Oberfläche, so kommt es in den Atlantik. Alles hängt miteinander zusammen, verstehst du. Die Natur, das ist wie ein riesiges Netzwerk, nur dass man keine Ahnung davon hat, wie es funktioniert. Es sinkt ab, es steigt auf. Alles ist verbunden. Wie unterirdische Kabel, die noch nicht entdeckt sind. Wie willst du sonst erklären, dass es an zwei entgegengesetzten Enden der Erde dieselben Tierarten gibt?

– So in der Art wie das Internet.

– Genau, so in der Art wie das Internet. In Tiflis fällt eine Bombe, und in Cannes gibt es ein Gewitter.

– Was für ein Blödsinn.

– Julien, bis du wirklich so dämlich? Du glaubst doch nicht im Ernst an den Quatsch.

– Und der Treibhauseffekt? Ist der auch Quatsch? Du wirst schon sehen, in zehn Jahren können wir mit dem Segelboot bis nach Mittelfrankreich reinfahren.

Sie wurden unterbrochen, als Benjamin mit seiner gestrigen Eroberung herunterkam. Er trug Boxershorts, sie einen Slip, alle anderen Frauen waren schon angezogen.

– Das ist Marie.

– Na, die Nacht war wohl kurz, scherzte Nanou, als sie sah, wie Marie sich reckte.

Die junge Frau wirkte benommen, ihre Augen waren noch voll Schlaf. Sie gähnte.

– Ich bin Marie, wiederholte sie, und den anderen wurde klar, dass sie sie eben nicht begrüßt hatten.

Benjamin sorgte für die Vorstellung. In seinen Shorts waren noch der Rest einer Erektion und feuchte Flecken zu sehen. Jeder sah hin, niemand traute sich, etwas zu sagen.

– Willkommen, sagte Julien. Nimm Platz.

Alle lachten hinter ihrem Rücken, und Benjamin kratzte sich die Hoden, im Glauben, niemand würde es bemerken.

– Danke.

Marie war von mittlerer Größe und hatte ein Engelsgesicht. Ihr tiefschwarzes Haar war halblang und gerade geschnitten. Die Wangen in ihrem Püppchengesicht waren rund wie die eines Babys, mit zwei perfekt kreisförmigen rosa Flecken. Sie hatte wunderbare hellbraune, funkelnde, schalkhafte Augen unter wie mit einem feinen Pinsel gezogenen Brauen. Der Pony hing ihr über die niedrige Stirn in die Augen und verbarg sie teilweise, wenn sie sich vornüberbeugte. Ihr Mund war klein und von blütenartig fleischigen Lippen gesäumt. Wenn sie redete, entblößte sie zwei Zahnreihen, weißer als kreideweiß; zwei Zähne standen ein Spürchen nach vorn. Ihre Haut war sehr blass, korallenrot an den Wangen, von ausgesprochen sinnlicher Beschaffenheit, glatt und so nachgiebig wie Marzipan. Sie trug ein seidenes, eng anliegendes Trägerhemdchen und auf der Schulter ein Henna-Tattoo in Form einer Schwalbe. Ihre Kurven sahen aus, als stammten sie aus einem italienischen Studio für Autodesign. Sie war pausbackig, ihre Hüften waren füllig und gingen in weichen Bögen in ebenso schlanke wie kurze Beine über. Auch ihre Knie waren rosig untermalt, wie die Sohlen-ballen einer Katze, und bewegten sich über gläsernen Knö-cheln und filzweichen Zehen.

Alle waren voller Bewunderung. Benjamin machte auf gleichgültig. Er steckte sich eine Zigarette an und ließ Buf-falo seiner Eroberung Tee einschenken. Nach ein paar Zügen besann sich Benjamin wieder ein wenig auf sein Savoir-vivre und machte ihr eine Scheibe Brot mit Butter und Brombeer-konfitüre fertig.

– Geht's dir gut?, fragte er.

– Ja.

Maries Stimme war kaum zu hören, drang aber ohne wei-tere gedankliche Anstrengungen ins Gehirn. Sie wirkte sanft und gesetzt.

Nanou hatte gut geschlafen. Die Spuren des Kissens zeich-neten sich auf ihrer Wange ab, neben der Röte von der Son-neneinwirkung. Nach dem Aufwachen war sie in den Pool gesprungen, wo Julien schon seine Bahnen zog, und wieder hatten sie sich aneinander gedrückt. Sylvie schlief da noch.

– Ich bin nicht ganz sicher, hatte er gesagt.

– Sicher wobei?

– Das weißt du genau.

Julien hatte den Gummibund ihres Bikiniunterteils gelupft und ihr den Finger zwischen die Beine gesteckt. Nanou hatte nicht die Kraft, sich zu wehren. Sie ließ ihn gewähren. Julien machte seinen Schwanz in dem nachtkühlen Wasser steif und schob ihn verstohlen unter den Stoff. Er presste ihn ge-gen ihr Loch, aber Nanou war nicht bereit. Sie war trocken, und der Schwanz tat ihr weh, als er an den Eingang drückte. Sie stieß sich vom Rand des Pools ab und glitt auf die andere Seite, Juliens Finger immer noch in sich. Sie tauchte ein we-nig und schaffte es quer durch den Pool, ohne zu atmen, ganz, wie sie wollte. Dann schwamm sie noch etwas. Julien verfolgte sie, den Schwanz aus dem Wasser gereckt. Er machte Toter Mann und zielte mit seinem Ständer auf die Wolken wie mit einem Maschinengewehr. Er setzte ihn als Periskop ein, um übers Wasser zu blicken, dann tauchte er in einem enormen Wirbel von Luftblasen und Schaum unter. Nanou setzte den Fuß auf die Leiter und hüllte sich in ein Badetuch.

– Hör auf, sagte sie, als er es wieder versuchen wollte.

Er lachte. Dann ging sie in ihr Zimmer hoch und duschte ausgiebig heiß. Julien erregte sie nicht mehr übermäßig. Jetzt, da sie ihn nicht mehr liebte, durchschaute sie ihn ebenso leicht wie alle anderen Männer. Trotzdem brauchte sie jemanden, mit dem sie leben und der mit ihr schlafen konnte. Sie erwog, in Paris einen portugiesischen Fahrer zu engagieren, der sie einmal pro Monat liebte, den Abwasch erledigte und sie in den Einkaufsmarkt oder zu den Galeries Lafayette fuhr. Vielleicht war das der einzige Raum, den es in ihrem Leben für einen Mann gab. Eine Stellung zwischen Freund und Sklave war für einen modernen Typen, der seinen Lebensunterhalt auf normalem Wege verdiente, schwerlich hinnehmbar, daher waren Araber und Portugiesen für solche Funktionen am geeignetsten. Dabei kannte sie keinen, den sie begehren würde, und sie war auch nicht bereit, ihr ganzes Geld in einen Gigolo zu investieren.

Marie legte einen gesunden Appetit an den Tag. Nach der Brotschnitte vertilgte sie zwei Croissants und trank eine große Tasse Tee. Benjamin servierte ihr ein Glas Pampryl-Orangensaft, und auch den trank sie in einem Zug aus.

– Mannomann, sagte Serge. Macht ja auch hungrig.

Und sie lachten wieder alle miteinander. Serge trug eine Kompresse auf dem verletzten Auge. Tim und Jade lagen zusammen auf einem Liegestuhl und amüsierten sich damit, einander die Ohrenhaare auszureißen. Allen war klar, dass Marie die Wirkung ihres Beisammenseins verbesserte, indem sie sie unterhielt. Sie waren ihr dafür dankbar. Nanou saß in einem Rohrsessel und blätterte in der Zeitschrift *Isabelle*.

– Taugt die?, fragte Samuel.

– Na ja. Ich mag *Marie-Claire* lieber. Das hier ist ein bisschen cheap, und die Texte sind auch nicht unbedingt brillant.

– Aha? Die Nullnummer fand ich nicht schlecht.

– Mag sein, die hier ist nicht so toll.

– Ist ein Geschenk mit dabei?

– Ohrringe von Conchita …

Kurz darauf erschien Sylvie. Sie hatte noch geduscht.

– Geht's dir besser?, erkundigte sie sich.

– Ich hab die ganze Nacht gekotzt.

– Oh, Mist.

– Aber jetzt ist es besser.

Benjamin sah Éléonore an und bedachte sie mit einem Augenzwinkern. Sie errötete und vertiefte sich wieder in ihre Lektüre. Sie sah vor sich, wie die gestrige Kotze Sylvie aus dem Mund troff, und der Kontrast zwischen diesem schönen Mund, den anmutigen Lippen und den halbverdauten Scheußlichkeiten, die wie aus einem Geysir herausspritzten, war eine vergnügliche Vorstellung. Da niemand sonst es übernahm, stellte Julien Marie die üblichen Fragen.

– Wo kommst du her?

Das war zwar nicht unbedingt diskret, aber alle wollten es wissen.

– Aus Grasse.

– Lustig, du hast gar keinen Akzent.

– Ich lebe meistens in Paris.

– Was machst du so?

– Post sortieren.

– Häh?

– Ja, ich bin Angestellte. Niedrigste Gehaltsstufe. Ich sortiere die Briefe, die von der Sortiermaschine nicht angenommen werden. Ich arbeite bei der Post. Bald werde ich Briefträgerin. Im Departement Seine-et-Marne.

Voller spontanem Interesse sahen sie sie an, als wäre sie eine Außerirdische. Goddie und Samuel rückten neben sie und fragten sie nach ihrer Arbeit aus. Ob die nicht zu anstrengend war, ob sie das schon immer hatte machen wollen, ob sie sich langweilte, ob sie von der 35-Stunden-Regelung profitierte. Um wie viel Uhr sie von der Arbeit nach Hause ging.

Nach jeder ihrer Antworten sahen sie sich einverständig und ehrlich erstaunt an.

– Nein!

– Du meinst, du sortierst wirklich acht Stunden pro Tag Briefe?

– Ja, und mit fünfundzwanzig Tagen Jahresurlaub.

– Und du fängst morgens um sieben an?

– Also so was würde ich nie schaffen, sagte Jade, und die anderen nickten.

– Jetzt reicht's, sagte Benjamin. Das ist doch kein Verhör.

– Magst du deine Arbeit?, fragte Nanou.

– Ja. Na ja, nein. Es bringt halt Geld, sagte Marie. Aber es ist nicht schlecht. Ich arbeite gern im Team.

– Trotzdem, ich könnte so was nicht. Das ist nicht sehr … befriedigend.

Die jungen Erfolgreichen sahen einander an. Befriedigung war ihnen ein so hoher Wert, dass sie das Wort meist nicht in den Mund nahmen. Würde es sie nicht befriedigen, sie wären nie in der Lage, derart intensive Leistungen zu erbringen, es sei denn, sie wären dumm oder hätten nichts Besseres zu tun, dachten sie. Also waren sie befriedigt. Oder auch nicht.

Dann ließen sie Marie in Frieden. Trotzdem musterten sie sie weiterhin, kein Wunder. Hübsch und frisch wie der junge

Tag. Fast unschuldig. Wahrscheinlich ein bisschen dumm, aber erschreckend voller Wohlgefühl. Nanou dachte, sie hatte wohl keine Ausbildung. Höchstens Abi. Mit Sicherheit wohnte sie in einem winzigen Zimmer und aß die ganze Zeit irgendwelche No-Name-Nudeln oder Frühlingsrollen. Ihre Klamotten hingen an einer Stange direkt überm Bett, und sie brauchte nur kurz aufzustehen, um von ihren Kochplatten aufs Klo zu kommen und zurück.

– Außerdem spiele ich Theater, sagte sie, um doch noch etwas darzustellen.

– Oh. Was denn?

– Stücke. Für den Betriebsrat.

– Cool.

– Und was für Stücke?

– Im Augenblick Auszüge von Eluard. Manchmal auch was von Molière.

– Aha, hmhm.

In Wahrheit war das ja eher weniger spektakulär. Es gibt nichts Schlimmeres als Amateure, dachten sie. Alle verfügten sie über künstlerische Talente – sie hätten Autoren sein können, Maler, Modeschöpfer oder Popsongschreiber –, hatten aber beschlossen, sie nicht weiter zu verfolgen, denn es war ungesichert, dass sie davon ebenso gut leben könnten wie in der Wirtschaft. Ein Künstlerleben war nur akzeptabel, wenn der Ruhm garantiert war und man sicher sein konnte, im eigenen Marktsegment die Führung zu übernehmen. Im gegenteiligen Fall setzte man sich Mittelmäßigkeitsurteilen seitens der Freunde oder Eltern aus, was ja nun wirklich schlimmer war, als ein Talent schlummern zu lassen. Dann besannen sie sich untereinander darauf, wo Marie herkam.

Samuel und Goddie berichteten etwas abseits, dass Benjamin sie auf dem Jahrmarkt angeflirtet hatte. Marie hatte versucht, bei einem Angelspiel mit einer Zuckerzange eine Armbanduhr zu fischen. Sie trug eine himbeerrote Baskenmütze aus einem Resteladen und einen kurzen Faltenrock. Benjamin trat hinter sie, hielt sein Armband an die Scheibe und zog die Uhr an.

– Wie hast du das gemacht?, fragte das Mädchen.

– Das ist ein Elektromagnet. Ich trage immer einen Elektromagneten bei mir, um positive Wellen anzuziehen.

Das stimmte sogar. Nachdem sie die Uhr ergattert hatten, unterhielten sie sich den restlichen Abend über auf der Terrasse eines Bistrots und tranken. Benjamin bot Marie an, mit hierher ins Haus zu kommen, und sie sagte nicht nein. Sie trug die Uhr am Handgelenk, auch jetzt zeigte sie sie stolz an ihrer fast völligen Blöße. Das Armband der billigen Uhr war ihr dreimal zu weit, und wenn sie den Arm hängen ließ, drohte es ihr über die Hand zu rutschen.

– Mir würde so was nie im Leben passieren, sagte Éléonore laut und hörbar.

Sylvie deckte wortlos den Tisch ab. Éléonore fragte sich, ob sie den Vergiftungsversuch jetzt restlos überstanden hatte. Sie bot sich an, den Morgenabwasch zu machen und die Töpfe wegzuräumen. Dabei sah sie im Küchenschrank nach, ob das Scheuerpulver noch da war; nicht, dass ein Polizist es für irgendwelche Analysen mitgenommen hatte.

– Geht es dir besser?, fragte sie Sylvie, als sie zu zweit waren.

– Nein. Julien hat mir erzählt, dass du seine Freundin warst.

– Seine Ex, ja. Und?

– Er hatte es mir noch nicht erzählt, das ist alles.

– Ihr werdet heiraten.

– Ich weiß.

– Ich bin keine Bedrohung. Ich liebe ihn absolut nicht mehr.

– Ich weiß. Trotzdem wäre es mir lieber gewesen, er hätte es mir vorher erzählt.

– Verstehe.

Nanou trocknete noch einige Kaffeeschalen ab, dann ließ sie Sylvie allein.

– Gehen wir an den Strand?, fragte Tim.

– Wie spät ist es?

Éléonore hoffte, dass Sylvie sich an einer Qualle verbrennen würde. Sie schloss die Augen und versuchte eine religiöse Beschwörung.

Es war viertel nach zwölf. Nachdem sie erst um elf aufgestanden waren, konnten sie schwerlich ein komplettes Mittagessen zu sich nehmen. Die Frauen hatten nichts dagegen, die Mahlzeit zu überspringen. Éléonore fand es großartig, das Mittagessen auszulassen, und war überzeugt, gesund gefrühstückt zu haben. Sie hatte ein Krisproll mit Gelee gegessen und ein zweites, gebuttertes, in ihren Milchkaffee getunkt. Auch hatte sie ein Glas Orangensaft getrunken. Wie Marie. Marie war klein. Aber sie war auch objektiv hübscher als Éléonore. Ihre Schönheit war bescheidener. Sie drängte sich weniger auf, aber ihre Züge waren klarer. Sie drohte später nicht auszusehen wie ein alter Mann. Marie würde eine schöne Vierzigerin abgeben. Nanou vielleicht nicht. Marie hätte Krähenfüße in den Augenwinkeln, was ihren Reiz erhöhen würde, während Nanou schwere Lider und einen matten Blick bekommen würde, gelbe, schiefe Zähne und ihr die Haare ausgehen würden wie einem alten Besen. Einen Moment lang war sie eifersüchtig, dann tröstete sie sich mit dem Gedanken, dass Maries Äußeres ihrem Hirn entsprach. Sie war frisch, stimmt schon, aber bei einem Meeting würde es ihr mit ihren einsfünfundfünfzig nie und nimmer gelingen, die Geschäftsführer großer Konzerne unterzukriegen, wärend Nanou effektvoll aufzutreten wusste und manchmal größer war als die Männer ihr gegenüber. Manchmal hatte sie davon geträumt, kleiner zu sein. Körper waren wie Pflanzen, sie büßten an Harmonie ein, wenn sie versuchten, sich in alle Richtungen auszudehnen. Nanou würde es weiter bringen als Marie, sie konnte ferne Horizonte erreichen, allerdings mit der Gefahr, sich unterwegs zu verirren. Um bessere Stellungen zu ergattern, würde ihr Körper sich ausdehnen wie der von Elastigirl, aber er konnte dabei auch zerreißen, in zwei Stücke, wie ein schäbiger Regenwurm. Marie lebte in einem Stück. Außerdem hatte sie die Nacht durchgevögelt, ihr Gesicht war wunderbar entspannt, Nanou indessen spürte die Spannung zwischen den an ihren Kiefern befestigten Nerven.

– Also, gehen wir?

– Sofort?

– Ja, warum nicht?

– Will keiner erst Mittagsschlaf machen?

– Nein. Auf geht's. Auf geht's. Auf geht's.

Marie hüpfte voller Vorfreude herum und hatte schon das Badetuch um den Hals.

– Das ist meins, sagte Benjamin.

– Dann teilen wir's uns, Süßer, oder.

– Ja. Ja.

– Was ist das eigentlich für ein Tattoo?, fragte Tim und nutzte die Gelegenheit, um Maries Busen zu betrachten.

– Eine Schwalbe, sieht man das nicht?

– Schon, aber warum eine Schwalbe?

– Schwalben gehören zum Sommer. Gefällt mir.

Tim blieb nachdenklich.

– Kannst du mir auch Sonnencreme geben, Chéri?, fragte sie noch.

– Ja. Ja, flötete Benjamin.

Nanou konnte sehen, dass er sie schon über hatte. So war

es oft. Wenn sie auf ihre Kosten gekommen waren, schliefen die Männer ein, sogar mitten am Tag, für Stunden, und vergaßen einen, bis sie wieder ejakulationsfähig waren. Die Wiederherstellung der Ejakulationsbereitschaft dauerte im Durchschnitt acht Stunden. Wenn man das einrechnete, konnte man ohne weiteres morgens um sieben, acht Uhr herum mit einem Mann schlafen und dann bis nachmittags oder sogar bis zum späten Nachmittag seine Ruhe haben. Gut zu wissen.

Sie fuhren mit den Wagen Richtung Antibes und brauchten fast zwanzig Minuten, bis sie Parkplätze gefunden hatten.

– Ist doch Irrsinn, sagte Jade. Ich will zurück nach Rennes.

Samuel blieb noch kurz im Auto sitzen, um ein Stück von Babybird fertigzuhören.

– Mann, du nervst, grummelte Goddie.

– Das ist mein Lieblingsstück.

– Das haben wir schon zehn Mal gehört. Sei nicht so uncool.

Julien kannte eine Stelle abseits vom Hauptstrand. Auf dem Sand herrschte Gluthitze, obwohl noch nicht Sommer war. Von allem, das sie kannten, kam das der Hölle und dem Paradies am nächsten. Der Strand war in den Fels eingeschnitten. Um zu ihm zu gelangen, musste man einen Pfad hinabsteigen, früher war er unwegsam, heute betoniert. Hundehalter hatten ihre Lieblinge ins Gebüsch kacken lassen, es herrschte ein pestilenzartiger Gestank. Ein fetter Kerl versperrte den Durchgang mit einer Kühltasche, die er zum Wasser hinunterschleppen wollte. Er kam nur langsam voran, seine Shorts schnitten ihm tief in die Arschspalte. Er drehte sich mit bösem Gesicht nach ihnen um. Die Zähne standen ihm aus dem Mund wie Hauer, und ein Auge war in die Höhle gedreht, statt geradeaus zu sehen. Seine spärlichen Haare waren in

Strähnen gelegt, um eine maximale Fläche auf seinem sonnenverbrannten Schädel zu bedecken. Als Marie sein finsteres, verunstaltetes Gesicht sah, schrak sie zurück.

– Gehen Sie schon, grunzte er und ließ sie durch.

Mit den Strandtaschen war es klüger aufzupassen, wohin sie traten. Die Gemeinde hatte zwar alles schön hergerichtet, aber wacklige Steine säumten den Pfad, wer darauftrat, rutschte aus oder brachte sie zum Wegkullern. Es dauerte zehn Minuten, bis sie am Ende der Wegstrecke das Meer sahen, und weitere fünf, bis sie es erreicht hatten.

Schließlich gelangten sie in eine kleine, zwischen die Felsen gezwängte Bucht, die voller menschlicher Körper war, wie ein Massengrab.

– Sind hier immer so viele Leute?, fragte Nanou.

– Komm erst mal im Sommer her.

Der Strand war hundert Meter lang und dreißig breit. Rechnete man eine Person alle zwei Meter und zwanzig Reihen in der Breite, so lagen hier auf Sand und Felsen rund tausend Touristen, von denen ein rundes Viertel zu schwimmen versuchte und die Hälfte sich auf dem Bauch liegend bemühte, von der Sonne weggeschmort zu werden. Ein deutscher Tourist war derart verbrannt, dass sein Körper schon ganz platt war und allmählich von der Granitunterlage absorbiert wurde, auf der er ruhte. Noch ein paar Stunden, und er war ein versteinertes Fossil.

– Die sind doch bekloppt, die Deutschen!, sagte Goddie, der sie wirklich nicht leiden konnte.

Aus den Seitennähten des Deutschen sickerte in der Hitze sein Fett und rann brodelnd auf den Sand. Seine Arme baumelten ins Leere, sein Wanst wölbte sich wie eine Bonbonniere. Seine Frau saß an seiner Seite und schützte ihren himbeerroten Teint mit einem Sonnenschirm, der sämtliche Nachbarn störte.

– Gottlob sind ein paar von denen mit der Concorde abgestürzt.

– Du bist ja krank, so was zu sagen, sagte Marie.

– War nur ein Scherz.

– Der ist daneben.

Das letzte Viertel saß im Schatten eines Sonnenschirms oder einer Schirmmütze da und überlegte, was aus den anderen wohl werden würde.

Sie fanden einen Liegeplatz unter der Klippe. Sehr begehrt war die Stelle nicht, denn die Aussicht war teilweise verstellt, und man musste einen ziemlichen Umweg machen, um zum Meer zu gelangen. Draußen auf ihren Jachten drehten Milliardäre den Strandbesuchern eine Nase. Mit Ferngläsern beobachteten ausländische Touristen die reichen Russen und Finanzleute, die auf dem Deck Curling spielten, oder bewunderten die blonden Busen ihrer Frauen, die splitternackt badeten.

– Hast du diese Leute gesehen?, fragte Marie und presste die Hände zusammen. Ich wär gern auf einem von diesen Booten. Du nicht?

– Nein. Ist doch öde. Ich mag lieber kleine Segelboote. Das ist echter Sport!

Marie hatte den Liegeplatz gefunden.

– Nicht schlecht, hatten sie erst gesagt und das Panorama bewundert.

Am Horizont sah man die Lérins-Inseln. Daneben war Cannes zu erkennen mit der charakteristischen Bucht und den überladenen Gesichtern seiner Luxushotels. Vor Ort angelangt, sah es schon sehr viel weniger gut aus. Unweigerlich trat man bei jedem Schritt auf irgendwen, bestenfalls auf Füße, schlimmstenfalls auf Köpfe oder Haarknoten. In der Bucht gab es kein Gramm frische Luft, die schwere Hitze drückte den Hundescheißegeruch auf die Urlauber herab, die sich gezwungenermaßen an diese Unannehmlichkeit gewöhnt hatten. Ein paar Teenager versuchten erst, ein Ballspiel anzufangen, dann veranstalteten sie lieber einen Sprungwettbewerb, der den gesamten Strand hypnotisch faszinierte. Diese kleinen Zwölf- bis Fünfzehnjährigen erkletterten die Steilküste, indem sie sich mit den Füßen in die schmalen Risse im Fels krallten, und wenn sie einen mehr oder weniger ebenen Vorsprung erklommen hatten, sprangen sie laut kreischend ins Leere.

Wie alle anderen beobachtete auch die Gruppe sie mit gespannter Aufmerksamkeit und Interesse, wohl gemischt mit dem Wunsch, dass einer auf den Felsen zerschellen würde.

– Schau doch, das sind doch mindestens zwanzig Meter, sagte Tim. Eigentlich hätte ich Lust, das auch mal zu versuchen.

– Wetten, du traust dich nicht, sagten die anderen.

– Wetten, dass doch.

Tim schlüpfte in die Badehose und folgte einem Jungen, der gerade wieder hochkletterte. Er umrundete den Felsvorsprung, von dem aus die Jungs sprangen, und kletterte über die am wenigsten steile Strecke zum Gipfel. Jade hatte gesagt, lass das, du brichst dir den Hals, aber er hatte nicht auf sie gehört.

Die einzige Gefahr bestand darin, dass das Wasser für einen Erwachsenen nicht tief genug war und Tim sich am Grund die Knöchel brach.

– Wenn er Pech hat, ist er nachher querschnittgelähmt, sagte Serge. Beim Militär hab ich einen von der UNO getroffen, der ist in Bosnien ohne Helm in ein Flüsschen gesprungen und hat sich auf einem Felsen die Wirbelsäule versaut. Nur, weil er nach einem langen Marsch kurz baden wollte.

Tim stand schon oben.

– Kommst du unten auf den Grund?, fragte er den Jungen, als er auf die Fläche kam, die als Absprung diente.

Die vier, fünf Jungs, die hier oben saßen, waren überrascht, einen Erwachsenen zu sehen. Tim war gebaut wie ein Kleiderschrank, doppelt so breit wie sie. Die Jungs rauchten hier oben gemütlich eine, fern der Blicke ihrer Eltern.

– Kommst du unten auf den Grund?, fragte er den Jungen noch einmal. Also wenn du springst?

– Nein. 's Wasser ist minstens zwanzisch Meter tief, antwortete der Kleine.

– Wie heißt du?, fragte Buffalo.

– Samir, M'sieur. Du bis stark. Machs du Contact?

– Was?

– Full Contact. Wie Jean-Claude van Damme.

– Nein. Pass auf, Samir, wenn ich auch nur mit der Zehenspitze den Boden berühre, ja, dann komme ich hoch und schlag dir die Fresse ein, verstanden?

– Klar, ey. Musstu tauchen hier. Gefährlischer Typ, das, sagte er zu seinen Kumpeln. Will misch plattmachen. Glaub isch nisch.

Der Junge zeigte ihm eine Stelle zwischen zwei Felsen, wo das Wasser dunkler war. Dort war es am tiefsten. Drei mal fünf Meter, die galt es nicht zu verfehlen. Tim trat an den Rand, ließ noch einen von den Jungs vor und betrachtete genau den Ort, wo dessen Körper im Wasser verschwand.

Und dann hob er die Arme in Verlängerung des Körpers hoch gen Himmel. Tim verdunkelte die Sonne. Die Jungen spürten, wie der Schatten des großen Mannes sie bedeckte, als er sich zum Sprung bereitmachte. Sie hörten sogar auf, an dem Joint zu ziehen, den sie kreisen ließen.

– Ey, Mann! Der macht voll Kopfsprung. Sie waren begeistert.

– Machst du Kopfsprung?

Tim federte auf den Fersen und sprang. Unten sah Jade ihm zu, ebenso wie die Touristen und sogar die dicken Frauen unter den Sonnenschirmen. Marie trank eine Fanta Orange.

Ein paar Steinchen rieselten ihm von der Klippe hinterher. Tims skulpturengleicher Körper blieb die ersten fünfzehn Meter über in der Vertikalen, fast ebenso viele Sekunden lang, dann entfaltete er sich langsam. Er schwebte, mit seinen langen Beinen sah er aus wie ein Komet oder wie Johnny, die Lebende Fackel. Er bog den Rücken durch, die Sonne rieselte über seine sich abzeichnenden Rippen und die eng an der Wirbelsäule anliegende Rückenmuskulatur. Unten hielt alles die Luft an. Der Körper fiel gemäß einer verlangsamten Variante der Schwerkraft. Sein Hintern formte sich deutlich, er drückte mit den Bauchmuskeln den Rücken noch weiter durch und drang mit den Armen voraus ins Wasser; die wenigen Spritzer zeigten, dass sein Sprung absolut perfekt gelungen war. Profi-Springer schmirgelten sich die Knöchel, um besser ins Wasser einzutauchen. Ein paar Sekunden darauf kam Tim wieder hoch und schleuderte sich die Haare in den Nacken. Seine Haltung war tadellos gewesen. Er wandte sich nicht sofort wieder zum Strand, sondern schwamm ein paar Züge gen Horizont. Dann verharrte er auf der Stelle und beobachtete in der Ferne die Bucht von Cannes und die Reihe der Gebäude, die sich bis nach Menton erstreckte. Als er wieder an Land stieg, hingen sämtliche Blicke an ihm, und er konnte einherstolzieren und so tun, als würde er es nicht bemerken, dass er der Held des Tages war.

Samir war als Nächster gesprungen und kam auf dem Strand zu ihm.

– Heh, hast du Grund berührt?

– Nein, sagte Tim.

Der Junge entblößte eine lückenhafte Reihe von Zähnen

und bedachte den Erwachsenen mit einem bewunderungs-
vollen Blick.

– Also schlägs du misch nisch?

– Nein.

– Korrekt, sagte der Junge. Voll korrekt.

Eine Gruppe französischer Touristen hatte einen Grill mit-
gebracht und ließ nun dicke Schlieren von Bratenfett in die
Glutpfanne tropfen. Der Qualm konnte aus der schmalen
Bucht kaum abziehen und bildete einen Schutzfilm über den
Köpfen. Die ockerfarbenen Berge waren hier und da von Hei-
dekrautbüschen gespickt, deren Würzelchen die Hänge nur
so eben schrammten. Junge Leute hatten Graffitis auf den
Fels gesprüht; man konnte deftige Inschriften lesen wie
Fucker 666 oder *Fick dich Climot* und ein großes, mit dem
Messer eingeritztes, rot ausgemaltes *Schwanz*, das von den
Wellen überspült und von ihrem Hin und Her mit der Zeit
erodiert wurde. Undenkbar aber, dass das Meer jemals das
heilige Wort aus dem Fels würde löschen dürfen. Kinder würden immer wieder kommen und es mit Markerstift nachzie-
hen, und in den kommenden Jahrhunderten würde man sich
bemühen, es mit Hilfe von Architekten originalgetreu zu res-
taurieren.

Nanou hatte ein wenig im Sand gelegen, ohne sich auszuziehen. Es gab keine Bademeister in den Buchten, sie fühlte
sich nicht sicher. Sie hatte Tim bei seinem Sprung zugesehen
und ihn danach, als er wieder zurückkam und sich auf sein
Camel-Badetuch legte, mit den anderen beglückwünscht.

Marie hatte ihm mit freudefunkelndem Gesicht auf die
Schulter geklopft. Die Männer ließen sich von ihm beraten,
um es ihm gleichzutun, verzichteten dann aber darauf. Jade
hatte einen auf blasiert gemacht. Trotzdem war sie freund-
licher als am Vorabend, und ihr Trauergesicht nahm allmählich Farbe an. Tim küsste sie auf die Stirn und ließ sie in sei-

ner Umarmung verschwinden. Seine Arme umschlossen sie, und er drückte sie an seine Brust, die so breit war wie ein Flugzeugträger.

– Heh, du machst mich ganz nass, du Trampel, beschwerte sie sich.

Und er drückte sie noch fester. Fabienne war in den Schatten geflüchtet und fragte, wann sie wieder gehen würden. Sie maulte, der Strand sei so eklig, und verfluchte die Touristen, die sie mit Sand bewarfen, wenn sie sich bewegten, oder ihr mit ihren Sonnenbrillen oder Uhren die Sonne ins Auge reflektierten.

Dann beschloss Nanou, doch noch zu baden. Sie zog sich unter ihrem langen Handtuch den Badeanzug an und durchquerte die Flut der Leiber. Von oben sah sie all die unschönen Hinterteile, die Schamhaare, die aus den Badeanzügen der Frauen lugten, und die von der UV-Strahlung geglätteten Pickel auf den Rücken der Männer. Manche Männer hatten lange, spinnenartige Haare auf den Schultern, die so behaart waren wie Köpfe, andere den Hintern voller Zellulitis und Schwangerschaftsstreifen, als hätten sie mehrere Geburten hinter sich. Außerdem verglich sie die Brüste der anderen Frauen, die sich oben ohne sonnten, mit ihren eigenen. Viele kamen in dieser Hinsicht nicht an sie heran, und das vermittelte ihr einen gewissen Stolz. Die Spalte zwischen ihren geraden und ausschließlich auf natürliche Weise gehaltenen Brüsten lief unter ihrem weißen Hals hinunter und verbarg den Bauch, der ihr gestern noch Sorgen bereitet hatte. Sie sah ihren Nabel, mehr nicht. Der Bauch hatte die Form eines elfenbeinernen Wasserfalls, der sich in den weichen Stoff ihres Bikiniunterteils ergoss. Die anderen Frauen hatten mirabellen- oder, schlimmer noch, birnenförmige Brüste. Sogar von hinten konnte sie diejenigen erkennen, die mit Silikon aufgemotzt waren.

Sie stieg über ein paar japanische Kadaver und begegnete zum ersten Mal Fabrice Aurousseau. Der leitende Angestellte starrte sie die drei Meter lang an, die sie sein Gesichtsfeld querte, und sie spürte eine Art Skalpell, das in ihr herumwühlte und die Sehnsüchte aus der Tiefe heraufbeförderte. Er war allein. Éléonore drehte sich nach ihm um, so, wie Männer es sonst tun, und streichelte seine Hinterbacken mit dem Blick. Aurousseau war schön groß, sein Rücken war gut geformt. Sie sah sein getrocknetes, am Kopf anliegendes Haar und die Salzflecken, die auf seiner Haut Schmetterlinge malten.

– Wow, sagte sie.

Endlich kam sie ins Wasser. Der Kontrast zur herrschenden Hitze war so stark, dass sie erst etwas zurücktrat, weil sie fürchtete, gleich einen Herzschlag zu bekommen. Sie rutschte von einem großen Kiesel ab und schwankte rückwärts.

Als sie nach Gleichgewicht suchend die Hände nach hinten streckte, fiel sie dem jungen Mann in die Arme.

– Hoppla.

– Oh, danke.

Aurousseau lächelte sie an. Er war nicht besonders braun, was sie sofort enttäuschte. Aber dann spürte sie wieder diese Hitze. Er half ihr, Fuß zu fassen, und sie sagte noch einmal:

– Danke.

Dann ging Aurousseau dahin zurück, wo er hergekommen war. Sie versuchte, ihn vom Ufer aus zu verfolgen, aber wegen ihrer Kurzsichtigkeit verlor sie ihn aus den Augen.

Sie schwamm zehn Minuten lang. Wegen der Strömung konnten die Schwimmer nur so herumpaddeln. Die Wellen brachen in alle Richtungen und behinderten eine regelmäßige Atmung. Éléonore kraulte lieber, als dass sie Brust schwamm. Kurz überlegte sie, ob sie zu einer hölzernen Plattform schwimmen sollte, die weiter draußen trieb und wo Kinder sich sonnten oder ins Wasser sprangen, fand dann aber, das sei für sie zu weit, und kehrte zu ihren Freunden zurück. Die Bengel lachten miteinander und alberten rauchend parasexuell herum.

Zwischen Julien und Sylvie herrschte immer noch frostige Stimmung. Sie schwammen nicht miteinander. Julien wirkte nervös, er schaute beharrlich nach jungen Frauen. Es schien, als würde er gegen die Macht ankämpfen, die ihn dazu brachte, verstohlen die Maße der Brüste, Taillen und Hintern zu prüfen. Sein Hals vollführte perverse Windungen, um dem Anblick zu entgehen. Zur Ablenkung zerknüllte er frenetisch einen Plastikstrohhalm, den er aus einer Eisteepackung gezogen hatte. Und die Ärsche strömten auf sein Gesicht zu mit ihren eingehüllten Ritzen, und die Brüste schlugen wie Herzen; und die Geschlechtsteile zeichneten sich unter dem engen Lycrastoff ab, der kaum den irrsinnig erotischen Anblick der Schamhaare, der Möse und der Klitoris verhüllten. Dann und wann bedachte Sylvie ihn mit einem tadelnden Blick, gab aber jedes Mal angesichts des exponentiellen Wachstums des Angebots auf. Je weiter der Nachmittag fortschritt, desto mehr Touristinnen kamen durch den Trichter des Pfads und purzelten auf den besonnten Strand, eine appetitlicher, verführerischer und erregender als die andere. Das drohende Gewitter hatte sich verzogen, der Himmel war rein wie klares Wasser. Je wärmer es allerdings wurde, umso mehr Gestank verströmten die Hundeköttel. Die Leute rieben sich die Nase und konnten es kaum glauben. Wenn irgendein Ort nach Scheiße stinken musste, dann doch keinesfalls dieser.

Um fünf Uhr nachmittags zogen sie sich wieder an. Der Weg zur Straße hinauf bereitete Nanou die größte Mühe, während des Aufstiegs wäre sie mehrmals fast auf die Nase gefallen. Sie schwitzte, unter den Armen hatte sie kleine feuchte

Flecken. Benjamin stützte sie, und auch Marie, die aber die meiste Zeit vorauslief, von Stein zu Stein hüpfend wie eine junge Bergziege.

– Da hast du ja einen dollen Fang gemacht, neckte Julien ihn.

– Sieht so aus, ja, sagte Benjamin.

Maries Hintern war zu den Beinen hin geformt wie ein üppiger Kürbis, und im Rhythmus der Bewegung, den sie sicheren Schritts und schwungvoll schlug, war mal die eine Backe flacher, mal die andere, aber immer prachtvoll. Der feuchte Bund ihres Badeanzugs zeichnete hinten unter ihren Shorts die Form ihres Geschlechtsteils nach.

Die Gruppe gönnte sich eine Runde Pizzas und einen frischen Rosé, bevor sie nach Hause fuhren, um sich für den Abend umzuziehen. Während des Essens änderte die Stimmung sich nicht revolutionär. Samuel und Goddie hatten wie immer zwei, drei Themen, über die sie sich kabbelten, während Benjamin sich in ein fast schuldbewusstes Schweigen hüllte, das auf die einen verliebt, auf die anderen nur nachdenklich wirkte.

Julien redete viel mit Marie und Éléonore, die ihn verdächtigte, ein neues Opfer gewählt zu haben. Das hinderte sie aber nicht daran, sich gefräßig über ihre Pizza Calzone herzumachen, sie bedauerte sogar, dass sie nicht die Maxipizza mit siebenundvierzig Zentimetern Durchmesser bestellt hatte, denn sie spürte einen Bärenhunger, und das Schwimmen erlaubte alle Diätsünden, die man wollte. Mehrmals trat ihr heftig und unvorbereitet Aurousseau vors innere Auge, und sie hatte einige Schwierigkeiten, bei den Details des Gesprächs zu brillieren. Fabienne schlief im Stehen, sie versank in melancholischer Apathie, die sie nur für angewiderte Grimassen und Schmollmünder unterbrach. Sylvie bemühte sich, sie zu trösten, und brachte sie ein paar Mal zum

Lachen, aber das Alleinsein lässt sich nicht so ohne Weiteres überwinden. Jade kam allmählich weiter zu sich und redete lange über Picassos Aufenthalt in Antibes, die Sammlung des Museums und was davon einen Besuch lohnte. Sie machten einen Verdauungsspaziergang auf den Vauban'schen Befestigungsanlagen und fuhren endlich wieder nach Hause, nicht so müde, aber zufriedener als am Vortag.

– Gibt es schon Pläne für heute Abend?, fragte Serge irgendwann.

– Ich glaub, wir gehen in die Disco, antwortete Julien. Also, wenn niemand was dagegen hat.

– Wohin? Ins *Teacher*?

– Nein, ich dachte ans *Torpedo*. Was meint ihr?

– Ja. Da waren wir länger nicht mehr. Was, Nita? Letztes Mal hatten wir da Streit mit diesen komischen Typen aus Marseille, die nach Hause wollten.

– Ich dachte, das hat zu? Wegen den Drogenproblemen.

– Es war eine Zeit lang geschlossen. Aber jetzt läuft alles, wie es soll.

– Also, ins *Torpedo*?

Vor einem halben Jahr war in der Disco ein Mann an einer Überdosis gestorben. Die Clubs an der Côte d'Azur machten der Reihe nach für eine Zeitlang zu, immer im Rhythmus der Schießereien, Messerstechereien und Drogenrazzien.

Éléonore sagte nicht nein, als Julien ihr zum sechsten Mal Wein nachschenkte. Sie kannte weder das *Teacher* noch das *Torpedo*. Sie hatte gehört, dass es in den Discos an der Riviera ziemlich hoch herging, vor allem ab Juni. Aber sie fand Clubs meistens grässlich, die Leute, das Getue, die Macker, vor allem den Techno und den Europop, von denen ihr spätestens nach zwanzig Minuten übel wurde. Aber heute Abend hatte sie Lust. Nicht um zu flirten oder beflirtet zu werden, sondern einfach, um zu sehen, was ihr neuer Körper ihr befehlen würde, jetzt, wo er wieder mit Sonne und warmer Luft in Kontakt gekommen war.

Alle gingen duschen und sich umziehen, und gegen zehn trafen sie sich unten wieder. Es fiel Éléonore auf, dass alle denselben Stil trugen, Männer wie Frauen, wahnsinnig elegant, schön wie Königskinder, aber insgesamt eigentlich trist, denn sie hatten genau das an, was man von Mittzwanziger-Führungskräften erwartete, die mal einen draufmachen wollen. Éléonore trug ein schwarzes Trägerkleidchen über einem T-Shirt mit feinem Spitzensaum, absolut zum Rest passend. Sylvie hatte Marie was zum Anziehen geliehen und tobte inne rlich, weil sie sah, dass es ihr besser stand als ihr selbst.

Die kleine Autokolonne fuhr los, voran der Clio Speed mit Sylvie, Julien, Marie und Benjamin, gefolgt von Serge im Gold Mustang mit Anita, Éléonore und Tim. Goddie kutschierte in seinem 205er »Roland Garros« Samuel und Fabienne. Bis nach Nizza war es ein ganzes Stück, und sie bogen auf die Autobahn ein, nachdem sie an der Mautstelle ein paar Münzen in den Korb geworfen hatten.

– Ist doch irre, wie schnell der Automat die Münzen erkennt.

Der Rosé war Éléonore zu Kopfe gestiegen, und alle sangen im Chor die Hits mit, die auf NRJ liefen. Julien legte eine Kassette der Gruppe Air aus Versailles ein, und sie sangen *Sexy Boy Sexy Boy.*

Wo sind deine Helden?, sangen sie.

Wo sind deine schlecht rasierten, gut gekleideten Idole?

Mit ihrem Lächeln voller Diamanten.

Super gestylt, das ist der ideale Mann, der maskuline Charme.

Sexy Boy Sexy Boy.

10 DANCETERIA

Das *Torpedo* befand sich mitten im Zentrum, zwischen dem
Négresco, dem besten der alten Grand-Hotels, und den Rui-
nen des *Palais de la Méditerranée*. Sie parkten auf dem
Brachgelände, das die Luxuszimmer und Privatgemächer
der alten Russinnen verdrängt hatte. Mindestens zwanzig
Zentimeter tiefe Schlaglöcher durchsetzten den Boden aus
Sand und groben Kieseln. Die Stadtverwaltung plante, hier
einen riesigen internationalen Parkplatz einzurichten, mit
Überwachungskameras, Anti-Rutsch-Asphalt und Wachper-
sonal. Die Fertigstellung war für 2006 geplant.

Sie gingen die Fußgängerzone hinunter, die zur Place
Masséna führt und wichen erst einer Wahrsagerin aus, dann
einem fliegenden Händler, der Armbänder mit Namensprä-
gung verkaufte. In den Edelrestaurants hatten die Touristen
ihre Fischgerichte gerade aufgegessen. Es gab auch weniger
teure Läden, wo man provençalische Spezialitäten, Pizzas
oder Pan-Bagnats bekam.

Gruppen junger Leute waren zu den Kinos unterwegs; sie
hatten einander die Arme um die Schultern gelegt. Auf den
Bänken saßen debattierende alte Südler mit sonnengegerb-
ter Haut und kurzärmeligen Hemden, die Selbstgedrehte im
Mundwinkel. Die jungen Frauen beäugten die Schuhe hinter
den Schaufenstern, die Typen gingen rasch und entschlosse-

nen Schritts. Sie kamen vor einem Drogerieladen vorbei, in dem Parfüms und Lancel-Produkte verkauft wurden, dann bogen sie nach rechts in eine Gasse mit Kopfsteinpflaster ein. Nanou erwog, zu Hause in Paris den neuen Duft von Lolita Lempicka zu kaufen. Der Himmel war wolkenlos und friedlich, in seiner Mitte stand der fast runde Mond, noch zwei Fingerbreit bis Vollmond.

– Noch sind nicht so viele Leute unterwegs, bemerkte Julien.

– Ja, man kriegt noch Luft, bestätigte Serge.

– Ihr solltet mal sehen, was hier im Juli los ist, warnte Sylvie.

Von außen sah die Disco aus wie ein Luxushotel, mit hoher Fassade und vergoldeten Arabesken zwischen den schwarz angelaufenen schmiedeeisernen Balkons. Unten wurde der Eingang vom abweisenden Schatten eines langen Vordachs maskiert, und wie in allen gutbürgerlichen Discos standen drei Zerberusse mit in italienische Smokings gezwängten Muskeln draußen und verwehrten Leuten, die so aussahen wie sie selbst, den Zutritt. Junge Leute standen eng gedrängt in einer langen Warteschlange, deren Länge das Prestige und den Reiz des Clubs ausmachte. Alle Arten Leute traf man hier: meistens Studenten, wie in allen Nightclubs, aber auch professionelle Tänzer, die »Profis der Nacht«, halb Studenten, halb Angestellte oder kleine Dealer, und diverse zukünftige Stars, deren exzentrische Aufmachung ein gewisses Aufsehen garantierte. Ein paar netzbestrumpfte Drag-Queens waren über den Künstlereingang hineingekommen und blickten von der Höhe ihrer Plateauschuhe blasiert auf die Normalverbraucher herab. Diese Trümmertunten waren bestürzend hässlich. Ihre langen, epilierten Beine saßen unter pubertären Torsen, die den Babyspeck noch nicht ganz losgeworden waren; unter die Oberteile hatten sie sich dicke Busen aus Watte- oder Spitzenknäueln gestopft. Ihre breiten Nasen waren mit mengenweise Make-up veredelt, ihre finster blickenden Augen mit dickem Eyeliner in allen denkbaren Farben betont. Nur wenige von ihnen verströmten eine giftige Sinnlichkeit. Die anderen waren ein jämmerlicher Anblick, Lichtjahre von der Schönheit entfernt, nach der sie mit all ihren Metamorphosen strebten. Stammgäste und kleine lokale Gauner begrüßten die Türsteher mit einer Umarmung und betraten das Lokal umgehend, ohne zu zahlen oder sich abtasten zu lassen. Wasserstoffblondinen am Arm, stiegen millionenschwere Ausländer aus kleinen roten Corvettes. Meistens Russen und Japaner, dazu ein paar Engländer mit Pailletten-Anzügen.

– Ein guter Einstieg, sagte Julien zu Buffalo. Ins große Leben.

– Ich fühl mich auf einem Volleyballplatz wohler.

– Vergiss nicht, dass ich Dienstag nach Hause muss, flüsterte Nanou ihrem Ex ins Ohr. Bei den Getränkepreisen in so einem Laden kann ich mir nachher womöglich den Rückflug nicht mehr leisten.

– Ich streck dir was vor, antwortet er. Du musst dich ein bisschen amüsieren. Du brauchst das.

Die Nachtwelt war im höchsten Maße antidemokratisch. Die Rausschmeißer bewerteten rasch die Schönheitsressourcen anhand der objektiven Elemente, aus denen eine Gruppe sich zusammensetzte: Anzahl der steilen Bräute, Klamottenpreis, mittlere Größe der Typen, Zusammenhalt, Hautfarbe, wahrscheinliche soziale Herkunft, Alkoholspiegel. Wenn der Verführungskoeffizient gleich war wie derjenige der Personen drinnen oder sogar noch höher, durfte man passieren, wenn nicht, musste eine Gruppe verhandeln, wenn sie in ihrer Gänze reinwollte.

Entweder nahmen die Rausschmeißer einen Schnitt durch

die Mitte der Gruppe vor, um den Koeffizienten einer Unter-
gruppe zu erhöhen und dasjenige Element auszuschließen,
das den Wert nach unten zog: einen Zwerg, eine dumme Pute
oder ein sehr hässliches Mädchen, einen rundlichen Typen
mit Dackelohrkragen oder Haarausfall. Genügte das nicht,
machten die Türsteher radikalere Vorschläge à la, Gehen Sie
sich erst mal umziehen oder Kein Zutritt mit Turnschuhen
oder auch Du da und du, und sie zeigten auf die beiden
schicksten Mädchen und schickten den Rest des Trupps
gründlich zum Teufel. Oder aber sie verkündeten ein allge-
meines Verdikt, falls die Gruppe wirklich zu weit unterhalb
der Minimalanforderungen blieb. Macht euch vom Acker. Ihr
passt hier nicht rein.

Genau das geschah häufig mit Arabergruppen, die mehre-
re Nachteile auf sich vereinigten (unpassende Hautfarbe,
Dummheit, Trunkenheit, keine Frauen oder wenn, dann total
vulgäre, miese Klamotten) und ganz unten auf der Skala der
Ressourcen starteten. Die Türsteher wiesen sie zu Recht ab –
und das war nicht nur eine Frage von Rassismus, denn die
Anstrengungen, die sie hätten unternehmen müssen, um dem
Durchschnitt zu genügen (kosmetische Gesichtsoperationen,
Ankauf neuer, teurerer Kleidung, Lesen lernen ...) waren viel
erheblicher als die Befriedigung, die sie durch den Einlass
erhoffen konnten. Also, no way. Dass sie nicht reindurften,
war für sie die beste Lösung. Damit trafen die Türsteher eine
Entscheidung zu ihrem eigenen Besten und folgten zugleich
den grundlegenden Gesetzen der liberalen ästhetischen Mi-
kroökonomie, die auch überall sonst galten.

Die von Julien angeführte Gruppe entsprach der typischen
Klientel des Lokals und überwand die Schwelle ohne weiteres. Von Anfang an bekamen sie nur Monsieur und Madame
zu hören, und an der Kasse lud man sie höflichst ein, sich zur

Garderobe zu begeben und Jacken, Jäckchen und Accessoires abzugeben. Die Halbstarken hinter ihnen zogen eine Fresse und nannten sie Snobs und Muttersöhnchen.

Eine Hostess steckte ihnen einen goldenen Chip für ein Freigetränk zu.

– Ich wünsche Ihnen einen angenehmen Saisonstart, lächelte sie.

Die Hochsaison war gerade angelaufen, und in der Disco waren alle noch sympathisch, schön anzusehen und zugänglich.

Das Innere des *Torpédo* war nicht besonders aufgemotzt, ein Zeichen für Qualität. Der Laden war in zwei große Bereiche unterteilt und so schmucklos wie eine stillgelegte Fabrik. Auf der einen Seite eine riesige, ebene Tanzfläche mit ein paar Podien für die Gogo-Dancer, einer Bar und einer Riesenleinwand, auf die New-Age-Bilder projiziert wurden, zur anderen Seite, etwas abgesenkt und im Halbdunkel, waren eine Menge kleiner Sitzbuchten mit Stoffen und Weihrauchbrennern ausgestattet, und kleine polysexuelle Grüppchen räkelten sich in dem widerlichen Prä-Ausschweifungs-Klima. Alle waren sie gut gekleidet. Schwule steckten sich röchelnd Schwänze rein, Neger gluckerten Rothaarige direkt aus dem Slip weg. Die Sitzbuchten waren krachend voll mit losgelassenen Gästen. Eine Irrsinnshitze herrschte wegen der Nebelwerfer, und wegen der Stroboskope, die über die Tanzfläche funkelten, und der beißenden Zigaretten sah man so gut wie nichts.

– Ein Club, wie er sein soll, sagte Julien und ging tanzen. Nutzt die Gelegenheit, Freunde.

Und sie verteilten sich. Sich zu unterhalten war sowieso unmöglich, und hier galt: Jeder trägt seinen eigenen Arsch zu Markte, und den Letzten beißen die Hunde.

Julien folgte Marie. Nanou wusste nicht so recht wohin,

noch was tun. Fabienne schlurfte in Richtung Tanzfläche, als träte sie zur Zwangsarbeit an. Jade war ganz in ihrem Element und trollte sich hinternwackelnd.

– Alea jacta est, erklärte Benjamin und folgte einer kleinen Blonden, die nach ihm äugte, ohne sich um Marie zu scheren, die pinkeln gegangen war.

In modernen Discos durfte man vor nichts Angst haben. Sich ohne Scheu an allen möglichen Fremden schubbern und unbefangen seinen Zauberstab rausholen, falls sich die Gelegenheit bot, sich von einem Mädchen einen blasen oder runterholen zu lassen. Anders als früher lag die Initiative ganz bei den Frauen. Sie konnten einen erwählen, einen streifen und dann so gut wie alles von einem verlangen, und besser, man folgte. Sie konnten einen auch beflirten und dann stehen lassen und sich nachpudern gehen, wenn man vor Lust schon dicke Eier hatte. Besser, man war gewarnt und erwartete nichts Außergewöhnliches. Was geschehen musste, geschah, mehr nicht. Es war dunkel, und nach ein, zwei Gläsern fragte man sich oft, ob man sich noch in der realen Welt befand oder ob man die Disko durchstreifte, nachdem man eine Hirnexplosion erlitten hatte. Die Sanitäter kamen ans Krankenlager, kumpelhafte Typen umringten einen, und dennoch herrschte im Kopf das reinste Chaos und man fand sich kaum mehr zurecht.

– Schwer was los.

Die herrlichen Bewegungen der Menge im Dämmerlicht trieben die Einzelnen zu den Lautsprecherboxen, je nach der Intensität der Bässe. Die meisten Kerle warfen sich, wenn sie in Hitze gerieten, gegen die Beschallungswände, um ihren Brustkorb zum Platzen zu bringen und jede Chance zunichte zu machen, jemals wieder etwas anderes zu hören. Dieses bewundernswerte selbstmörderische Verhalten erinnerte an die Opfertaten der japanischen Soldaten im Zweiten Weltkrieg. Der Drum'n'bass hatte schon bei vielen Clubbern irreparable Schäden angerichtet.

Serge und Anita war bereits klar, dass ihnen der schlimmste Abend ihres Lebens bevorstand. Sie drängten sich eng aneinander, um sich vor den Versuchungen und den Stößen, die die Singles ihnen in den Rücken verpassten, zu schützen. Sie suchten einen Ort, wo sie sich hinsetzen und warten konnten, dass es Morgen werde. Kein Zweifel, wenn sie stehen blieben, wären sie verratzt. Die einen rempelten sie an, um sich einen Weg zur Bar zu bahnen, andere wollten sie in Richtung Tanzfläche schubsen. Auch abgehärtetere Paare als sie hatten schon klein beigegeben. Ihr Blut würde in Wallung geraten, ihre Ohren würden wie abgefault in die Suppe fallen und ihre Beine würden schwabbelig werden, bis sie geistesgegenwärtig genug sein würden, verrückt zu werden oder in ihrem eigenen Saft zu verrecken.

Éléonore warf sich wie entfesselt ins Gewühl, sie rieb sich an unbekannten Geschlechtsteilen und machte Versprechungen, die sie nie würde halten können. Ihr Körper akklimatisierte sich hervorragend in der neuen Temperatur. Ihr Herzrhythmus ging schneller, und sie spürte, wie ihre organischen Enden an Sensibilität gewannen. Sie dachte an ihre »Diskozeit« zurück, als sie gerade in Paris angekommen war, an all die Exzesse, die sie damals mitgemacht hatte, und sie dachte auch, dass sie ohne weiteres für einen Abend ihr früheres Erregungsniveau und ihre Selbstvergessenheit wiederfinden könnte. Das Fleisch ihrer Arme bebte, und die Gerüche der Disco wirkten wie ein Entwicklerbad.

Ich bin eine Hündin, dachte sie. Ich werd ihnen was zeigen, die werden sich umsehen.

Eine Zeit lang war sie mit einem der Autoren von *Infotainment-Clowns* ausgegangen. Die Abende beim Privatfernsehen waren die tollsten der Welt. Es gab Stars, extratrockenen Champagner und dazu jede Menge Geschenke, Illie-Nastase-Sportschuhe oder CDs, die noch gar nicht im Handel waren. Das *Torpédo* erinnerte sie an diese brodelnde Zeit. Die hochgewachsenen Kerle rannten mit ihren feuersteinharten Muskeln herum. Ja, das war ein Club, wie er sein sollte, und wie in allen wahren Pariser Diskos war das Tanzen Nebensache.

In den Diskos waren immer mehr Typen als Frauen. Das war Regel Nummer eins, die dafür sorgte, dass dies weltweit der einzige Markt war, wo sie den Vorteil auf ihrer Seite hatten. Dieses Ungleichgewicht war allen Frauen bewusst, auch wenn sie nicht alle in der Lage waren, es zu nutzen. Éléonore erkämpfte sich einen Vorzugsplatz auf der Hauptbühne.

Der DJ legte einen fetzigen Mix von Free und Deep House auf.

– Das ist House aus Chicago, flüsterte Samuel ihr ins Ohr.

– Ah. Super!

Und die Dezibel kletterten ihr unter den Rock und streichelten ihr die Knie und die Muschel, und die Bässe verkohlten ihr die Ohren und Synapsen. Sehr schnell wurden die Leute von der brodelnden Masse der Tanzenden verschluckt. Es waren Verrückte darunter, die beim Tanzen rannten und mit den Sohlen ihrer Sandalen klatschten, andere stürzten auf die Klos, um zu kübeln, wieder andere troffen vor Schweiß, der große Kreise auf ihren Hemden zeichnete, bis in den Rücken. Die Welt der Nacht war begeisternd.

Es gab etwas für jeden Geschmack: Drogen zum Rauchen, zum Schlucken, andere, die man sich in die Nasenlöcher einführte, oder auch kleine, bohnenförmige, aus Marbella importierte Opiumzäpfchen, die dafür sorgten, dass der Hintern über der Sitzfläche schwebte und man vergaß, wer man war. Iraner versorgten die Tänzer auf der Damentoilette. Auf diese Weise ließ sich alles auf einmal erledigen: das Mittel kaufen, bezahlen und sich gleich auch reinpfeifen. Nanou hatte ihre Amphetamine aus Paris mitgebracht, sie hielt ihrem Kleindealer die Treue. Sie mochte die Diskodealer nicht, die einem zu horrenden Preisen sonst was andrehten. Sie nahm nur dann und wann mal Drogen. Der Kleinhandel bot eine bessere Auswahl, erlaubte, persönlichen Rat einzuholen und das Geld jemandem zu geben, der es wirklich brauchte. Sie war nicht genügend drauf, um ihre Dosis bei egal wem zu kaufen. Das war der Vorteil des gelegentlichen Rauschs. Der Kunde war König und stets imstande, seine Verbraucherrechte geltend zu machen. Ihr Dealer arbeitete im Staatlichen Institut zur Bekämpfung des Drogenmissbrauchs und verschaffte ihr saubere, aktuelle Produkte, die er auf Rechnung seines Einsatzkommandos direkt bei den offiziellen Testlabors bezog.

Sie wühlte in ihrer Tasche, ohne den Tanz zu unterbrechen, und nahm die kleine Plastikkapsel zwischen die Spitzen von Zeigefinger und Daumen.

– Willst du auch eine?, fragte sie den Schwulen.

– Nein danke, wir haben unsere eigenen Sachen, sind mir lieber. Was ist das da?

– Dizzy Age. Kommt aus Belgien.

– Danke. Ich weiß, wie meine wirken. Also die Spezialwirkungen ...

In den Achtzigern schnüffelten die Schwulen Poppers, das den Schließmuskel entspannte. Éléonore nahm an, dass Goddie und Samuel etwas Ähnliches nahmen, irgendwelche synthetischen Moleküle, der letzte Schrei. Samuel wandte sich von der Pille ab, die sie ihm anbot.

Nach und nach verlor Éléonore ihre Freunde aus den Augen und fand sich fast allein inmitten der Fratzen und karnevalesken Phantome, deren bemalte Gesichter auf moderne, nach dem letzten Schick gekleidete Körper montiert waren.

Sie spülte ihr Dizzy Age mit einem Gratis-Daiquiri runter. Die Kapsel rutschte durch die Speiseröhre und prallte in ihrem Magen auf das Abendessen, um dann mit voller Kraft zu explodieren.

In alldem hier war irgendwie Treibsand, die Tanzfläche verschluckte die Tänzer halb, sodass sie ganz wie Nachrichtensprecher zu Menschen ohne Unterleib wurden und allein ihre Oberkörper und vor Anstrengung verzerrten Gesichter sich bewegten. Die vordersten Reihen der Heuschrecken- und Alraunenmenschen wurden von einer Epilepsie-Epidemie heimgesucht. Typen mit Wolfsgesichtern schlugen scheppernd die Hälse zusammen und krümmten die Rücken mit schaurigem Krachen der Wirbel. Die Körpergrenzen verschwammen, Nanou verwechselte ihre Arme mit denen eines anderen, ihre Beine mit denen einer anderen Frau und deren schwarzen Knöcheln. Sie befahl ihnen ihre Bewegungen und bestimmte Tanzschritte, während ihr Körper seinerseits vom Bewusstsein und dem Willen anderer gesteuert wurde. Er gehorchte nicht. Ihr Gehirn verflüchtigte sich durch einen Spalt in ihrer Stirn, sie troff von Kopf- und Körperhaaren. In der ersten Zeit tanzte sie, wie sie noch nie getanzt hatte, im Rhythmus des House, der ihr in den Schläfen pochte und ihre sämtlichen Zellen öffnete und schloss, als wären es unabhängige Geschlechtsöffnungen. Vielleicht war Éléonore berauscht, vielleicht nicht. Sie ertappte sich dabei, wie sie mit den Krallen über den Torso eines der Go-Gos ratschte, der in einem Stringtanga tanzte. Sie wischte ein wenig von dem Schweiß ab, der von seinem Körper tropfte, und bestrich sich die Lippen damit, dann leckte sie über den Oberschenkel des Go-Gos, in der Hoffnung, dessen kleinen Freund, der in einem Ledertäschchen verstaut war, steif werden zu lassen. Eine andere Frau jagte sie fort, und Éléonore zerquetschte ihr die Brüste mit den Händen. Die Frau küsste ihr den Hals, dann kam ein Typ von hinten und befingerte sie, so wurden sie getrennt. Dann und wann begegnete sie einem ihrer Freunde, sie lächelten einander einverständig zu und wechselten ein paar freundliche Worte. In der Nähe der Beschallungsanlage gaben sie einander kleine Zeichen, zur Versicherung, dass alles gut lief, ganz wie Taucher mit Sauerstoffflaschen am Meeresgrund.

Julien kam und presste sich an sie, sie stach ihm einen Finger in den Bauch, sodass er zwei Meter rückwärts wegschoss. Zack, sein Körper wurde nach hinten geschleudert wie in einem Kung-Fu-Film. Mit der Kraft dieses einen Fingers hätte sie ihn durchbohren können, bis ihm die Eingeweide zum Hals hinausgequollen wären. Er wäre auf seinem Talg ausgerutscht, und sie hätte dafür gesorgt, dass seine eigene Freundin ihn zertrampelt. Sie wären beide auf seiner Leber herumgelatscht und hätten seine Eier zerknackt, dann hätten sie sich geküsst. Sicher war Sylvie eine Bombe im Bett. Marie tanzte unweit. Wegen ihrer geringen Größe hatte sie hier weniger Chancen als draußen. Wenn all diese bescheuerten Typen ihr Gesicht bei Tageslicht hätten bewundern können, hätten sie sie nicht so übersehen. In der Disco zählte nur die Größe und die primären Merkmale: Hintern, Busen, Haarlänge.

Nanou schmiegte sich an Männer und Frauen, die Tieren ähnelten, sie verströmten Übelkeit erregende Gerüche nach Luxusparfüms und Schweiß. Die Disco organisierte die Umkehrung der Welt und der Werte, glättete die Gesichter, indem sie alle exzessive Schönheit oder Hässlichkeit wegwusch. Aus dieser Perspektive gesehen, war die Technomusik ein großartiger Gleichmacher, obgleich die Demokratie dieser Disco in Nizza korrumpiert war, denn sie galt nur für echte Bürger.

Stanley behauptete, Techno werde von Außerirdischen gesteuert, die die Musik benutzten, um von den menschlichen

Körpern Besitz zu ergreifen. Eine These, die auch von einer extrem rechten Organisation sowie einigen katholischen Anti-Abtreibungsligen verfochten wurde. Stanley Baize war der beste Tänzer des *Torpédo*. Er trug ein Hemd aus Aluminium und hatte keinerlei Körperbeharung, dafür schwellende Muskeln; seine Hinterbacken waren so rund und hart wie Kugeln. Éléonore, die zwei Frauen an der Bar über ihn hatte reden hören, rieb ihren kleinen Hintern an Stanleys Jeans, aber er schien nicht interessiert. Stanley war zum Tanzen hier und ausschließlich dazu. Seine Augen schimmerten irr vor Ecstasy, und er atmete einem Fisch gleich durch ein kompliziertes Kiemensystem, das ihm erlaubte, stundenlang auf der Bühne zu bleiben und zu tanzen, tanzen, tanzen. Sein Gehirn musste von außergewöhnlicher Kraft sein, denn er konnte, ähnlich wie ein Gitarrist seinen Händen, vollkommen verschiedenen Körperteilen widersprüchliche Befehle geben und sie dazu bringen, in einer zwar asynchronen, aber scheinbar perfekt harmonischen Ordnung zu reagieren. Stanley Baize sagte, nur dank der Chemie könne er den Außerirdischen entkommen und die Kräfte wiedererlangen, die die anderen ihm mit ihrer Vectra-Sensor-Energie abzuzapfen trachteten. So hatte Stanley die Kraft der Außerirdischen getauft. Die Außerirdischen schnappten sich die Tänzer mit Netzen und verschleppten sie auf ihren Planeten. Sie brauchten sie als Futter für ihr Vieh, nämlich fette grüne, lila gefleckte Kälber. Um ihnen zu entgehen, musste Stanley die Arme bewegen, denn wenn man zu lange tanzte, schwang man sich auf das Unterbewusstsein der Außerirdischen ein, und dann konnten sie einen leichter hypnotisieren.

– Stanley, sagten sie. Stanley, komm mit uns.

Und Stanley tanzte, tanzte, tanzte. Jetzt gerade sagte Éléonore:

– Stan, bring mich auf einen Trip.

Und Stanley tanzte und scherte sich kein bisschen um die Fressen derer, die versuchten, ihn auf die Erde zurückzubringen. Er schwamm an den Grenzen der bekannten Welt. Der Beat bewirkte in diesen an die gewöhnliche Zeit gefesselten Körpern unerwartete chemische Reaktionen, die von den ohne das Wissen der Kunden in die Getränke gemischten Drogen aktiviert wurden.

– Stan, nimm mich mit, sagte sie.

Und Stanley tat so, als hörte er nichts, und sah kaum die Typen an, die seine Abflugtechnik zu kopieren versuchten. Die meisten von ihnen – egal, ob Männer, ob Frauen – spürten intuitiv den revolutionären Gehalt dieser Musik, das Orgiastische, und nahmen deren sich annähernde Übereinstimmung mit ihrem natürlichen Puls als wahrhaftigen Orgasmus wahr. SUPER. Stanley war einzigartig.

– Wollt ihr FUNKY sein?, schrie Sextoy.

Die lesbische DJane legte einen Mix aus Chemical Brothers und alten Funk-Titeln auf, dann einen Soul-Titel des Labels Grand Central mit der Sängerin Veba. Danach kam Isaac Hayes' Remix von *Shaft*. Die jungen Menschen legten ihre Individualität ab, um Teil eines großen, in masturbatorischen Stellungen wogenden Leibes zu werden, der die Vermischung ihrer Körpersäfte organisierte: Schweiß, Sperma, Speichel, Scheiße, Rotz und Vaginalflüssigkeit wurden zu einer einzigen, zähklebrigen und übervitaminisierten Substanz. Die Disco wirkte wie eine gigantische Zentrifuge. Jedes einzelne Stück Mensch wurde methodisch zerkleinert und vom Kolon verdaut. Das erste Becken enthielt einen dickflüssigen, vollmundigen Männersaft. Das zweite einen Sirup aus Werten und Frösteln, aus Frustrationen und Ängsten, die, verkocht, eine gute Vaseline ergeben würden, fertig.

– Who is the guy who'd risk his neck for Brother men? *Shaft* (Im Chor).

Ich nicht, dachte Éléonore. Hier war sie nicht bereit, für irgendwen einen Finger zu rühren.

Bedauerlicherweise erlebte Nanou eine nur vorübergehende Trance. Während die anderen Bourgeois nach Ablauf der festlichen Zeit sich wieder zusammentun konnten, um eine Zwiebelsuppe zu schlürfen oder sich fortzupflanzen und wieder genau dieselben zu werden, die sie vorher waren, würde Éléonore, wenn sie von dem Trip wieder runterkam, augenblicklich mit dem Nichts konfrontiert. Darin ähnelte sie den jungen Proleten, die nach einer durchgefeierten Nacht leer und hohl erwachten. Sie stand bald ohne alles da. Sie stieg aus, und das festliche Gebäude stürzte zusammen. Ihre Füße tauchten wieder auf, und sie konnte erneut ihren Atem und die Grenzen ihres Fleisches hören.

Nach zweistündigem Tanz weigerte die Musik sich, ihre Intelligenz weiter zu fressen. Die Synthesizer stotterten und spotzten. Die ganze Disco hielt einen Augenblick inne und schluckaufte alle wie einer. Dann schied die Gruppe Nanous Reste am Rand des Dancefloors aus wie eine Kugel Exkremente. Sie suchte vergeblich ihre Freunde. Kurz sah sie Julien, der an Marie herumfummelte, und etwas weiter Sylvie, die in Fabiennes Armen weinte.

Éléonore wurde von dem großen Körper ausgestoßen und wie Schwemmgut nahe der Bar abgesetzt. Langsam entsolidarisierte sie sich von all den Schwänzen, die sie geknetet, und den anonymen, kollektiven Berührungen, die sie erhalten hatte. Sie trug eine Frauenmaske. Sie war feucht. Diese zweite Haut wirkte wie ein Schirm zwischen dem Spektakel der Disco und ihrem Bewusstsein. Sie spürte, wie die Maske sich langsam von ihren Ohren und ihrem Kinn löste. Die Verbindungspunkte gaben einer nach dem anderen nach. Darunter sickerte ihre Begeisterung aus und zerplatzte wie

Luftblasen. Plopp. Plopp. Plopp. Und jetzt untersagte ihr diese Maske, weiter am Fest teilzunehmen, sie brachte ihren Körper zur Vernunft und unterwarf sie dem ernüchternden Gesetz der Intelligenz. Éléonore amüsierte sich nicht mehr.

– Gegrüßet seist du, Langeweile, sagte sie. Du hättest dich nicht zu bemühen brauchen.

Der schakalköpfige Gott der Langeweile hatte sein Gesicht ihrem Mund genähert und setzte ihr Küsse auf die Wangen.

– Guten Tag, antwortete er einfach, und seine großen Tierohren richteten sich auf wie Flaggen, während er sie ansah und sie auf Hals und Schultern küsste.

Er hatte sich in dem schlaffen, fülligen Körper eines schönen, brilletragenden Jünglings inkarniert. Sein Speer war in der Jeans aufgerichtet, seine langen Finger hielten geziert eine Mentholzigarette. Der Schakal war sehr groß und sehr schön. Auf seinem Hemd stand etwas über den Triumph der Dreißigjährigen.

Éléonore schwindelte es, als ihr klar wurde, wer das war. Der Langeweileschakal schob ihr eine Hand in den Slip, und ihr war, als würde er ihr in den Körper pissen. Ihr wurde erst kalt, dann wieder heiß. Der Schakal lachte und entblößte dabei seine gelblichen Hundeeckzähne, er stank ihr ins Gesicht. Sein Maul war die reinste Sickergrube, in seinem Zahnfleisch sprossen Ranken von Mäusedorn, in seinem Gebiss schlängelten sich glänzende Würmer.

– Was hast du so große Augen, sagte sie, trotz allem hingerissen.

Seine Augen waren lächerlich klein.

– Was hast du für eine große Nase, sagte sie.

Und er schneuzte sich seinen enormen Rüssel in einem Brautschleier.

– Mein Gott, was hast du für große Zähne, sagte sie schließlich.

Zwischen seinen Zähnen sah sie die Leichname von Dutzenden Mädchen, die er im Lauf des Abends schon verschlungen hatte. Zwischen seinen Zähnen hingen Knochenreste, zerfetzte Dessous baumelten an ihren Trägern. Zwischen seinen Zähnen sprossen Pilze, und Geflügelskelette waren im Kreis aufgestellt wie auf einem indischen Friedhof.

– Bitte, lass mich noch ein wenig allein.

Der Schakal überragte sie um einen Kopf. Er drängte sich ihr auf wie anderen zuvor, und ihr war unwohl bei der Vorstellung, dass er sie berührte wie zuvor die anderen. Sein stickstoffgeschwängerter Atem roch derart betäubend, dass er die Wachsamkeit der Mädchen einschläferte. Eines der Weibchen an seinem Gaumen wedelte mit den Armen, es war nicht ganz tot und kam gerade wieder zu sich.

– Ich hab Lust auf dich, erklärte er. Jetzt. Zugleich zeigte er ihr den Ring, den er sich hatte auf den Zeigefinger stecken lassen. Ein derart enger Bronzering, dass er den Finger zu zerschneiden drohte. Ich bin verheiratet, sagte er. Du hast nichts von mir zu befürchten.

Unterdessen bahnten seine Finger sich einen Weg in Nanous Slip und schabten an den Rändern wie Schermaschinen.

Das Haar des Schakals war völlig verstrubbelt; es hing in langen Strähnen bis tief auf sein Rückgrat hinab. Offenbar hatte er sich damit abgewischt, denn hier und da klebten Scheißplacken an den Enden, und Stücke vertrockneter Frauen baumelten allerorten um ihn herum wie an Weihnachtsbaumgirlanden. Der Schakal war ein Apoll. Er knöpfte den Kragen seines Saharahemdes auf, und darunter war sein jugendlich glatter Oberkörper von jeder Menge Narben bedeckt und von Frauenhänden, die sich an ihn krallten und dicht hinter dem Handgelenk abgetrennt waren. Sein Torso sah aus wie der von Freddy Kruger, nur dass es hier tote

Frauen waren, keine Kinder. Die ausgestopften Hände hatten noch Adern, und dort, wo er sie abgeschnitten hatte, war das Blut schwarz geronnen. Nanou ließ sich bezirzen.

– Mein Gott, sagte sie. Lass mich. Hände weg.

Der Schakalgott pflegte sich sämtliche Mädchen zu genehmigen, die er wollte. Er ließ ein lautes, sonores Lachen los und blies ihr ein bisschen Sexgas ins Gesicht, um sie zu betäuben, aber es hatte auf Nanou nicht die geringste Wirkung. Er versuchte noch einmal, sie an sich zu ziehen, aber sie nahm ihre Kraft zusammen und trat ihm in eines seiner zehn Paar melonengroßen Klöten. Sie spürte, wie die Kugel an ihrem Knie zersprang und sich das Gewebe seines Schwanzes in der Seehundslederboxershort verdrehte. Die Klöte hüpfte einmal, schwoll maßlos an und explodierte wie Popcorn. Ein paar Spritzer flogen bis zur Bar und in die Gläser der Trinker. Der Schakal wich zurück und schrie wie ein Baby.

– Rabäh! Rabäh! Rabäh!

Er stolperte rückwärts. Rauchkringel kamen aus seinen Nüstern, er jaulte wie ein Tier. Jetzt ließ er von ihr ab und bewegte sich, Éléonore und ihre Familie verfluchend, auf ein anderes Wasserloch zu, wo junge Frauen sprudelnde Powerdrinks tranken und Zigaretten rauchten.

Nanous Körper wurde immer noch von epidermischen Erscheinungen bewegt, ihr Arme fuchtelten durch die Luft wie schreckliche Schlägel, ihre Beine verdrehten sich wie beim Twist.

Sie verspürte ein großes Bedürfnis nach frischer Luft und einer Umgebung, die ihrer Einsamkeit angemessener wäre. Sie glitt an einem Geländer entlang und bewegte sich gen Ausgang. Sie bahnte sich einen Weg durch die Menge, für die sie, die Abtrünnige, schon nicht mehr existierte. Ihr Saft war völlig ausgeluscht. Der Auschlussprozess funktionierte radikal. Außerhalb des kollektiven Körpers konnte es keinen Körper geben.

Sie hob sich die Maske, die ihren Zügen haargenau glich, vom Gesicht und ließ sie zu Boden gleiten, unter die hämmernden Füße der Tanzenden. Sie suchte Gesellschaft, aber ihre Freunde waren alle beschäftigt. Jemand drückte ihr einen Stempel auf die Hand, TORPEDO CLUB, und einer der Terrortürsteher bot ihr an, hinten in einer Butze voller Opium und Handgranaten mit ihm zu schlafen.

– Nein danke, hauchte sie. Sie konnte nicht mehr.

Ohne ihre Brille und noch dazu nachts sah Éléonore keine zehn Meter weit. Die Straßen waren menschenleer, nur hier und da kam sie an baumgroßen, eingeschüchterten Typen vorbei, die an eine Ziegelwand gelehnt dealten oder sich frohgemut wohlhabenden Frauen feilboten. Die Place Masséna war leer, der Wind fegte vom offenen Meer her darüber hinweg. Sie ging die Fußgängerstraße hinab und am Palais de la Méditerranée entlang. Die großen Arkaden waren mit alter wassergrüner Farbe und Reliefs von Reptilien und Äskulapstäben geschmückt. Alles war dunkel und erloschen. Tierartige Formen schwebten im Inneren der Gebäude. Sie stellte sich die vergangenen goldenen Zeiten vor, die Grandes Dames, die mit ihren juwelenbesetzten Schleppen die Treppen herabschritten, die Matrosenbanden, die im Dunkeln warteten, um sie nach Hause zu begleiten und sie auszurauben.

Die Gewissheit, dass sie an der Riviera nicht am richtigen Ort war, machte ihr Lust, nach Paris zurückzufahren, doch die Luft packte sie bei der Gurgel und befahl ihr, zum Strand zu gehen. Mit ein bisschen Luft käme alles wieder in Ordnung. Eine Gruppe junger Männer pfiff ihr vom Bürgersteig gegenüber zu. Éléonore reagierte nicht.

Mémé erkannte sie nicht wieder. Er war eben mit seinen

Fischzuchtkumpeln angekommen und wollte im *Torpédo* sein Glück versuchen, nachdem sie in zwei andere Läden nicht reingekommen waren. So, wie sie aussahen, würden sie nirgends reinkommen, was ihnen eine Nacht im Auto bescheren dürfte. Hätte er die Tussi mit den großen Brüsten aus dem Flugzeug erkannt, dann hätte er versucht, sich an sie ranzumachen. Ein andermal. Drinnen, falls er denn jemals hineinkäme, hätte sein Schwanz nur noch die Qual der Wahl. Für Mémé fing die Nacht gerade erst an. Seine Freunde zogen ihn mit, sie hatten Bierflaschen in der Hand. Auf der anderen Straßenseite flanierten Rumäninnen.

Um zum Strand zu gelangen, ging Éléonore gegen den Wind wie gegen die Strömung eines Flusses. Die Nacht war hell, tief und fröhlich. Wenn Nanou den Strand errreichte, würde alles noch viel besser gehen. Sie hatte die anderen weit hinter sich gelassen und dachte gar nicht mehr an sie. Sie glaubte nicht, dass sie sie eines Tages noch mal wiedersehen würde. Die Häuser waren hoch und verdeckten den Mond. Die modernen Gebäude hatten die Perspektive nicht restlos entstellt, sodass die Promenade ihr Fin-de-Siècle-Gepräge behalten hatte. Sogar die McDonald's-Filiale schien aus dem dekadenten Jahrhundert zu stammen.

Nanou ging mit langsamen, sorgfältig gesetzten Schritten; ihre Bewegung Richtung Strand zog sich prozessionsartig in die Länge, eine wunderschöne, asketische Bewegung, mit deren Hilfe sie sich von so gut wie allem reinigte, was ihre großartige Persönlichkeit hemmte. Sie ging die Treppe hinunter, die sie noch vom Strand trennte, zog ihre Riemchenschuhe aus und stellte die Füße in den Sand, ließ die körnigen Partikel zwischen ihren Zehen hindurchquellen. Der Wind wurde immer stärker, je näher sie dem Wasser kam.

Das Mittelmeer ist das zurückhaltendste Meer von allen.

Fünf Meter von der Wasserlinie entfernt konnte Éléonore noch kaum den Wellengang hören. Keine Welle brach, kein Wellental war zu hören, kein Brecher. Sie ging am Wasser entlang, bis sie die ersten Dünen erreichte, die wie Wucherungen aus rosa Fleisch emporwuchsen und geheimnisvoll über die Erdoberfläche dahinzogen. Von dort drang sie durch eine von einem Strahl des Vollmondlichts unterstrichene Bresche ins Herz dieses Massivs von gekappten Wellenkämmen und dunklen Gebirgen ein, die aus der rieselnden Verbindung von Quartz, Schatten und Silizium geformt waren.

Bis sie hier herumwanderte, hatte Éléonore nicht gewusst, dass es an der Côte d'Azur überhaupt Dünen gibt. Sie erinnerte sich nur an öde Strände, wo die Touristen sich drängten wie die Ölsardinen.
 – Dabei hatte es geheißen, es ist ein Kiesstrand.
 Die Droge wirkte weiter, ihr Mund war so trocken, als hätte sie gerade ihr Herz verschluckt. Ihr Magen gluckerte, ihr Bauch klang hohl. Sie ging zum Ufer und trank einen Schluck Salzwasser. Vielleicht waren diese Dünen doch nur Maulwurfshügel oder entartete Sandburgen. Der Kies war zu Staub zermahlen und durch feinen Sand ersetzt worden. Pelletiermaschinen hatten die ganze Woche gearbeitet, um dieses Wunder zu bewirken und den Strandurlaubern in der schönen Jahreszeit doppelten Genuss zu bereiten.
 Nach zwanzigminütigem Marsch hatte sie wieder alle Sinne beisammen. Sie steckte mitten in einer Vertiefung, an deren Grund sie Gott weiß dank welchen Wunders gelangt war. Offenbar war sie von Nizza aus zu einem anderen Kaff gelangt. Dieser Zirkus – denn sie war tatsächlich in einem Kreis aus Sand und Ginster gelandet – erinnerte an ein Amphitheater und war zur Hälfte mit Brackwasser gefüllt, braune

Schatten bedeckten ihn. Éléonore las im Sand die Spuren längst vergangener Schritte, die Erinnerung an berühmte Hinterbacken, die sich für die Spiele hier hingesetzt und ihren Abdruck hinterlassen hatten.

Alles war real – und das sogar für eine junge Frau, die wie sie daran gewöhnt war, in einer halb fantasierten Welt zu leben –, aber derart neu, dass sie sich nicht so ganz orientieren konnte. Sie dachte an die Bogdanov-Zwillinge, die in ihrer Fernsehserie *Temps X* manchmal in ferne Dimensionen verpflanzt wurden, die jedoch der bekannten Welt ähnelten wie ein Ei dem anderen. Man konnte schon für weniger eingesperrt werden und abseits der Menschheit dahinvegetieren wie die letzte Schabe. Ganz offensichtlich erlaubte ihr der Ortswechsel von Paris nach Nizza, die brutal schnelle Überwindung von Entfernungen, Klimaunterschieden und verschiedenen Seelenzuständen, sensibel für diese Überrealität zu sein. Diese gelangte an die Oberfläche der Lebewesen und Landschaften und lieferte sich nur bei sehr seltenen Gelegenheiten den gewöhnlichen Sterblichen als Nahrung aus. Eine Realität, so verschlossen und undurchdringlich wie ein am Fuß klebender Kaugummi, in ihr war die Luft dünner als in der wirklichen Welt. Éléonore hatte sie durch eine Tür betreten, die ebenso wenig sichtbar wie geöffnet war.

Sie stand auf, um etwas weiterzugehen, da stieß ihr Fuß an einen fast ganz im Sand vergrabenen Gegenstand. Sie bückte sich, den Kopf voran, und grub einen kleinen Graben unter ihrem Körper. Die Basis des Gegenstandes, die eigentlich dessen Fuß zu sein schien, schaute nur wenige Zentimeter aus dem Sand heraus. Éléonore hockte sich hin, griff, was da zwischen ihren Schenkel ragte, und fing an, das Ganze mit beiden Händen freizumachen. Neugierig wie ein Mann legte sie den fraglichen Fuß bloß; er war rund fünfzehn Zentimeter lang und ging in ein weiteres, ebenso metallenes, nun aber u-förmiges Segment über.

Ihre Hände arbeiteten doppelt so schnell dank der Erregung; jetzt buddelte sie den Sand beiseite wie ein junger Hund und schleuderte ihn heftig nach hinten. Als das U freigelegt war, zog Éléonore heftig an dem Fuß, in der Hoffnung, ihn herauszubekommen. So förderte sie aus dem Schoß des Strandes etwas zutage, das ihr aussah wie eine perfekt geformte griechische Lyra, und außerdem war es so leicht wie eine Feder.

Nanou fragte sich, wie viel das Instrument wohl wert sein mochte, denn obgleich sie sich mit Antiquitäten und schon gar mit Musik nicht auskannte, sah sie sehr wohl, dass das kein Instrument aus dem Supermarkt war.

Diese Leier stammte aus einer anderen Zeit, so viel war sicher. Sie kam aus der Vierten Dimension. Saiten waren keine mehr daran, aber die konnte man leicht wieder aufziehen. Sie hob den Kopf, ließ den Blick über das gesamte Panorama schweifen, um sich zu vergewissern, dass sie wirklich allein war und niemand ihr ihre Entdeckung wegnehmen würde. Dann beugte sie sich inmitten der sandfressenden Gräser über ihr Instrument und fing an, vor sich hinzuträllern.

Genau in diesem Moment kam Aurousseaus Kopf aus dem Wasser. Er näherte sich Nanou mit aller Ruhe der Welt, um sein Badehandtuch zu nehmen. Als sie den jungen Mann bemerkte, spürte sie keinerlei Angst, nicht einmal Überraschung. Sie erkannte ihn fast unmittelbar wieder. Er war fast splitternackt, in eine Art pitschnasses weißes Laken gehüllt.

Sie sang weiter. Die Hände des Bankers berührten das Badetuch an verschiedenen Stellen, um die Nässe aufzutupfen, dann schlüpfte er in eine beige Leinenhose und ein dazu passendes Hemd, die bis jetzt flach im Sand gelegen hatten.

Aurousseau sagte ihr guten Abend, und Nanou antwortete.

– Gehört das Instrument Ihnen?, fragte sie.

– Zeigen Sie mal.

Er untersuchte die Leier und gab sie ihr fast sofort zurück.

– Sieht aus wie eine Leier.

– Können Sie darauf spielen?

– Nein. Ich mache keine Musik.

– Ich auch nicht. Was tun Sie hier?

– Ich war baden. Und Sie?

– Nichts Besonderes.

– Sie singen sehr gut.

– Danke. Seltsam, wir treffen uns immer wieder.

– Wie?

– Am Strand, wissen Sie noch?

– Oh.

Der junge Mann erinnerte sich nicht an sie. Éléonore bemerkte es nicht. Aurousseau setzte sich neben sie. Seine Haare waren schon trocken. Er tat so, als hätte er sie schon einmal gesehen, aber er wusste es nicht mehr.

– Darf ich?

– Bitte.

Sie wendeten sich wieder der Leier zu.

– Haben Sie sie hier gefunden?

– Ja, genau da, wo Sie jetzt sitzen. Im Sand vergraben. Ich bin drüber gestolpert. Ich glaube, sie ist aus Gold.

Er wog das Instrument in der Hand und wischte die letzten Sandkörner von den Füßen. Seine Pupillen waren geweitet. Seine Augenfarbe war nicht zu erkennen.

– Ich glaube nicht. Dafür ist sie viel zu leicht. Wahrscheinlich hat ein Kind sie verloren. Eigentlich könnte Ihre Leier genauso gut ein Fahrradlenker sein.

– Sie machen Witze. Geben Sie her.

Sie nahm das Instrument zurück und legte es neben sich

in den Sand. Sie fand diesen jungen Typen sehr schön. Sie schrieb das dem Alkohol zu und dem Mond, der alles, was von seinem Licht beschienen wurde, merkwürdig veränderte.

– Seltsam, sagte Aurousseau. Ich habe gerade vorhin etwas über eine Leier gelesen.

– Ach ja?

– Ja. Es heißt, als der Gott Orpheus von den thrakischen Huren zerrissen wurde, warf man seinen Leichnam in einen Fluss, und zwar mit seiner Leier. So sind sie irgendwie im Mittelmeerraum gelandet. Dem Strom folgen, sehen Sie, bis zum Meer. Dann liegen bleiben. Die Stücke des Leichnams wurden von den Fischen gefressen, die Leier aber blieb unversehrt. Eine Nonne im Golf von Neapel soll darauf gespielt haben, und da soll ihr der Gott erschienen sein.

– Lebend?

– Ja. Und in einem Stück. Kurz danach hat die Nonne ihren Orden verlassen und sich einer Sekte oder etwas Ähnlichem angeschlossen.

– Wollen Sie sagen, das hier könnte …

– Natürlich nicht. Außerdem sind keine Saiten mehr dran, und wir könnten frühestens morgen prüfen, ob es wirklich eine Leier ist. Es sieht tatsächlich aus wie eine Lenkstange.

– Schade. Dieser Orpheus soll ja ein ziemlich schöner Mann gewesen sein.

– Ja, aber schwul wie Schifferscheiße. Darum sind sie ihm an die Pelle gegangen.

– Lieben Sie die Mythologie?

– Nein.

– Sie lieben nichts.

– Ich glaube wirklich, das gehört zu einem Fahrradrahmen.

Der junge Mann zündete sich eine Zigarette an.

– Möchten Sie eine?

– Nein danke. Ich habe aufgehört.

Nanou hatte nicht aufgehört. Sie hatte nie etwas anderes geraucht als Joints. Von Zigaretten bekam sie einen trockenen Mund, außerdem wurde ihr übel. Sie rauchte nur bei Hochzeiten und wenn sie deprimiert war.

Weil er von seiner Zigarette beansprucht war, betrachtete sie ihn genauer.

– Mir fällt da gerade etwas ein. Sie sind nicht vielleicht Orpheus?

– Oh nein. Tut mir leid.

– Macht nichts. Was für ein merkwürdiger Abend.

Sie spürte Aurousseaus körperliche Anwesenheit und auch, wie ungehörig es war, mitten in der Nacht neben einem halb nackten Mann am Strand zu sitzen. Zum ersten Mal, seit er aufgetaucht war, beschlich sie der Gedanke, dass er alles war, außer harmlos.

In der heutigen Zeit war es tatsächlich höchst unwahrscheinlich, dass er zufällig hier aufgetaucht war. Im Gegenteil sprach alles dafür, dass er ihr von der Disco hierher gefolgt war, um sie zu erwürgen, zu schänden und in den Dünen liegenzulassen. Dass er diese Legende erwähnt hatte, musste ein Trick sein, um seine Opfer vertrauensselig zu stimmen. Andererseits war dieser Typ das Angenehmste, was ihr seit der Landung begegnet war. Sie hatte noch lebhaft die Frauen vor Augen, die im Gebiss des Schakalgottes klemmten. Der hier hatte ihr wenigstens keine Avancen gemacht und auch nicht versucht, die Situation auszunutzen.

Stellen wir uns vor, sie wäre ein Kerl und befände sich in genau dieser Situation wie er, Nanou gegenüber, einer ziemlich besoffenen Frau, der man vom Gesicht ablesen konnte, wie verzweifelt underfucked sie war. In so einem Kontext hätte Nanou sich mit Sicherheit Avancen gemacht und versucht, sich zu küssen und zu vögeln. Er nicht. Ein echter Vergewaltiger hätte so eine Gelegenheit nicht verstreichen lassen, es sei denn, er hätte früher am Abend schon wen massakriert.

– Sie sehen so nachdenklich aus?, fragte der junge Typ.

– Ich? Äh ... ja, ich hab nachgedacht. Was halten Sie von einem Spaziergang? Mir wird hier langsam kalt.

Aurousseau sah auf die Uhr und nickte.

– Werden Sie irgendwo erwartet?

– Nein. Absolut nicht. Ich habe frei.

Nein, er sah normal aus und gutbürgerlich, und sie konnten hier nicht in aller Ewigkeit bleiben. Das dachte sie, als sie den Spaziergang anregte. In ihrer Eile vergaß sie die Fahrradleier im Sand und brachte sich so um einen möglichen Profit.

– Sind Sie auch blau?, fragte sie ihn.

– Nicht besonders, antwortete Aurousseau.

Zwischen dem antiken Amphitheater und dem *Torpédo* bildete der Sand einen beweglichen, niedrigen und monotonen Vorhang, den Éléonore nicht mehr beiseite ziehen konnte. Sie war gegangen, ohne auf den Weg zu achten. Jetzt ging Aurousseau voran, mit drei oder vier Metern Vorsprung, eine für sie wohltuend beruhigende Situation, die sie dennoch nicht davon abhielt, sich Fragen zu stellen. Aurousseau drehte sich kein einziges Mal um, um sich zu vergewissern, ob sie noch da war. Sie beäugte seinen Hintern, der knackig vom Leinenstoff umspannt war, und versuchte, die erotischen Bilder zu verscheuchen, die ihr durch den Kopf gingen. Dieser Typ musste einen tollen Schwanz und eine Superbrust haben. Er hatte riesige Würgerhände, die ihm bis fast zu den Knien reichten. Auch das bemerkte sie.

– Psst, dachte sie, er könnte uns hören, und im Weitergehen versuchte sie, so flach wie möglich im Sand einzusinken.

Die Tiefe der hinterlassenen Spur entsprach nicht unbedingt dem Gewicht, sondern hing eher davon ab, in welcher

Weise die Fußsohle auf die weiche Oberfläche gesetzt wurde. Aurousseau war leicht. Mit ein wenig Achtsamkeit könnte ein korpulenter Mann weniger Spuren hinterlassen als eine Frau von fünfundvierzig Kilo, die ihre Ferse zu heftig aufsetzt. Nanou bemühte sich unaufhörlich, bei diesem kleinen Spiel besser zu werden; sie setzte den Fuß ganz flach auf und verteilte das Körpergewicht über die gesamte Kontaktfläche. Je größer diese war, desto feiner die Spur.

Nach zehn Minuten ungezielten Wanderns fragte sie den jungen Mann, ob er wisse, wo er sie hinführe. Er gab zu, dass er so kurzsichtig sei wie ein Maulwurf und einfach den Lichtern in der Ferne folge, in der Hoffnung, so wieder zur Stadt zurückzufinden. Sogar mit Adleraugen hätte sie ohne Fackel oder Taschenlampe den ursprünglichen Weg nicht wiederfinden können, schließlich ähnelt nichts einer Düne so wie ein Düne, nichts ähnelt der Nacht so wie die Dunkelheit.

Fern waren dennoch die ersten Lichter der Stadt erkennbar, verschwommen und blass, so fein, dass Éléonores Augen nicht bis zu ihnen reichten.

– Hörst du das? Ich glaube, da hinten ist Musik, sagte Aurousseau.

Er hatte Recht. Je näher sie kamen, desto deutlicher wurde das Flötenthema, und wie eine Lampe, die immer klarer brennt, leitete es ihre Schritte zurück zur Zivilisation.

Eng aneinander gedrängt gelangten sie vor das hohe, halb geöffnete Portal von etwas, das aussah wie eine Höhle oder ein Kloster, in Wahrheit eines der Privatgrundstücke, wie es sie an der Côte d'Azur zu Tausenden gibt, auf denen die Stars sich und ihr Leben verstecken, ein monsterhafter Bau aus Quadersteinen, wie arrivierte Künstler und Milliardäre sie sich gern auf die blauen Strände zwischen Nizza und St. Tropez stellen. Wenn sie den Kopf gehoben hätten, hätten sie lesen können, was in imaginären Goldbuchstaben in den Torbogen gehauen war, der Wahlspruch ihrer Gastgeber: HIER TRITT NUR EIN, WER EITEL IST.

– Gehen wir rein, sagte Nanou, da können wir nach dem Weg fragen.

Ich glaub, da läuft ein Fest, fügte sie hinzu.

Und sie traten ein.

»Ebensogut kann man sagen, wir müssten reinen Tisch machen
und zur Stufe der Tierheit zurückkehren,
zum gegenseitigen Verschlingen und zur
Gleichgültigkeit gegenüber Unrat und Schmutz.«

Georges Bataille: *Madame Edwarda*

Ein großer, bewaldeter Park trennte die Gebäude vom Strand. Bei Flut lief das Meerwasser in Gräben und umschloss den Besitz. Dann waren sämtliche Zuwege versperrt. Gegenwärtig brauchte man nur ein fünf Zentimeter tiefes Becken zu durchwaten, um ins Innere zu gelangen, das war nicht weiter abschreckend. Alle zwanzig, dreißig Meter hingen Laternen in den Pinienästen, um Besuchern die Richtung anzugeben, der sie folgen sollten. Ganz hinten erkannte man eine ganze Reihe von Nebengebäuden, darunter ein riesiges aufgelassenes Taubenhaus, das einem Kirchturm gleich emporragte. Éléonore und Aurousseau ließen sich von der Musik leiten. Am Rand des Waldes bekamen sie einen genaueren Eindruck davon, was sie erwartete.

Der Eingang, den sie benutzt hatten, war dem Personal und Lieferanten vorbehalten. Die Baumreihe führte direkt auf eine erste Gruppe von leerstehenden Gebäuden zu, darunter der beeindruckende Taubenturm und ein großer Stall, der sich als riesige schwarze Masse vor der Dunkelheit abzeichnete, und ein schiefergedecktes Haus, in dem früher das Gesinde gewohnt hatte. Die glaslosen Fenster wirkten wie schwarze Löcher, und von den Reetdächern baumelte das Stroh herab wie von einem Sturm zerfetzt.

Aurousseau steckte den Kopf zu einem Fenster hinein und sah, dass das Innere fast völlig leer war. Nur die Trümmer einiger Möbelstücke waren zu erkennen, als hätte jemand hier alles auf den Kopf gestellt, und ein enormes Wirrwarr von Spinnenweben und Staubfäden. Am Boden lagen undeutlich ein paar Metallgegenstände, ein Schürhaken, eine Holzzange, wie Folterinstrumente.

– Ein Geisterhaus, sagte er. Und Nanou nahm ihn beim Arm, um ihn weiterzuziehen.

Hinter diesem ersten Ensemble sahen sie etwas tiefer gelegen eine Lichtquelle, von der auch die Musik herüberschallte. Sie gingen vorsichtig weiter, um nicht bemerkt zu werden. Gelächter war zu hören, Gesprächsfetzen, Gläserklirren, Wasser plätscherte. Aurousseau war totenstill. Nanou hatte sich an ihn geklammert und folgte ihm in seinem Rücken. Ihr war die Umgebung immer unheimlicher, und der unverändert regelmäßige Atem des jungen Mannes beruhigte sie. Sie erklommen den kleinen Hügel, der das Hauptgebäude überragte. Auf halber Höhe tauchten plötzlich zwei Kinder auf und machten:

– Buh! Buh! Die sind verliebt! Dann rannten sie weg wie Kobolde.

– Geht's?

– Das eine hatte einen Klumpfuß, sagte Éléonore erschrocken.

– Ich hab nichts gesehen.

In Wirklichkeit war Aurousseau aufgefallen, dass beide Kinder behindert waren. Éléonore war weiß wie ein Laken. Aurousseau gab ihr einen Kuss auf die Wange, dann ging er weiter.

– Komm.

Sicher fühlten sie sich aber erst, als sie oben waren. Hinter dem Sandhügel verbarg sich nichts Beängstigendes. Ein enormes Gebäude mit Swimmingpool. Mehrere Dutzend Gäste in Abendkleidung drängten sich um große Tische mit einem Buffet. Sie blieben noch kurz auf dem Hügelchen stehen, um sich zu vergewissern, dass keinerlei Gefahr drohte und ihre Augen nicht trogen. Der Himmel war wolkenlos, farbige Spotleuchten am Rand des Pools zielten auf die Sterne. Aurousseau ging als Erster weiter, Éléonore folgte ihm dicht.

– Komm, wir werden zwischen all den Leuten nicht mal auffallen.

– Bist du sicher?

– Folge mir. Wir haben nichts zu befürchten. Das ist nur ein Fest.

Sie folgten einem schmalen Pfad und mischten sich unter die Gäste. Der Pool und die Tische wurden von grünen und roten Laternen beleuchtet, ganz ähnlich denen, die sie hierhergeleitet hatten. Mitten im Garten, in dem Blumen blühten, so leuchtend, dass sie künstlich wirkten, spielten in einem elfenbeinfarbenen Pavillon ein Streichertrio und eine Flöte.

– Ist das schön, brach es aus Nanou heraus. Aber sie war immer noch verunsichert und zitterte wie Espenlaub.

Die Musiker spielten ein Best of von Rondò Veneziano, ein schauriges, pseudoklassisches Gedudel, das niemanden störte noch bezauberte. Ein Sänger mit schriller Stimme sang dazu.

– Fast wie Jimmy Sommerville, sagte Aurousseau.

– Ich glaube nicht.

– Er sieht ihm ähnlich.

Der Cellist trug eine venezianische Maske, die Sängerin ein Puppenkleid. Das Haus war vierzig Meter lang, weiß, von dickem, lehmigem Putz bedeckt. Aus allerlei Balkönchen und Fenstern sahen Vorhänge, Blumenköpfe und Vogelkäfige hervor. Die Leute in der oberen Etage süffelten Champagner aus Kelchen und betrachteten von oben die Gespräche. Hinter dem Haus lag eine von Menschen schwarze Terrasse um eine Art Salon herum, ein gläserner Vorbau und das traumhafte rechteckige Schwimmbecken. An dessen Rand war das Buffet aufgebaut, und die Gäste ließen es sich wohl ergehen.

Rings um die beiden herum trank man aus Champagnerflöten rosafarbene oder curaçaoblaue Cocktails. Ein Tisch mit goldgelbem Tuch erlaubte ihnen, sich mit ihren Tellern zu setzen, wenn sie etwas Solideres essen wollten als Toasts und andere Häppchen. Éléonore und ihr Begleiter durchquerten einen Teil des Gartens, gingen schräg über den Rasen und stellten sich in die Nähe des Buffets. Aurousseau war erstaunlich entspannt. Er zündete sich eine Zigarette an und erkundete mit einem Rundblick, wer wo und wie stand. Ein Kellner im Smoking hielt ihnen ein Tablett mit Vorspeisen hin.

– Danke, sagte Aurousseau und nahm sich ein Canapé mit Hummus.

Éléonore hätte nichts runterbringen können.

– Siehst du, wir fallen überhaupt nicht auf.

– Glaubst du?

Die Gäste waren in ihre Gespräche vertieft. Sie wanderten sehr langsam von Tisch zu Tisch, schienen übers Gras zu gleiten, flanierten von Gruppe zu Gruppe, ließen einige Sätze fallen und hier und da ein Lächeln, stießen dann und wann eine Wolke Zigarettenrauch aus. Es wirkte nicht so, als würden sich unbedingt alle kennen. Manche stürzten mit ausgebreiteten Armen aufeinander zu, wenn sie sich sahen, küssten sich auf die Wangen oder umarmten sich.

– Sie haben Recht, die Filipacchi-Gruppe ist bald hinüber. Ich habe sogar schon die Portefeuilles meiner Kunden aufgelöst.

– Die haben einfach ihre Expansion im Ausland schlecht verhandelt. Kennen Sie den Direktor?

– Ah! Ah! Und ob ich den kenne. Ein Idiot.

– Und was haben Sie stattdessen gekauft?

– Sie werden lachen. Cofigeo. Das ist ein Papier, das mir gefällt, ich empfehle es, wo ich kann.

Sie fuchtelten übertrieben herum und beugten sich beim Lachen sehr weit nach hinten, um ihre Gefühle zu betonen. Die Männer waren rund fünfzig, ihre Gattinnen sehr viel jünger. Nanou bemerkte, dass um den Pool nur sehr schöne Frauen zu sehen waren. Sie waren sehr groß, rank und von jeder möglichen ethnischen Herkunft. Ihre Kleider waren lang und eröffneten tiefe Decolletés, auf denen Strassketten und –juwelen zu bewundern waren. Ihre Schultern waren von Schleiern bedeckt, die auch über ihren fast immer glatten, nackten Rücken reichten. Manche sprachen Englisch, andere in Sprachen, die Nanou nicht kannte. Alle wirkten äußerst freundlich und zivilisiert.

– Das ist doch nicht wahr, sagte Nanou.

Éléonore hatte noch nie so viele schöne Kleider auf einmal gesehen. Sie kam sich vor wie auf dem Debütantenball. Mit derart wertvollen Kleidern ging die hässlichste Frau als Prinzessin durch. Mit vor Vergnügen und ein klein wenig Neid funkelnden Augen ging sie von Gruppe zu Gruppe. Manche lächelten ihr zu und gaben ihr die Hand. Ein paar Kerle taten so, als würden sie sie erkennen, und sagten, ach, wie nett, Sie hier zu sehen, es ist ja schon so lang her. Nanou antwortete, ich gehe nicht mehr so viel aus, und entwich.

Nach einer Weile, Aurousseau war sich einen Drink holen gegangen, nahm ein Herr mittleren Alters sie beiseite.

– Mademoiselle, ich wollte mich nur bei Ihnen bedanken für das, was Sie tun. Ihre Organisation ist so eine große Hilfe für die Bedürftigen.

– Wie meinen Sie?

– Nun seien Sie mal nicht so bescheiden. Ich helfe Ihnen seit Anbeginn. Ich bin Lionel Plauchon, bei Vivendi für die Charity zuständig.

– Ach natürlich, entschuldigen Sie bitte. Und danke.

– Jedes Jahr ein bisschen mehr. Das ist unsere Devise.

– Danke, vielen Dank.

Lionel Planchon erblickte einen Bekannten und ließ Éléonore stehen. Die Männer waren ziemlich hässlich, nachlässig rasiert, kahl und mit unreiner Haut. Nanou blickte dem kurzbeinigen Mann hinterher. Als sie in der Nähe einer anderen Gruppe stand, wurde ihr die Sache mit der Hilfe für die Bedürftigen klar. Der Abend war zugunsten von *Fraternité Sida* organisiert worden. Der Verein berechnete 50 000 Francs pro Abendessen, und der Erlös war für Kinder bestimmt, die von ihren Eltern mit HIV infiziert worden waren. Ein alter Mann kam auf sie zu. Dies Gesicht kannte sie irgendwoher.

– Mademoiselle, guten Abend, man hat uns nicht miteinander bekannt gemacht. Freddy Berkelet. Aber Sie hätten mich erkannt, oder? Trotz des Alters. Ihr Gastgeber.

Ohne es zu bemerken, war Nanou in den VIP-Bereich geraten. Aurousseau hatte versucht, sie daran zu hindern, aber unwillkürlich hatten die diversen Begegnungen sie hinter das Absperrband geführt, das den Bereich der Abendessen zu 10 000 Francs von denen zu 30 000 trennte. Der Filmproduzent Freddy Berkelet trug einen extrem geschmackvollen weißen Baumwollanzug. Seine Haut war durch altes Pergament ersetzt wurden, und feuchte Haarsträhnen reichten ihm von der Schädelbasis bis unter die Hinterbacken. Die Narben, die vom Ansatz seines Hinterns ausgingen, waren mittels Sonnenbädern so gut wie unsichtbar gemacht.

– Ich konnte der Versuchung nicht widerstehen, wenigstens kurz ins Wasser zu springen, sagte er. Es ist ja so heiß heute Abend, aber irgendwann landen wir alle im Pool, was? Darf ich Ihnen einige unserer Förderer vorstellen?

Beim Reden strich sich Berkelet den noch feuchten Ziegenbart glatt.

– Aber selbstverständlich.

Aurousseau folgte Nanou mit dem Blick, er bewegte sich parallel zu ihr im ersten Bereich. Dutzende Kinder, jedes in einem anderen Stadium der Krankheit, rannten quietschend zwischen Tischen und Gästen umher. Sie hatten eine grünliche Gesichtsfarbe, manche von ihnen hatten bereits die Metamorphose zum toten Kind begonnen. Ihre Wangenknochen traten hervor, ihre Kinne waren maßlos spitz, ihre Augen mehr oder weniger von dicken Kajal-Kreisen umringt, die den Blick noch tiefer in die Augenhöhlen drückten. Manche schienen bereits schlecht dran zu sein: die dünnen, schlenkernden Ärmchen mit einer Art scharlachrotem Ausschlag bedeckt, von der Schulter bis zu den Fingerspitzen. Trotzdem spielten sie mit tröstlichem Spaß an der Sache und rannten wimmernd zwischen den gleichgültigen Erwachsenen hindurch.

– Diese Bälger!, sagten die Gäste.

– Also so was von lebhaft! Wenn man bedenkt, dass die alle die Grätsche machen, bevor sie ins wahlberechtigte Alter kommen.

Eine Gruppe Kinder beobachtete die beiden Hubschrauber, die im Garten gelandet waren. Sie veranstalten Versteckspiele unter den Tischen, immer wieder fehlte nicht viel, und sie hätten die Getränketabletts umgestoßen. Ein paar andere warfen einander einen Basketball zu.

Als Freddy Berkelet Nanou eben in der Nähe der Bar einer Gruppe vorstellte, landete eines der spielenden Kinder mitten zwischen ihnen. Dieser kurzhosige Junge hatte sich bis aufs Blut gekratzt und ging wie ein Zombie. Er lachte wie ein Bierkutscher und rieb sich die Augen.

– Kleiner Bengel, meinte Johnny Cordy und kniff ihm in die Wange. Du hast dich ja ganz schön zugerichtet!

Seine Frau neben ihm lachte wie eine zwanzigjährige Robbe. Das letzte Album ihres Mannes hatte sich vier Millionen Mal verkauft, und er hatte ihr zur Feier dieses Erfolgs eine Diamantkette gekauft. Ihre Zähne waren derart weiß und viereckig, dass sie im Dunkeln wie kleine Knöchlein wirkten. Sie wandten sich beide zu dem Journalisten Patrick Sarrazin um, der, begleitet von seiner attraktiven Geliebten, ebenfalls den kleinen blutenden Jungen betrachtete.

– Müsste man ihn nicht verbinden?, fragte er.

– Wo denken Sie hin, mon Cher, diese kleinen Dinger sind nicht tot zu kriegen.

Madame de Saint-Marcq kümmerte sich bereits seit 1942 um benachteiligte Kinder. Ihr Mann, der aussah wie ein in der Mitte taillierter Anus mit Goldrandbrille, pflichtete ihr voll und ganz bei.

– Sie haben so Recht, ma Chère, lachte er. Wir können es sogar noch weiter treiben.

Der Alte beugte sich über den Jungen, dem es inmitten all dieser Erwachsenen nicht im Geringsten peinlich war, schon gar nicht wegen der Schorfkrusten, die ihn entstellten. Saint-Marcq verdrehte dem Kleinen die Arme, bis die Ellbogen auswärts standen, dann betastete er ihm die Hinterbacken und riss ein paar bräunliche Schorfplacken ab.

– Also, Chevalier, beherrschen Sie sich doch.

Der Alte strich mit dem Zeigefinger über die blutende Wunde und fing mit der Fingerspitze einen Blutstropfen auf.

– Das Gift, sagte er. Das Gift. Es ist köstlich.

Er schleckte mit der Zungenspitze über seinen Finger und schmatzte genussvoll, als ob er Herz essen würde. Der Junge spürte nichts. Alle lachten herzlich, niemand kümmerte sich weiter um Éléonore. Das Internationale Show-Bizz erkaufte sich ein gutes Gewissen und dinierte zugunsten der Bedürftigen.

Die Stars – denn ausschließlich daraus bestand diese Gesellschaft, Chansonstars, Filmstars, Literatur-, Porno-, Modestars und Politstars – hatten beschlossen, Buße zu tun und an vorderster Front das Elend zu bekämpfen. Die Konversation drehte sich zum guten Teil um mögliche Mittel, die Armut zu beseitigen. Ein jeglicher erklärte sich bereit, sich zu engagieren und gute Werke zu tun, die Tieferstehenden zugute kommen sollten.

– Man muss die Realität zeigen, sagte Karlo Dalmat. Die Menschen müssen informiert werden.

– Das stimmt. Die Medien zeigen ein zu undeutliches Bild davon, was bei uns passiert. Die Kunst muss sich die Gesellschaftskritik zu eigen machen.

– Das könnte man nicht besser sagen, bemerkte ein anderer.

Jacques Dahan, der frühere Berater des Präsidenten, versuchte, den Unternehmensbossen das Projekt einer humanitären Plattform zu unterbreiten.

– Wir müssen die Verwendung der Privatspenden rationalisieren und sie den humanitären Organisationen gebündelt zur Verfügung stellen, sagte er. Davon profitieren Ihr Image und Ihre Visibility, und die Gegenseite erhält bessere Ressourcen. Sonst ist heute doch alles Peanuts. Alles wird zerfasert. Alles geht verloren. Sonst sind das verlorene Ausgaben, die sich überhaupt nicht amortisieren. Peanuts, sage ich Ihnen.

Die anderen wiegten zustimmend die Häupter. Nanou erkannte außerdem Paul-Henri Wurlitzer, den Autor und Waffenhändler, Damien Rodriguez, den internationalen Fußballstar, mit seiner Geliebten Sandra Palestina, Robert del Vitro, und, bunt durcheinander, Pascal Fernando, Sänger, Karen Trudle, Model, Stan McAndrews, den Pornostar Rico Solfami, den Autor Frédéric Heidegger und seinen Pressesprecher.

Der Talkmaster Tangui stand in einer Ecke und diskutierte mit anderen Fernsehmoderatoren.

– Wer ist denn das, sagt schon!

– Das ist die kleine Saliba.

– Ist die schnucklig!

Die Tochter des Schauspielers war gerade zum privaten Kreis dazugetreten, in alte, zerfetzte Lumpen gewickelt, die tödlich stanken.

– Sie haben vorher echten Clochards gehört, erklärte sie allen, die es hören wollten. Echt, das sind richtige Asiklamotten, ohne Witz.

Die Saliba-Tochter galt als exzentrisch. Alle kannten ihre Marotten, dieser Aufzug war noch nicht das Schlimmste. Sie ließ ihre Brüste aus der Öltuchjacke herauslugen, die sie als Mantel trag, knetete sie mit ihren Fingerhandschuhen und stöhnte dazu wie eine Hardcoredarstellerin, aaahh, aaahhh.

– Meine Euter. Wer will meine Euter?, rief sie in die Runde. Die sind wenigstens aidsfrei.

Als sie fertig herumstolziert war, setzte die junge Hysterikerin sich ans Buffet und fing an, sich Butter in die Haare zu schmieren. Die Leute lachten.

– Ich will echter sein als die Wirklichkeit, kommentierte sie. Ich bin die Qualitätssicherung des Business, und mein Vater ist eine Null.

– Die Ärmste. Das ist doch fürchterlich, so eine hübsche junge Frau.

Julie Saliba holte eine Puderdose mit Koks heraus und bestäubte sich die Nasenspitze und beide Nippel. Als sie fertig war, ging sie einen der Security-Kolosse anbaggern, der aber nur seine Arbeit machen wollte. Der Mann ärgerte sich derart, dass er sie halb ohnmächtig schlug und zu Füßen eines Baumstamms ablegte. Ein paar Freunde von Jean-Luc Salengo hoben das Puderdöschen auf und verkrümelten sich mit dem Inhalt wie Vampire mit frischem Blut.

– Diese Geier, sagte Johnny Cordy. Als ob sie sich nicht selbst welches leisten könnten.

– Ach, weißt du, Johnny, sagte Freddy Berkelet. Die sind beim Fernsehen. Von so Typen kann man nicht viel erwarten.

– Hast du unseres, Häschen?, fragte Johnny.

Die junge Frau holte eine kleine Pandorabüchse hervor. Sie hielt sie dem Idol der Jugend unter die Nase, und Johnny Cordy war beruhigt.

Unter den Bäumen küssten sich die VIPs und rauchten Wasserpfeife, auf marokkanische Kissen gebettet.

Éléonore, die beruflich mit reichen Leuten zu tun hatte, war mit ihren Perversionen vertraut und mit der nie ruhenden Sorge, als großherzige Menschen zu erscheinen, und so war sie von dem, was sich hier abspielte, nicht überrascht. Sie fand den Zweck ganz lobenswert, förderlich für eine vertikale Umverteilung der Mittel. Ebenso wie Sozialhilfe und Steuergesetze war Wohltätigkeit keine schlechte Sache. Mittel zu sammeln war ein probates Mittel, um die Gleichheit aller zu befördern, auch wenn die von hier aus gesehen noch recht fern schien.

Aus dem Pool kletterte Patrick Swayze und gab ihr die Hand.

– Nice to meet you, sagte er.

– How do you do?

Sein Penis hatte sich durch den Schlitz seiner Boxershorts geschlängelt und steckte seinen kleinen rosa Kopf zwischen den Stoffbahnen heraus wie der Vogel in einer Kuckucksuhr.

– Your dick, Mister Swayze.

– Oh, so sorry.

– Ich hab Sie in *Dirty Dancing* gesehen, versuchte sie's.

218

– So great.

Patrick Swayze hatte sehr harte Muskeln. Er wurde rot wie eine Tomate und verstaute rasch sein Gerät, das sogar in diesem Entwicklungsstadium riesengroß und purpurrot war. Die Leute ringsum kullerten sich vor Lachen, und er schämte sich wahnsinnig.

– Pat ist so … sneaky, meinte eine Blondine, die Nanou nicht kannte.

– Cuty little bird, trällerte die Sängerin Darlène und hängte sich dem Schauspieler an den Arm.

Aurousseau war jetzt endlich zu Nanou vorgedrungen und hatte Anschluss an einen Gesprächskreis gefunden. Er sprach mit einem alten Sack, der behauptete, Claude Zidi zu sein, und einem Ansager von Canal+ über Filme.

– Ach, Scheiße, sagte das Zidi-Double. Jeder hat das Recht, sein Zeug auf dem Filmmarkt zu verkaufen. Ich scheiß auf das, was Sie sagen.

– Also bitte. Und die Kunst?, sagte der andere. Die Kunst ist ein Motor und eine Hürde. Sie bringt einen dazu, Unglaubliches zu leisten, und hindert einen daran.

Frédéric Heidegger, der Romanautor, kämpfte sich wüst zerwuschelt mit beiden Ellbogen zum Buffet durch.

Das hatte nicht viel zu bedeuten, und Éléonore zerrte ihren Begleiter von diesem Haufen Verrückter weg.

– Komm, wir gehen, ja?

Und genau in diesem Augenblick legte sich eine Hand auf Éléonores Schulter. Sie wäre fast ohnmächtig geworden, denn sie dachte, jetzt seien sie ertappt worden und würden gleich rausgeworfen.

– Sieh mal einer an, junge Frau, Sie haben mir gar nicht erzählt, dass Sie mondäne Abendgesellschaften besuchen!

Es war Nanous Sitznachbarin aus dem Flugzeug. Die Großmama war jetzt gekleidet wie eine Kurtisane, mit einem weiten Taftkleid und einem grellroten Bustier, der ihren alten, schlaffen Busen anhob. Ihre papayaförmigen Brüste hingen ihr bis zum Bauchnabel, zwei lange Lappen schlappen Fleisches. Ihre Arme waren lang und weich, und ihr Mund, von einem roten Collagen-Lippenstift sozusagen erweitert, klappte auf und zu wie eine schleimige Muschel. Sie war grässlich anzusehen, ihr Haar war zu einem Knoten im Nacken gestrafft, und sie benahm sich wie eine alte Hure. Nur noch von sehr fern erinnerte sie an die alte, so in den Süden verliebte Dame.

– Ich weiß, sagte die Alte, das ist jetzt ein etwas anderer Look. Aber wissen Sie, hier ist alles erlaubt. Ich glaube, wir hatten uns nicht vorgestellt. Marguerite Dubreuil. Entzückt, Sie wiederzusehen, Mademoiselle.

Die Dubreuil reichte Nanou ihre Skeletthand zum Gruß. Die junge Frau schüttelte das von grünen Adern und knochigen Vorsprüngen überzogene Glied zwei Mal.

– Ich leide an einer schweren Form von Arthrose der Finger. Grauenhafte Schmerzen, es ist ja so aufregend. Mein Physiotherapeut ist so süß, dass ich den Schmerz genieße.

Beim Reden schnalzte ihre Zunge gegen den Gaumen. Nanou sah nur ihre Hände. Warzige Überbeine saßen in den Gelenken und machten jede Krümmung unmöglich.

– Aber bei der Arbeit stört mich das nicht.

Sie setzte ein sardonisches Grinsen auf. Ihr Gebiss drohte ihr aus dem Mund zu fallen, im allerletzten Moment schnappte sie danach. Ihr Atem roch frisch und minzig.

– Wir haben uns verlaufen, erklärte Éléonore und deutete auf ihren Begleiter.

– Ich bin entzückt, junger Mann. Sie griff Aurousseaus Hand. Dieser Junge ist hinreißend, flüsterte sie Nanou ins Ohr. Wirklich verlockend. Gehört er zu Ihnen?

– Nicht wirklich. Wir sind …

– Ich frage gar nicht weiter. Wir haben alle unsere kleinen Sünden. Kommen Sie. Ich zeige Ihnen, wozu die meisten Leute hier sind. Denken Sie bloß nicht, wegen der Kinder. Gott schütze sie, die Armen, wir können nicht viel für sie tun. Geld, ja, das ist schon viel, und alle sind zufrieden. Schauen Sie nur die Fotografen, für die ist das ein gefundenes Fressen.

Ein paar Stars veranstalteten ein Shooting mit Profis von der Boulevardpresse. Sie nahmen Kinder auf den Schoß und drückten ihnen Küsschen auf die eingefallenen Wangen.

– Sind sie nicht niedlich, unsere Stars? Talent haben und ein gutes Gewissen noch dazu, das ist doch wunderbar. Verstehen Sie, nur einfach Schauspieler zu sein, das genügt heutzutage nicht mehr. Wie Jouvet es sagte: Schauspielerei und Ethik. Nie das eine ohne das andere. Haben Sie schon etwas getrunken, junge Frau?

– Danke, ja.

– Bedienen Sie sich nach Herzenslust. Wir leben in einer Überflussgesellschaft, man braucht sich nichts zu versagen. Berkelet wird's verkraften, die alte Ratte. Wo er einmal einen ausgibt.

Nanou wusste nicht, was tun. Sie fürchtete, als Schmarotzerin angesehen zu werden. Sie traute sich nicht zu wiederholen, dass sie sich verlaufen hatten, das wäre in diesem Rahmen unpassend gewesen. Sie trank noch eine Flöte Champagner leer.

– Der ist gut.

Die Alte strahlte und murmelte ihr ins Ohr:

– Sie sind so unverdorben, meine Kleine. Es gehört sich nicht, zu sagen, dass der Champagner gut ist, und schon gar nicht, wenn er schlecht ist.

Nanou entschuldigte sich.

– Kommen Sie mit hinein. Ich zeige Ihnen, was hier los ist,

dann begleite ich Sie zurück. Sie sind hier nicht am rechten Ort.

Marguerite Dubreuil betrat das Haus mit ihnen. Alles war dunkel, von Halogenlampen beleuchtet. Die Wände waren mit Stoff verhangen, Reihen von Spiegeln vergrößerten alles optisch. In den Sesseln des Salons saßen Gäste, knutschten und befummelten einander ohne jede Scheu. Manche wollten angesichts von Marguerite Dubreuil aufstehen.

– Keine Umstände, bitte, sagte sie. Ich zeige nur meiner jungen Freundin unsere Ausstattung.

Ein dicker, behaarter Typ ließ sich von einem schwarzen Model einen lutschen, während er den Finger einer jungen Blondine in den Schlitz steckte. Grüne Tinte floss aus ihrer fast glatten Möse und ergoss sich auf den Teppich. Der Mann fing den Sirup mit dem Mund auf und sabberte ihn auf seine Brust.

– Einer von unseren neuen Spezialeffekten. Großartig, oder? Ein Minzextrakt.

– Wozu ist das gut?

– Man hat den Eindruck, eine Außerirdische zu vögeln, erklärte die Alte stolz.

Auf einem Riesenbildschirm lief im selben Raum ein Science-Fiction-Film. Nanou meinte »super«. Unter den Augen von drei Models zerteilte ein Chirurg den Leib eines Plastikkindes. Ein Mädchen erklärte, man müsse den Anus mit Gleitmittel einschmieren, bevor man sich in den Arsch ficken lasse. Der dicke Behaarte bekam keinen richtigen Ständer und schnaufte die ganze Zeit. Er drehte sich auf die Seite und versuchte, dem Mädchen seinen Schwanz reinzustecken, aber seine Eichel war so weich, dass der Schwanz immer abknickte und nicht weiterkam. Das Mädchen wollte ihm helfen.

– Lass. Ich schaff das allein.

Er schob sie weg. Sein Penis war krumm wie ein Bumerang.

– Richard trainiert, wie Sie sehen. Man sollte nichts dem Zufall überlassen. Richard!

– Ja, Madame?

– Du nimmst zu. Das habe ich dir schon gesagt, oder?

Nanou und Aurousseau gingen langsam weiter durch die Kulissen der Sexparty. Marguerite Dubreuil erklärte ihnen nach und nach, worin ihr Beruf bestand, und schilderte die Schwierigkeiten, wenn man Leuten, die schon alles erlebt haben, ein Amüsement bieten wollte. Starker Sandelholzgeruch hing in der Luft; Dubreuil hatte Weihrauch verbrennen lassen. Die Angestellten begegneten der alten Dame ausgesprochen servil, was erkennen ließ, dass sie nicht immer so sanft war wie jetzt.

– Als ich dieses Unternehmen hochgezogen habe, war alles noch unbeackertes Gelände. Die Leute staunten über alles, kriegten wegen jeder Kleinigkeit einen Ständer und wurden irrsinnig scharf, wenn sie wen anders als ihre Frau nackt sahen. Jetzt ist alles sehr viel schwieriger. Sie verlangen ausgeklügelte Inszenierungen, Spezialitäten. Sie wollen was sehen für ihr Geld, man muss es immer weiter treiben. Ich rekrutiere viel in Osteuropa und Schwarzafrika. Ziemlich kesse Mädchen, die ich mit Drogen bei der Stange halte. So ist es eben. Man kann alles mit ihnen anstellen, Folter, Analverkehr. Das Reservoir ist unerschöpflich, die Leidenschaft leider nicht. Freddy Berkelet liebt römisches Dekor. Das ist seine Empire-Seite. Also mache ich römische Dekore. Aber manche andere kotzt das enorm an. Die wollen was mit Leder. Gut, mache ich was mit Leder. Aber nach zwei, drei Mal langweilt sie das auch wieder. Sie wollen Negerinnen, dann beschweren sie sich, dass die kein Wort verstehen. Ich sage, ihr müsst wissen, was ihr wollt, aber sie können einfach nicht mehr sagen, was sie erregen würde. Das ist das Malheur: Zu viel Leidenschaft tötet jede Leidenschaft. Kennen Sie sich im Geschäftsleben aus?

– Ja. ein wenig.

– Dann verstehen Sie, was ich meine. Werbung, Handel, in Ordnung. Das verlangt Einsatz und Energie, aber Menschen, glauben Sie mir, Menschen sind ein fürchterliches Produkt. Sie glauben gar nicht, wie schwierig es ist, sich von der Konkurrenz abzusetzen. Und all das im Verborgenen, ohne jeden Spielraum. Man muss allen Service und die passenden Methoden selbst erfinden. Das ist viel schwieriger als diese ganzen dämlichen Kaffees, Autos, Start-ups. Denen gehört die ganze öffentliche Wahrnehmung. Aber was hat man vom Sex? Keinerlei Ehre, ja, die Freundschaft der Mächtigen, aber was ist das schon. Das ist der einzige Markt, wo wirklich Konkurrenz herrscht. Alles andere ist gefälscht, ein abgekartetes Spiel der großen Tiere, reglementiert, genormt. Claude? Entschuldigen Sie einen Augenblick. Sind sie angekommen?

– Nein, Madame. Aber ich habe im Polizeipräsidium angerufen. Sie bringen sie jeden Moment her.

– Fantastisch. Wir kriegen heute abend die Jourdain-Brüder. Der Polizeipräsident leiht sie uns für ein paar Stündchen aus. Das sind echte Barbaren! Wir können von den Tieren so viel lernen. Wenn man daran denkt, wie viele ihren Kopf wollten! Wo war ich gerade? Ach ja. Wenn ich das alles gewusst hätte, wäre ich im Musikbusiness geblieben, glauben Sie mir. Aber was erzähle ich Ihnen alles. Sie müssen wirklich denken, es ist Ihr Unglückstag. Erst im Flugzeug neulich, und jetzt hier, am Meer.

– Das macht nichts.

Aurousseau und Élónore waren nicht entsetzt: Weder von dem, was sie sahen, noch von Dubreuils Vortrag. Es gab keine dummen Handelszweige, und sie hatten schon lange geahnt, dass dieser hier weder der schmutzigste war noch der lukrativste.

Nanou erinnerte sich, wie oft sie im Gespräch mit Freunden gemeint hatte, sie fände Prostitution grässlich, widerlich, der Todesstrafe würdig. Aus der Nähe gesehen, fand sie das hier gar nicht so abstoßend. Alles lief auf dasselbe hinaus, die Dubreuil hatte Recht. Ob man Kleider verkaufte oder Mädchen, eins war so gut wie das andere. Den Kleidern schadete es nicht, und die Männer hatten ihren Spaß. Unmenschlich war weniger, dass die Körper dargeboten wurden oder man sie foltern würde, als dass niemand mehr seinen Spaß dabei hatte.

Sollte denn, fragte sich Nanou, die Grausamkeit das einzig gut Verkäufliche geworden sein? Der Reiz lag nicht mehr darin, HiFi-Anlagen, einen sozialen Rang, Hütten am Meer oder Perlenketten zu besitzen. Und bald würde der Markt auch die Dinge liefern, die eigentlich so schwer zu erringen sind: Ruhm, Image, Komfort. Der wirkliche Kampf wird im Okzident nicht mehr darum gehen, die materiellen Unterschiede auszugleichen, sondern die moralischen. Die Überschreitung des Verbotenen bewirkt immer noch Schuldgefühle, die zwar Straßengangster, Ungeheuer und wohlhabende Menschen nicht mehr treffen, dafür sehr wohl in der Mittelklasse und bei den Arbeitern ihre Opfer finden, dank der Wirkung ihrer Verführungskraft und des Schamgefühls, das sie bereiten.

Über einen anderen verfügen zu können (über seinen Körper und folglich seine Güter), ohne irgendein Risiko einzugehen, kein drohendes Gefängnis, keinen Konflikt mit dem Gesetz, höchstens einen mit dem eigenen Gewissen. Die Ausschweifung voll ausleben, die Schande ebenso. Und besser noch, Modeerscheinungen und die Quelle eines Pop-Spektakels, das schlimmer war als Drogen. Die heutigen Mächtigen waren dabei, zu schaffen, was Gilles de Rais, die Libertins von Salò und andere vor ihnen nicht geschafft hatten: Den Schrecken mit dem breiten Publikum zu teilen und ihm die Verantwortung dafür zuzuschieben. Die Grausamkeit ohne Scham wird bald als eine Lebenskunst gelten, als ein Ideal des neuen Jahrhunderts, von dem die Teenager in Amerika und sonst wo schon träumten, als sie ihre Gothic-Techno-Mischkultur erfanden.

Nachdem in Auschwitz der kollektive Körper gepeinigt wurde und die jungen Menschen danach in Chicago und Manchester ihre eigenen Leiber mit Drogen und Exzessen maltraitiert haben, haben sie jetzt das Bewusstsein für den Nächsten wiederentdeckt, indem sie ihn genussvoll quälen und beherrschen. Leute wie die Dubreuil werden die Caterer dieser Welt sein, werden die Produkte beschaffen und optimale Konsumbedingungen herstellen. Sie werden die Orgien organisieren, die Spektakel von morgen, eine Art Familienbankett. Und mit ein wenig Glück werden die Armen die Reste des Gemetzels ins Tupperdosen nach Hause tragen dürfen oder aber einer nach dem anderen selbst dabei draufgehen.

Bislang war hier noch nichts vorgefallen, noch niemand hatte entschieden, wer Henker sein würde, wer Opfer. Der Markt formierte sich erst und suchte seine Lotsenfische. Die Alten, wie die Dubreuil, sorgten für den Übergang vom Industriellen Zeitalter zum Dienst am Nächsten, aber sie hatten weder das Zeug noch die Fantasie dazu, die wahre sexuelle Revolution zu begleiten oder zu beschleunigen, diejenige, in der man beginnen würde, Menschen wie Bilder zu konsumieren, also sie zu vernichten oder zu verkaufen. Aurousseau und Éléonore Caribou waren durchaus dafür gewappnet, sich dieser New Economy zu stellen. Sie waren nur noch nicht reif dafür, die Zügel in die Hand zu nehmen.

Durchs Fenster sah Aurousseau den Henkerskarren ankommen; die beiden Folterknechte stiegen aus, in Sträflingskleidung, groß und schrecklich gelassen. Nanou hatte keine Zeit, sie von nahem zu sehen. Der erwähnte Claude führte sie nach hinten, immerhin begleitet von zwei Beamten in Zivil.

Die alte Kupplerin nahm ihre Truppen ab. In jedem Raum war ein anderer Themenworkshop eingerichtet. Nackte junge Frauen bereiteten sich vor, indem sie an ihrer Klitoris spielten und sich den Anus mit Plastikgeräten weiteten.

– Was ist das?, fragte Éléonore.

– Ein Schmetterlingsdildo.

Der Dildo war wunderschön, lila mit herrlichen Plastikflügeln. Der Körper des Schmetterlings vibrierte und konnte auf ganzer Länge in die Scheide gesteckt werden. Zwei Mädchen teilten ihn sich, ohne ihn beim Abwechseln zu reinigen. Elegante Männer beobachteten sie zigarrettenrauchend. Nanou betrachtete den Schmetterling, streichelte seine langen bunten Fügel und gab ihn den Mädchen zurück. Ein alter Mann wanderte auf und ab und sagte:

– Ist das aufregend, was? Das ist aufregend. So was von aufregend.

Als sie näher kam, sah Éléonore, dass er seinen Penis aus der Hose geholt hatte und beim Wandern in der Hand hielt. Unaufhörlich sagte er:

– Aufregend. So was von aufregend.

– Haben Sie *Freitag oder im Schoß des Pazifik* gelesen?

– Nein, gab Nanou zu.

– Die Natur und die Verderbtheit. Alles ist da.

Manche waren verkleidet, andere hatten Tiermasken auf. Die Frauen waren alle sehr jung. Eine menge muskulöser, glattrasierter junger Männer heizten sich auf, indem sie auf großen Seidenkissen Whisky süffelten und Ringkämpfe mimten.

– Das sind meine Süßen, sagte die Dubreuil. Sie kommen aus Polen. Ein paar von ihnen waren bei den Olympischen Spielen von Atlanta mit dabei, in der Turnermannschaft. Wissen Sie, dass die meisten Unternehmensbosse sich wahnsinnig gern von Chippendales vögeln lassen?

Die Ringer räkelten sich auf ihren Kissenteppichen wie Tiger.

– Merkwürdig, fuhr die Alte fort. Je mächtiger man ist, desto lieber unterwirft man sich. Ich kann unsere Gesellschaft nicht mehr verstehen. All diese Ausschweifungen, diese Exzesse und Drogen sind den Leuten zu Kopfe gestiegen. Nehmen Sie nur mal Johnny Cordy zum Beispiel, als er zum ersten Mal kam, war das so ein charmanter Junge, und jetzt kann ihn bald gar nichts mehr befriedigen. Er wird immer wüster. Sein Pimmel ist wie ein Gummiband, er baumelt, baumelt! ... Vierzig Jahre Karriere, das hat ihn erschöpft. Aber ich langweile Sie. Nun, jetzt haben Sie wenigstens mal die Kehrseite gesehen. Voilà, das ist aus unserer schönen Riviera geworden. Eine Luxus-Fickbude für Bankiers, Künstler, Schriftsteller. Ich raten Ihnen, besser von hier verschwunden zu sein, wenn es zur Sache geht. Man kann nie wissen, was passiert, wenn sie entdecken, dass Neulinge dabei sind. Es gibt ein paar ganz Wilde unter uns! Barbara?

– Ja, Madame?

– Ich stelle Ihnen Barbara Bal vor. Meine Assistentin. Die schlimmste Schlampe der ganzen Côte d'Azur, was, Barbie?

– Ganz sicher, Madame.

– Hast du die Geräte desinfiziert?

– Ja, Madame.

– Sehr gut. Was haben wir noch mal gesagt, wann fangen wir an?

– Monsieur Berkelet gibt das Startsignal. Ich denke, spätestens in einer halben Stunde.

– Ist alles bereit?

– Alles ist bereit, Madame. Wir verkleiden gerade die Kinder.

– Haben Sie ihnen etwas zu essen gegeben?

– Sie haben sich mit Nachtisch vollgestopft. Jetzt schlafen sie im großen Saal.

– Ausgezeichnet.

Barbara war eine bezaubernde Frau von vielleicht achtundzwanzig Jahren. Sie führte dieses Leben erst seit zwei, drei Jahren, und ihr Gesicht trug noch keine Spuren der Exzesse. Sie sah Éléonore merkwürdig ähnlich, als wäre sie eine Art perverses Double, eine große Schwester, die auf anderem Wege etwas aus sich gemacht hatte.

– Dann kannst du jetzt gehen, Barbie-Chérie.

– Sehr gut, Madame. Ich muss noch nachsehen, ob Sergio funktionstüchtig ist. Er erholt sich im Innenhof.

– Sorgen Sie dafür, dass er fit ist. Gardent wird zufrieden sein, dass er ihn kriegt.

Die junge Frau verschwand. Nanou und Aurousseau standen kurz schweigend da, während Großmütterchen sich eine Zigarette ansteckte.

– Barbie ist mit einem Diplomaten verheiratet. Sie macht das hier zum Zeitvertreib.

Marguerite Dubreuil dachte kurz reglos nach. Elegant sog sie an ihrer Zigarette, indem sie das Ende des Filters mit den Lippen einklemmte.

– Ich glaube, jetzt haben wir unseren Rundgang beendet. Eins noch, junge Frau, gehören Sie auch wirklich nicht zu diesem lächerlichen Wohltätigkeitsverein?

– Nein. Wir waren zu Fuß unterwegs und wollten zurück in die Stadt.

– Das beruhigt mich. Ich dachte mir doch, Sie sind zu sympathisch, um sich um diese kranken Kinder zu kümmern. Auf geht's, jetzt machen Sie sich aus dem Staub, oder ich kann für nichts garantieren. Junger Mann?

– Ja?

– Ich bin Ihnen nicht vielleicht schon irgendwo begegnet?

– Ich glaube nicht, Madame.

– Ihr Gesicht kommt mir irgendwie bekannt vor.

– Das sagen mir viele.

– Sie haben eine Anstellung, nehme ich an?

– Alles, was ich brauche, danke sehr.

– Schade.

Aurousseau ging nicht darauf ein. Dubreuil beäugte ihn gierig. Das Gedeihen ihres Unternehmens hing vom Einsatz neuer Methoden ab, neuer Arrangements. Sie musterte die Schründe auf ihren Händen und die in den Granit der Arthrose gebannten Knochen. Diese Hände würden es in der Neuen Welt nicht weit bringen, das wusste sie. Jemand musste den Stab übernehmen, oder das Geschäft würde den Barbaren in die Hände fallen.

Die alte Vogelscheuche verjagte eins nach dem anderen die HIV-positiven Kinder, die in den Zimmern zwischen den Nutten und den ausgestopften Tieren Versteck spielten. Entzückt und boshaft schielten die Kleinen nach den Nackten. Sie durchquerten weitere Säle.

– Ich hab Ihnen ja gesagt, junge Frau, ich bin Großmutter, bemerkte Dubreuil. Kinder sind mein Lebenszweck.

Dennoch schloss sie sorgfältig verschiedene Türen, bevor die beiden jungen Leute hindurchgehen konnten. Sie wollte sie nicht abschrecken. Entsetzen würde ihnen keine Lust machen, sich ihrem Unternehmen anzuschließen. Die alte Kupplerin war offenbar entschieden, sie vor dem, was hier vorgehen würde, zu bewahren. Durch das Gesehene halb verängstigt, halb erregt, drängten Aurousseau und Éléonore sich dicht aneinander.

– Hier, hier kann ich Sie hinauslassen. Gehen Sie einfach am Strand entlang, und Sie kommen dahin, wo Sie hinmöchten. Allez. Auf ein anderes Mal. Besser, wenn Sie nicht mehr allzu lange hier verweilen …

Die Alte öffnete die Vordertür und scheuchte sie aus dem prunkvollen Haus. Ihr Gesicht war grün vor Müdigkeit. Sie legte wirklich keinen Wert darauf, dass die beiden am restlichen Spektakel teilnahmen.

– Adieu, junge Frau. Und bleiben Sie nicht zu lange am Mittelmeer. Ich habe Sie gewarnt.

Aurousseau und Nanou marschierten also wieder durch den Sand. Sie lachte hysterisch auf.

– Glaubst du, die veranstalten wirklich dieses ganze schreckliche Zeug?

– Ich weiß nicht.

Das Meeresufer kam in Sicht. Es musste ungefähr drei Uhr morgens sein, und es war immer noch angenehm warm. Das Meer hatte ein Stück vom Strand verschluckt, der jetzt nur noch gut zehn Meter breit war. Die Musik war verklungen, sie waren wieder allein.

Eng umschlungen blieben sie kurz stehen, um den Mond zu betrachten. Aurousseau stopfte ihr seine Whiskyzunge in den Mund, und in dieser gefährlichen Stellung gingen sie weiter, bis die Welt hinter ihnen verstummt war.

12 ROSENFÖRMIGES KAPITEL

– Jetzt ist es an der Zeit zu ficken. Wir warten ja lange genug darauf; Éléonores Lust wächst schon das ganze Wochenende, so langsam hat sie verdient, dass sie durchgenommen wird. Das ist für sie jetzt eine Frage von Leben oder Tod. Sie riskiert was, wenn sie das Bespringen aufschiebt.

– Muss es denn Aurousseau sein, von dem wir kaum was wissen?

– Sagen wir mal, er ist in diesem Stadium der Erzählung am geeignetsten, sie flachzulegen. Er hat die Dinge nicht überstürzt; er stammt aus einem guten soziokulturellen Milieu, das ist eine unabdingbare Voraussetzung, und er sollte in der Lage sein, ihre Erwartungen zu befriedigen. Dass er aufgetaucht ist, scheint eine wunderbare Fügung. Also, welchen Vorteil brächte es Nanou, die Gelegenheit nicht zu nutzen?

– Sie meinen, wir kommen zum gegenwärtigen Zeitpunkt um eine schlüpfrige Szene nicht herum?

– Ich fürchte nein. Aber bedenken Sie, viel hätte nicht gefehlt, und wir wären im vorigen Kapitel in Pornographie und Horror abgerutscht. Diesmal geht es um Liebe, obwohl mir bewusst ist, dass diese Geschichte nicht unbedingt in die Annalen der Romantik eingehen dürfte.

– Lassen Sie uns darüber noch etwas reden. Wo ist das Gefühl in alldem? Kann es sich die Hauptfigur nicht leisten, etwas Besseres zu verlangen als das, was Aurousseau ihr zu bieten hat?

– Dass sie einen Quickie durchziehen, ist moralisch nicht widerlich oder verwerflich. Im Gegenteil, es hat Charme, heimlich zu vögeln, und es liegt sogar ein gewisser Adel darin, sich darauf einzulassen, wenn man keine Wahl hat und auch keine Hoffnung, innerhalb einer vernünftigen Frist etwas Besseres zu kriegen. Abgesehen davon, dass wir hier tatsächlich ein Phänomen gegenseitiger Anziehung vor uns haben. Sie sind sich zwei Mal begegnet, zufällig. Kein Mensch macht sich da Illusionen. Aber es ist bedauerlich – und das ist der eigentliche Punkt –, dass es einer jungen Frau mit ihren Qualitäten nicht gelungen ist, ihr Liebesleben auf eine andere Basis zu stellen als diese.

– Und wer ist daran schuld?

– Das ist ein durchaus politisches Problem der Freizeitgestaltung und des Verhältnisses von Privat- und Berufsleben. Also ein sowohl politisches als auch menschliches Problem. Éléonore wird von ihrer Arbeit aufgefressen, und ihre gesellschaftliche Erziehung war rückständig und ungeeignet. Ihr wird viel zu viel abverlangt. Sie wird ausgelutscht. Ihre ganze Bildung ist zu dem Zweck formatiert, dass sie die Bedürfnisse ihrer Klasse befriedigt, und dafür wird jede Bindung zur Wirklichkeit geopfert.

Niemand hat sie dafür gewappnet, in dieser Lebensumgebung zu lieben. Ergebnis: Ihr Körper gerät aus dem Gleichgewicht, und ihre seelische Balance leidet entsprechend. Sie hat Sex, um sich da herauszuziehen, aber nicht oft genug, um einen Wandel einzuleiten.

– Verstehe. Sehen Sie einen akzeptablen Ausweg?

– Diese Frage kann ich nicht beantworten, das werden Sie verstehen. Es ist nicht meine Funktion, Komplotte anzuzetteln. Wenden wir uns doch lieber wieder der Szene zu.

*

Éléonore Caribou und Fabrice Aurousseau lassen sich in den Schoß des Sandes fallen und beginnen sich zu streicheln. Ihre Hände tasten sich zu Stellen vor, die bei allen menschlichen Wesen ungefähr dieselben sind, diejenigen, an denen der Genuss entsteht.

Éléonore mag es, wenn ihr Partner erst lang um ihr Geschlechtsteil kreist und dann relativ plötzlich eindringt. Anfangs ist sie hastig und weiß gar nicht, was sie als Erstes ausziehen soll, ob sie sich den Rock besser hochziehen oder ihn ganz aufknöpfen soll, ob es nötig ist, dass sie ihre Brüste herausholt oder ob Berührungen durchs T-Shirt genügen werden. Aurousseau zwirbelt ihr mit den Fingern spielerisch das Schamhaar, zugleich rollt er seine Zunge um ihre Nippel. Das Bleichmittel hat manche Schamhaare zu Locken gedreht. Er zieht sie aus und lässt ihre Kleidung zusammengeknüllt in den Sand fallen, dann zieht er selbst Schuhe und Hemd aus.

Nanou hasst es, wenn man sie nur halb penetriert oder, nachdem der Penis eingeführt ist, sie mit einem zu vorsichtigen, langsamen Rhythmus zappeln lässt. Das bringt sie nie zu einem befriedigenden Orgasmus, obgleich sie zugeben würde, dass das eigentlich die anständigste Methode ist.

Der Banker geht mit seinen Beckenstößen wirklich spontan und heftig ans Werk, eine angenehme Abwechslung nach der gespielten Rohheit der Pariser Bubis oder jener zartfühlenden jungen Männer, die, offenbar um zu beweisen, dass sie auch dazu in der Lage sind, hin- und herjuckeln wie verrückt. Aurousseau hat vielleicht ähnliche Vorstellungen. Er füllt sie mit einem Stoß von der Seite her aus. Sein Stängel ist kurz, dick und entschlossen. Er ist nicht lang genug, um ans Ende ihrer Scheide zu kommen, aber reibt an den Wänden und löst ihre hydraulischen Sensoren aus. Wenn er einmal drin ist, säumt er nicht lang und macht nicht schlapp, bis er den Genuss erledigt hat. Aurousseau bläst ihr warme

Luft in die Ohren und quetscht ihr mit seinem Oberkörper den Busen breit. Er schiebt der jungen Frau eine Hand in den Rücken und drückt mit aller Kraft zu, als wollte er ihr das Kreuz brechen. Jedes Mal, wenn er in sie hineingleitet, spürt sie, wie ihr Brustkorb sich biegt und ihre Lungen Luft ausstoßen, sodass sie bald im Takt der Penetration atmet. Sie atmet rasch, sie kann es nicht mehr steuern. Aurousseau knetet ihr die Hinterbacken oder krallt sich an ihnen fest. Er schnuppert an ihr herum, manchmal schleckt er ihr durch die Arschspalte. Er zerkratzt ihr den Rücken und knabbert ihr am Ohrläppchen. Danach legt er sich Nanous Beine auf die Schultern und lutscht ihr an den Zehen, jetzt kann er bis zum Anschlag eindringen und ohne Hemmungen losrammeln.

Éléonore versucht, nach oben zu kommen, sie weiß, wie unangenehm Sex am Strand sein kann, trotz des romantischen Bildes. Sie möchte nicht, dass Sand in ihren Körper eindringt und, vom Penis des Mannes geschoben, ihr Inneres zerschleift. Aurousseau dreht sie sehr bald wieder um und übernimmt die Leitung der Operation. Die Anbringung des Präservativs, das er aus der Tasche gezogen hat, erfolgt geschmeidig im Einklang mit der Gesamtbewegung, eben unter Personen, die dafür bestimmt sind, künftig innerhalb ihrer jeweiligen Unternehmen wichtige Positionen zu bekleiden. Es lenkt Élónore doch ein wenig ab, als sie feststellt, dass Aurousseau, statt die Augen zu schließen, wie manche Männer es tun, oder die Wirkung seines Hin und Hers im Gesicht der Frau abzulesen, mit unverhohlener Bewunderung hingerissen die Kontraktionen seiner Bauchmuskulatur beobachtet. Kein Waschbrett, nur einfach zwei Arten horizontaler Muskelstränge am Unterbauch, die hervortreten, wenn er sich zurückzieht. Während er sich auf ihr abrackert, beißt er die Zähne zusammen. Er schiebt ihr die Zunge ins Ohr, leckt ihr das Innere der Nasenlöcher, gibt ihr kleine Knüffe mit dem Kopf und kitzelt ihr die Brüste mit seinen Haaren. Und dann fängt Aurousseau an, sich zu entspannen, er lässt es langsamer angehen und nimmt die Arme hinter Éléonores Rücken hervor. Er presst Nanous Hintern auf den Sand und umärmelt sie mit den Beinen. Er hebt beide Hände auf Höhe ihres Halses und drückt ihr ein wenig die Luftröhre zu.

– Es ist besser, wenn man nicht genug Luft kriegt.

Und Éléonore lässt ihn machen. Seine Finger drücken auf ihren Kiefer und oben an den Hals und behindern den Luftfluss. Sein Daumen kriecht in die Vertiefung unterm Kehlkopf. Sie hat Erstickungsgefühle, jetzt drückt er mit beiden Zeigefingern auf die Stimmritzen. Éléonores Augen nehmen seinen Gesichtsausdruck nicht mehr wahr, und sie hört klar und deutlich, wie sein Schwanz in ihrer Möse patsch, patsch, patsch macht, und die Geräusche ihrer eigenen Organe, die in ihrem Bauch widerhallen.

– Jetzt krepierst du vor Lust, was?

Nanou taucht in Aurousseaus Augen und sieht dort nichts Besonderes. Dann bekommt sie Angst und versucht sich loszumachen. Sie schlägt mit den Beinen aus und versucht, ihn mit Hintern und Hüften abzuschütteln. Aurousseau hält sie mit den Beinen fest und sagt, warte, du hast noch nicht genug. Er nimmt sie mit den Beinen in den Schwitzkasten. Er würgt sie mit beiden Händen und presst ihren Kopf mit dem Mund auf den Boden. Ihre Brüste zerquetscht er völlig.

Und Éléonore bekommt gar keine Luft mehr. Sie erstickt. Ihre Brust gerät in Panik. Ihre Augen drehen sich in den Höhlen nach hinten und wirken wie von Licht erfüllt, aber eine irrsinnige Lust steigt ihr in den Kopf. Ihre Möse atmet für sie, und sie spürt, wie die Schleimhäute anschwellen, um die Funktion der Lungen zu übernehmen. Ihre Brüste sind explodiert. Ihr Mund blutet ein wenig, wegen des Drucks seines Kopfes, mit dem er sie am Schreien hindern will.

– Mach mich tot, sagt sie.

Sie denkt, jetzt hat sie statt ihrer Vagina Kiemen, und sie könnte jahrelang so durchhalten. Aurousseau erwürgt sie. Sie zittert.

– Besser so, was? Der Typ bringt sie um. Éléonore wehrt sich, so gut sie kann, und reißt ihm Haut ab, in der Hoffnung, die Polizei könne ihn anhand des genetischen Fingerabdrucks identifizieren. Hör auf, schreit sie. Hör jetzt auf.

– Warte. Und er drückt immer fester zu, die Füße fest neben dem auf- und abgehenden Hintern in den Boden gestemmt.

Aurousseaus Stimme klingt furchterregend, und er lastet immer schwerer auf ihr. Ihr ist, als würde er ihr gleich das Becken brechen, und dann bäumt er sich auf. Sein Penis ist aus Eis oder aber aus Eisen. Seine Zehen zerkratzen ihr die Knöchel. Er drückt noch einmal zu, dann lässt er die Luft wiederkommen. Sie sieht, wie die Sterne um den Mond herum an- und ausgehen, schlimmer als am Broadway.

Éléonore wird jäh aufgeblasen, die Luft dringt wie in ein riesiges metallenes Lüftungsrohr ein. Sie ist glutheiß und geht sofort ins Blut über. Sie dringt intravenös ein und verwüstet die Arterien. Im selben Augenblick bläht sich das Kondom in ihrem Hintern wie ein Luftballon und füllt sich mit heißem Sperma. Aurousseaus Linke klammert sich an ihre Schulter, während er ihr einen Finger in den After steckt und ihn rasend schnell kreisen lässt. So bleiben sie liegen, und er dringt noch einmal bis zum Grund ein, um seine Ejakulation zu beenden. Éléonore verwechselt ihre sämtlichen Löcher und was sich darin befindet. Sie fühlt sich immer noch wie im Fieber. Und dann zieht Aurousseau sich zurück, umfasst das Kondom kreisförmig mit den Fingern und rupft es sich vom Schwanz.

– Du hättest mich beinah umgebracht, sagt sie, aber sie lächelt.

Sie lutscht ihm noch ein bisschen den Schwanz, um ihn zu säubern, der Geschmack des Latex an seinem Stengel brennt ihr im Hals. Jetzt erinnert das Organ an Weingummi, es ist fast wieder weich. Sie spürt alle Falten in ihrem Mund und steckt die Zunge in die horizontalen Schichten. Sie grunzt. Sie drehen sich ein letztes Mal um.

Aurousseau rutscht zwischen Nanous Beine. Der jetzt beginnende Cunnilingus erweist sich als wahre Katastrophe, denn um sie zu lecken, muss der bäuchlings liegende junge Mann gezwungenermaßen Sand schlucken. Er quetscht ihr die Oberschenkel und käut wieder. Er lupft nacheinander die Schamlippen an und saugt leicht beim Versuch, mit gespitzten Lippen die Klitoris zu schnappen. Éléonore hört, wie er sich räuspert, ihr zwischen zwei Einsätzen der Zunge fast zwischen die Beine spuckt, um ein paar freche Sandkörner loszuwerden, die ihn beim Atmen stören. Er beißt ihr in die Schamlippen, bis sie blutet. Offensichtlich macht die Mischung ihres Saftes und des Blutes ihn ganz wild. Nach zwei Minuten biegt sie in einem gespielten Orgasmus den Rücken durch, und sie richten sich auf. Aurousseau hat den Mund voll Blut und leckt sich die Lefzen.

– Ich liebe diesen Geschmack.

– Danke, sagt Éléonore.

Aurousseau weiß nicht, was er darauf antworten soll. Sie küssen sich. Beide haben den salzigen Geschmack des Parisers und jede Menge Plastik- und Sandkörner im Mund. Sie wichst ihn. Er kriegt sofort wieder einen Ständer, und sie steckt sich seine Vitaminstange rein. Ein paar Momente noch bleibt er in ihr, ohne sich zu bewegen.

– Ich bin tot, sagt sie.

– Gut so.

– Bleib noch.

Aurousseau sieht irrsinnig gut aus. Sein Penis ist weich und bleibt nicht mehr drin. Seine Augen sind fieber- und sand-verschleiert. Er wischt sich ab. Éléonore zittert und zieht ihren Rock wieder an. Sie ist glücklich. Sie umarmen sich wortlos und geben sich kleine, zärtliche Küsse auf die Wangen.

Als sich die Erregung verzieht, löst sich die Umarmung der beiden, ihr Geist wandert wieder und wendet sich Dingen außerhalb ihrer Personen zu. Aurousseau betrachtet mit verträumt-philosophischem Blick die Wellen, Éléonore die Sterne wie eine Kamee. Sie schwitzen und trocknen sich mit Papiertaschentüchern.

– Bist du schon mal nachts gesurft?

– Ich bin noch nie gesurft.

– Das ist das Schönste, was es überhaupt gibt. Aber hier sind keine Wellen. Ich kann das Mittelmeer nicht ab.

– Ich mag es gern.

Eben noch Zärtlichkeit, und jetzt das Unverständnis!

Éléonore entdeckt, dass beim Vögeln ein Zehn-Francs-Stück aus Aurousseaus Hose in den Sand gerutscht ist. Sie nimmt das Geld, ohne sich bewusst zu werden, was diese Tat impliziert. Der junge Mann bemerkt es nicht. Jetzt hasst sie es, wenn er sie ansieht und ihr die Innenseite der Oberschenkel streichelt, als wären es Gegenstände oder eine Katze.

– Ich muss mal pinkeln.

– Geh einfach da hinter die Ginsterbüsche. Ich passe auf.

Éléonore steht auf und zieht ihren Rock zurecht. Sie greift ihren Slip, der grau und halb vom Sand verschluckt dicht neben dem ersten Kondom liegt, dessen Inhalt schon eingetrocknet und tot ist.

– Wirf das mal in einen Mülleimer. Das ist eklig, sagt sie.

Aurousseau macht ihr Angst. Er liegt riesig und lang-gestreckt auf dem Sand, den Mond wie eine Krone überm Kopf. Sie fragt sich, warum er sie nicht umgebracht hat.

Außer Sichtweite hockt sie sich hin und reibt sich die Möse mit der Hand, um sich den Schlitz zu reinigen. Ihr Urin bildet einen kleinen Krater im Sand und sickert durch einen vergänglichen kleinen Abfluss weg. Éléonore spürt gern, wie ihre Organe von der sexuellen Funktion zur Ausscheidungsfunktion wechseln. Sie stellt sich vor, dass das Gefühl für einen Mann noch viel seltsamer sein muss, dass es wahrscheinlich zwei Formen des Orgasmus sind, aber beides Orgasmen. Ihr Körper verwandelt den Samen, den sie in sich hat, in Urin, und sie denkt, das, was jetzt zwischen ihren Beinen herausrinnt, ist nichts anderes als degeneriertes Sperma.

Die Pisse dringt zischelnd in den Sand. Vielleicht wird sie irgendwelche Sandtierchen befruchten, und in ein paar Tagen kommt ein Lebewesen heraus, ein Tier, halb Mensch, halb Jahrmarktsmonstrum, ihrer beider Nachkommenschaft.

Der Sandwurm wird ihr ähnlich sehen – er wird die Augen von ihr haben und auch riesige, von grünen Schuppen bedeckte Brüste – und an die Oberfläche kommen, um seine Mama zu suchen. Aus Protest dagegen, dass er ausgesetzt wurde, wird er Touristen fressen, bis er eine Rekordgröße von zehn, zwölf Metern erreicht. Der Sandwurm wird das Ökosystem bedrohen und sogar die Touristsaison in Gefahr bringen. Jäger werden ihm nachstellen. Niemandem wird es je gelingen, ihn zu erwischen, und Éléonore wird nie als Verantwortliche entlarvt. Steven Spielberg wird einen Film über die Geschichte drehen, »SEAWORM«, und Tagelöhner mit italienischen Namen werden sich um die Folgen kümmern.

Nach der Liebe hatte Éléonore immer die seltsamsten Gedanken. Mehr als der Akt selbst bereitete es ihr einen enormen Genuss, zu spüren, wie ein Strom von Empfindungen und Fantasien sie durchzog, die ihr nicht unbedingt selbst gehörten. Bald würden diese spinnerten Ideen, die, so nahm sie an, ihr der junge Mann ins Fleisch gepumpt hatte, sich wieder verflüchtigen und sie ihrer konventionellen Denkungsweise überlassen.

Sie zogen sich an, und ohne auch nur ein weiteres Wort zu wechseln, gingen sie weiter.

Aurousseau geht immer voran, dreht sich nie um, würdigt sie keines Blickes. In diesem Stadium verlangt sie keinen Beweis von Aufmerksamkeit oder Wertschätzung. Sie spürt noch zu gut seinen Geruch und die Hitze seines Schwanzes in sich, als dass sie das Bedürfnis nach Bestätigung hätte. Ihr Schritt ist wohlgemut, obwohl sie so leer ist wie eine Muschel. Dennoch fühlt Nanou sich erfüllt vom fossilhaften Abdruck dieses Schwanzes, den man mit einem Abguss sichtbar machen könnte, wenn man ihr heißes Wachs durch ein Rohr in die Fotze gösse. Die Befriedigung der sexuellen Lust weckt andere Mängel, die oft schwerer zu beheben sind. Ihr ist, als müsste sie vor Traurigkeit krepieren. Er hätte sie vorhin rechtzeitig erwürgen sollen.

Der Strand ist blind für ihre Verzweiflung und befördert Salz und Schaum ebenso geschäftig wie seit Anbeginn der Zeiten. Éléonore schwebt in einem Zwischenbereich, sie gehört zu keiner Welt, zu keiner Klasse.

– Ich bin ein Star, denkt sie. Ein Star, und zwischen ihren Augen und dem Wasser regnet es Sterne aus Stahl.

Jeder ist einzigartig. Jeder hat ein Anrecht. Auf den Ruhm, auf das Siegertreppchen.

Nanou rollt sich im Sand, um sich damit zu panieren, lückenlos. Sie isst tatsächlich welchen. Der junge Mann sieht zu, wie sie sich zu seinen Füßen wälzt, und geht auf die Knie.

Ich kann nichts dafür, sagt er. Das musste so kommen.

Sie robben bis ans Wasser, halten aber kurz davor inne, dicht aneinandergeschmiegt wie zwei Aale.

– Und?

– Und?

– Glücklich?

– Glücklich.

– Es war nicht genau das, was du wolltest?

– Nicht ganz. Ich glaube, es war das, was ich in dem Moment wollte, aber dann wollte ich es nicht mehr.

– Du bist eine Frau. Das ist normal.

– Ich hatte es schon so lange nicht mehr gemacht.

Éléonore küsst ihn. Aurousseau steht auf und geht aufs Wasser zu.

– Ich fahre nach Hause, beschließt er. Ich hab hier schon zu lange nichts zu tun. Tut mir leid.

– Das ist völlig in Ordnung.

– Nachtbad?

– Nachtbad.

Sie waten ins Wasser, gehen blindlings weiter. Sie verlässt sich auf ihn, auf seine Knöchel unter Wasser, auf seinen ganzen nackten Körper, der ins Meer taucht. Jetzt grenzt der Körper des Bankers an Vollkommenheit. Fast hätte er ausgesehen wie der junge Jim Morrison, abgesehen von den kurzen Haaren. Sein Oberkörper ist schmal und verwirrend. Seine Taille ist fein geschnitten, seine festen Hinterbacken heben sich von den Wellen ab wie ein Zwillingsmond.

– Kann ich mitkommen?

Éléonore erreicht ihn und schlägt spielerisch nach seinem auf dem Wasser treibenden Penis, dann nimmt sie ihn in die Hand und zerdrückt ihn, was die Länge seines Teils entsprechend verringert. Bei Kälte dürfte es nicht länger sein als vier Zentimeter. Sie kommen langsam weiter voran, bis sie keinen Boden mehr unter den Füßen haben. Der Banker fängt an zu schwimmen.

– Nachtbad, wiederholt er.

– Nachtbad.

Sie schwimmen weiter. Das Wasser ist nicht warm, es ist so glatt und dunkel wie Petroleum. Spritzer im Nacken lassen sie frösteln. Der Sand tief unten ist beirrend. Mit den Füßen betastet Nanou jede Menge kleiner Viecher, die ihr an der Haut knabbern. Ein paar zerdrückt sie, dann lässt sie sie knabbern. Glimmerpartikel sammeln sich um ihre Knöchel. Éléonore verliert den festen Stand, ihre Zehen reichen nicht mehr bis an den Grund. Sie zögert, ob sie sich wirklich ins Wasser werfen und es einfach mal versuchen und ein bisschen gegen die Flut schwimmen soll. Ein paar kleine Hüpfer vorwärts, als wollte sie tiefer hinein.

– Komm schon, ermutigt er sie.

– Mir ist kalt.

Aurousseau taucht unter, natürlich ohne sich umzudrehen, und sie hat nicht mehr die Kraft, ihm zu folgen. Ihre Brüste weigern sich unterzugehen. Sie sind furchtsam wie Pampelmusen und voller kleiner eiskalter Knubbel.

Vielleicht hat sie zu schwimmen verlernt, denkt sie. Ihre Schamhaare frieren weniger. Sie macht noch ein paar Bewegungen, dann kehrt sie zur Welt zurück. Eine kleine Welle bringt sie ans Ufer. Fast wäre ihr Slip runtergerutscht, und sie zieht ihn mit beiden Händen wieder hoch.

Schon rein aus Vernunftgründen kann Éléonore Caribou nicht so weit rausschwimmen wie er. Sie setzt sich in den Sand und nimmt den Kopf zwischen die Hände. Der Banker verschwindet und versucht, Dakar schwimmend zu erreichen. Sie hört noch ein paar Freudenschreie von ihm und die Aufforderung, doch auch zu kommen, dann immer weniger,

je weiter er sich entfernt. Aurousseau wird stecknadelkopf-
klein, dann nichts mehr.

Das Wasser ist eiskalt.

Man ertränkt sein Normaldasein nicht so leicht, denkt sie,
ich habe noch andere Verpflichtungen.

Sie glaubt, jeden Moment würde die Küstenwache in Akti-
on treten, um den Banker aus dem Wasser zu fischen. Selbstverständlich ist die Küste mit Überwachungskameras und
Ertrinkungsdetektoren gespickt. Aber sie haben was Besseres zu tun, wahrscheinlich sehen sie fern, ihr Schlauchboot
taucht nicht auf, also hakt Nanou das ab und macht sich keine
weiteren Sorgen. Zweimal ruft sie noch Aurousseaus Namen,
der ihr noch nicht vertraut ist, dann tritt sie den Rückzug an.
Sie trocknet sich befriedigt ab und schmaucht am Ufer sitzend ihre erste Zigarette, die sie aus seiner Hose stibitzt hat.
Sie gähnt vor Zufriedenheit.

13 DER MUT DER MÖWEN

> *»Lass dich nicht verführen von den Weltmeistern im*
> *Unglücklichsein, von den dummen Jammermienen,*
> *von der borniertten Ernsthaftigkeit.*
> *Sei heiter!«*
>
> Pier Paolo Pasolini: *Lutherbriefe*

Auf dem morgendlichen Strand wird Éléonore von den Möwen und menschlichen Rufen aus dem Schlaf geholt. In ihrem Ginsterbett hat ein wenig Wasser sie erfrischt und dann geweckt. Kleine Becken haben sich gebildet, in denen Krabben und anderes Meeresgetier hausen. Aurousseau ist nach seinem Bad nicht wieder aufgetaucht, und sie weiß nicht, ob er umgekommen oder abgehauen ist. Jedenfalls haben die Biesterchen in ihren Zangen noch keine Fleischfetzen oder Fetzen seiner Kleidung. Meeresschnecken sind zwei Meter von ihr entfernt gelandet. Die Kleidung des Typen ist weg. Fern sieht sie fahrende Autos und vielleicht den Gefängniswagen mit den Jourdains auf dem Rückweg nach Boulogne-sur-Mer.

Fünfzehnjährige Bengel spielen am Strand, und sie hebt den Kopf, um sie zu beobachten. Es sind vier an der Zahl. Dort, wo sie ist, können sie sie nicht sehen. Nanou versteckt sich hinterm Gras. Sie macht sich auf dem noch kühlen Sand ganz flach und fasst ihre Haare mit einem Gummiband zusammen.

Mémé kriecht gegen den Wind. Er postiert sich ein paar Meter vor der Möwe und wirft das Fischchen in ihrer Richtung.

– So, jetzt passt mal auf, Jungs.

Seine Freunde sehen zu. Der Junge hat langsame, aber

äußerst präzise Bewegungen. Der Seevogel scheint nichts zu argwöhnen. Er hüpft über den Sand zu dem Köder und beäugt ihn ein, zwei Sekunden lang. Der kleine Fisch ist nicht ganz tot, sein glänzender, mit Sand bedeckter Körper zappelt am Ende der Schnur.

In dem Moment, als Éléonore sieht, dass der Junge eine Schnur in der Hand hält, und begreift, was da läuft, schluckt die Möwe den Köder. Das Tier bohrt sich den Haken bis zum Kehlkopf in den Hals. Als der verletzte Vogel mit seiner Beute wegfliegen will, werfen die Jungen sich über ihn, um sich an seinem Leid zu weiden. Der große orangene Schnabel ruft nach Hilfe und kriegt keine Luft mehr. Sie halten ihn an den Beinen fest und betrachten seine runden Augen. Die Möwe vollführt Hüpfer, sie macht einen Buckel, breitet die Flügel halb aus, um sich zu befreien, ganz wie eine Katze, der man das Kreuz gebrochen hat; die Jungs zerren an ihren Beinen, und sie flattert erbärmlich.

Sie müssen sich anstrengen, um sie zu halten, und die Möwe kämpft. Sie verpasst ihnen Schnabelhiebe, und die Jungs fallen rücklings um.

– Scheiße.

– Pass auf deine Augen auf.

Sie halten sich die Hände schützend davor. Die Möwe tut, was sie kann, dann lässt sie es geschehen. Sie ist müde. Sie hat Federn verloren. Die Jungs halten sie fest und reißen ihr zum Spaß noch ein paar Federn aus. Einer streichelt ihre Füße mit den Schwimmhäuten, die sich durch ihre leuchtende Farbe vom übrigen Körper absetzen.

Nanou hört die Jungs lachen. Nach ein paar Sekunden lassen sie den Vogel los; er hängt immer noch am Haken. Die Möwe fliegt auf und rollt dabei die riesige Spule ab, die Mémé in der Hand hält. Der Junge läuft schreiend den Abhang hinab.

– Ich fliege! Ich fliege!

Die Möwe am Ende der Angelschnur windet sich kreischend. Der Junge dirigiert sie, indem er im Laufen aus dem Handgelenk an der Spule ruckt. Nach rechts, nach links, nach oben, dann im Sturzflug. Die Möwe beschreibt weite Kreise am Himmel. Schließlich folgt sie den Befehlen von da unten. Jede falsche Bewegung wird sofort bestraft, indem ihr Gaumen weiter zerrissen wird. Der Vogel begreift den Zwang. Die Sonne ist noch nicht ganz aufgegangen, aber die Möwe kreuzt ihre Bahn, und es gelingt ihr, den Himmel zu verdunkeln.

– Ich bin ein Vogel! Mémé schreit immer noch. Die anderen haben ihn eingeholt und rennen in seinem Kielwasser. Federn fallen vom Himmel und surfen auf den Wellen. Der Vogelfischer, der gerade und stolz seinen Drachen steigen lässt, wird von seinen Freunden mit einem bewundernden Blick bedacht. Sie versuchen, ihm die Leitung des Projektes streitig zu machen. Mémé lässt sich nicht beirren und klammert sich an die Longe. Der Schatten des Vogels fliegt über Éléonore dahin, bedeckt ihre Schultern und ihren Kopf, zwei Tropfen Blut fallen auf ihren Rücken, aber niemand bemerkt, dass sie da ist.

Der Vogel kreist und zieht Furchen in den Wolken. Er tut Éléonore leid. Sie überlegt, ob sie eingreifen soll. Das Leben der Möwe hängt an diesem Faden. Nanou bleibt versteckt und wartet ab, dass die Jungs gehen. Sie will wissen, was dann passiert.

Nach einer Weile kappt Mémé die Schnur mit einem Messer, und alle vier verschwinden lachend, wie sie gekommen waren. Sie klopfen einander freundschaftlich auf den Rücken und legen einander den Arm um die Schultern. Sie werfen einander Sand in die Augen. Der Vogel zieht sich zum Sterben in eine Felsnische zurück, den Schnabel vom Haken ver zerrt. Seine Kleinen sehen zu, wie er krepiert, und hacken in dem Loch an seinem Schnabel herum, auf der Suche nach Fischen, die sie nicht finden.

– Diese kleinen Dreckskerle, sagt sie laut.

Seit Monaten war Éléonore schon nicht mehr so fit. Trotz der im Freien verbrachten Nacht fühlt sie sich frisch und voller Energie. Sie betrachtet den Strand. Die erwachenden Yachten kreuzen hin und her und erreichen das offene Meer ohne jede Behinderung. Manche fahren nach Italien oder Griechenland. Andere etwas nach Süden zum Angeln. Die Gäste von gestern fliehen und begeben sich wieder an die Arbeit, um das Publikum zu versorgen. Das horizontale Licht beschreibt Parallelen über den verhaltenen Wellenkämmen.

Éléonore atmet tief durch, nimmt ihr Mobiltelefon, dessen Akku noch nicht leer ist, ruft ihre Freunde an. Nach viermaligem Klingeln nimmt Julien ab.

– Ich bin's, sagt Nanou.

– Wir hatten einen Unfall, sagt Julien. Auf dem Rückweg von der Disco, auf der Autobahn. Einer hat uns rechts überholt und geschnitten. Ich bin im Hôpital Jacques-Médecin.

– Das kann nicht sein.

Juliens Stimme klingt nach unterdrücktem Schluchzen. Nanou lässt ihn erzählen. Sie empfindet nichts. Hier, wo sie ist, wirkt Juliens Stimme sehr entfernt. Éléonore hört im Telefon die leichenblasse Stille großer Krankenhäuser und vergleicht sie im Geiste mit dem schönen Geräusch, dass sie in einer Muschel hören würde.

– Marie ist tot. Sylvie ist im Krankenhaus. Ich bin bei ihr.

Im Telefon sind das Geräusch des Krankenhauses und das der Wellen strikt identisch.

– Wie furchtbar. Sie hat Mitleid. Sie denkt an Aurousseau.

– Wahrscheinlich wird sie nicht mehr gehen können.

– Wie bitte?

– Ihre Wirbelsäule ist verletzt.

– O mein Gott. (Aber das ist ja toll!) Und die anderen?

– Wohlbehalten. Sylvie …

– Das ist super (es gelingt ihr, »wie furchtbar« zu wiederholen). Und du?

– Nichts. Ich habe nichts. Ich bin schuld. Ich bin auf der linken Spur gefahren. Ich bin schuld und ich habe nichts. Marie ist tot. Ich bin schuld.

– Sag das nicht, Julien.

– Wo bist du?

– Ich glaube, noch in Nizza.

– Wo warst du?

– Ich weiß nicht.

– Ich hole dich ab.

– Ich komme schon zurecht.

– Ich hole dich ab.

Éléonore beschreibt ungefähr, wo sie ist. Vom Strand aus kann sie die Kuppeln des Négresco sehen, zwei busenförmige Glockentürme.

Zwei Paare spazieren Hand in Hand in ihrer Nähe vorbei, in Pullover gehüllt. Nanou fühlt sich nicht wohl bei dem Anblick. Die eine Frau ist schwanger bis zum Hals und kommt nur mühsam im Sand voran. Ihre pummeligen Arme baumeln neben ihrer Wampe. Ihre Pausbacken sind gerötet vor Freude. Ihr Mann behütet sie mit Blicken, als fürchtete er, ein Fehltritt könne den Fötus in Lebensgefahr bringen. Sie gelangen zu ihrem Auto, und Nanou ist wieder allein. Sie hat das Vorgefühl, dieses Kind werde ein Segen.

Die Dinge laufen immer besser, ganz entschieden.

Sie konnte sich sehr bildhaft vorstellen, wie Maries herrlicher Körper bei dem Unfall zerfetzt worden war; Bauch und Schulter von Metallteilen durchbohrt. Blut rinnt aus ihrem grün angelaufenen Mund, der Staub des Todes schminkt ihre großen, dunklen Augen. Ihr Geschlechtsteil liegt unversehrt und braun unter dem nach Lavendel duftenden Laken.

Sylvies Beine sind so schwer wie Eisenbahnschwellen, gespickt mit Schrauben und Klammerungen. Violette Blutergüsse voller Dendriten und Schuppen schecken ihre Beine. Die grellen Farben erinnern an einen Schwarm exotischer Fische. Auf dem Nachttisch thronen Kekse und Bonbons. Ihre Familie ist mit dem Frühzug gekommen und sieht ihr beim Schlafen zu. Sie haben alles mitgebracht, was man für einen langen Krankenhausaufenthalt so braucht: Morgenrock, Monatsbinden, Deodorant, Unterhosen zum Wechseln und Eau de Cologne, Nagelschere, Shampooflaschen und Erfrischungstücher.

Mit Hilfe eines Gehwagens wird sie lernen, ihr lebloses Gestell zu bewegen. Die Behinderung wird ihre Schönheit kaum beeinträchtigen. Durch den Bewegungsmangel werden ihre Beine verkümmern, und die Departementsregierung der Île-de-France wird ihr Zuschüsse für ihren Haushalt gewähren. Arthur Andersen wird den Umbau ihres Arbeitsplatzes finanzieren, und ihre sexuellen Funktionen werden sehr rasch wieder zu ganzer Fülle erblühen. Das jedenfalls werden ihr die Ärzte erzählen, wenn sie wieder bei Sinnen ist.

So sah die durch die Katastrophe genährte Hoffnung aus, und Éléonore hing dem philosophischen Gedanken nach, dass das Schlechte auch etwas Gutes hatte und das nicht Schlechte etwas weniger Gutes.

Ein bunter Zeppelin flog vorbei, seine einzige Inschrift lautete: DAS LEBEN IST SCHÖN (endlich auf Video). Die Vögel umkreisten ihn wie Geier.

Sie stellte sich vor, wie Werbeleute in der Kabine saßen und mit Ferngläsern nach Frauen spannten, die sich oben ohne sonnten. Sie würden ihren Saft aus dem Korb abspritzen und so tun, als wären das die Möwen gewesen.

Nanou folgte dem Fluggerät bis zum Ende des Himmels, dann schloss sie die Augen über ihrem Glück.

Zwanzig Minuten später kam ein Auto mit Julien, Tim und Jade. Schweigend ließen sie die vor Kälte zitternde Nanou einsteigen.

Juliens Wagen war reif für den Schrott. Er hatte erst sechs Monatsraten abbezahlt, und sein Vater hatte umgehend Kontakt zur Versicherung aufgenommen, damit der Kredit abgelöst werden konnte.

– Das zählt nicht, sagte Nanou.

Sie lächelte.

Wenn sie daran dachte, was sie in den nächsten Wochen alles mit ihrem Ex anstellen würde, war ihr klar, dass das nicht gut war. Sie wechselten einen komplizenhaften Blick – Augen auf im Verkehr!

ANHÄNGE

Nachbemerkung des Autors

Die Elemente, die den Stoff dieses Romans bilden, gehören in den Bereich der *Fiktion*. Kein Ereignis, Vorfall, Preis, Geschlechtsakt, Klima, Protagonist, keine Marke, Aktiengesellschaft, Musikaufnahme, Stadt oder Kritik darf mit der möglichen Realität zur Zeit der Schilderung verwechselt werden.

Die Verwendung bekannter Persönlichkeiten, öffentlicher Personen oder Celebrities in der Geschichte, die Sie soeben gelesen haben, ist eine romanhafte Technik und sonst nichts. Ihr Zweck ist nicht, die Lebensweise dieser Personen zu diskreditieren, sondern die Lektüre zu erleichtern und die Aussagekraft gewisser Passagen zu erhöhen.

Ich appelliere an den legendären Humor der hier erwähnten Personen und fordere sie auf, diesem Buch mit der nötigen Prise Verachtung und Distanz zu begegnen.

Ausblick

»You got to be gone
before you exist
in the eyes of the world.«

Elvis Presley

Zwei oder drei Monate später wurde in Saint-Tropez Barbara Bals Leiche gefunden, in der Nähe von Johnny Cordys Grundstück. Die junge Frau war nackt, mit Kokain vollgepumpt, ihr Körper wies Kratzer auf und die Spuren von zahlreichen Penetrationen, vaginal wie rektal. Die polizeiliche Ermittlung ergab nicht viel oder wollte nicht viel ergeben.

Die Erinnerung an Barbie spukt immer noch auf den galanten Parties der Reichen von heute herum, und es steht durchaus nicht fest, ob das Geheimnis ihres Todes eines Tages nicht doch noch gelüftet wird.

Was hingegen aus den anderen Figuren geworden ist, weiß man nicht so recht, und auch nicht, ob sie ihre Lebensziele haben verwirklichen können.

Éléonore Caribou

Wirtschaftsprüferin, 27 Jahre, ledig
Geb. 2. 9. 1973 in Dijon
74, Boulevard de Sébastopol, F – 75003 Paris
Tel. +33-01-42 71 82 94
Mobil: +33-6-84 24 29 21
caribou@hotmail.com

Ausbildung

1996–1997 École supérieure de Commerce, Clermont-Ferrand;
Fachbereich Betriebswirtschaft, Schwerpunkt Personalmanagement
1995 Zwischenprüfung »Wirtschaftsenglisch«, Universität Clermont II
1994–1995 Lycée Georges-Bataille, Paris: Vorbereitungskurs universitäre
Aufnahmeprüfung Betriebswirtschaft
1993 Abitur im mathematisch-physikalischen Zweig – Gesamtnote »Gut«

Beruflicher Werdegang

seit 1997 *Ernst & Young*: Wirtschaftsprüferin, Sektor
Finanzen. Verschiedene Außenrevisionen. Mitglied der Arbeitsgruppe
»International Accounting Standards«
1995 *Dubroux SA*, Textilunternehmen: viermonatiges Praktikum, Bestel-
lungsabwicklung
1996 Marketing-Abteilung der *Galeries Lafayette*:
dreimonatiges Praktikum
1997 *MEDCOST santé* (auf das Gesundheitswesen spezialisiertes
Informatik-Unternehmen): sechsmonatiges Praktikum in Kunden-
und Aktionärsbetreuung

Sprachkenntnisse

Englisch: fließend, Deutsch: Schulkenntnisse, Italienisch: Grundlagen

EDV-Kenntnisse

Beherrschung von Microsoft Office (Excel 5, Word, Powerpoint)
Ausbildung in Microsoft ACCESS
Webnavigation

Hobbys

Teilnahme an Einzelaktionen der Aids-Hilfe *Solidarité Sida*
Segeln, Filmen (Kurzfilmprojekt), Tanzen (Rock'n'Roll-Kurs)

Julien Demailly

Finanzchef, 26 Jahre, in Lebensgemeinschaft lebend
Geb. 12. Juli 1974 in Auvers-sur-Oise
126, Boulevard Saint-Germain, F – 75006 Paris
Tel. +33-01-42 56 47 80

Ausbildung

1996–1997 École supérieure de Commerce, Clermont-Ferrand; Abteilung
Wirtschaftsprüfung/Verwaltung
1995 Militärdienst: Führungsverband des Heeres –
Abteilung Kommunikation und Veranstaltungen
Dienstgrad: Oberst. Offizier der Reserve
1993–1994 Lycée Henri-IV, Paris: Vorbereitungskurs universitäre Aufnahmeprüfung Betriebswirtschaft

Beruflicher Werdegang

1996–1997 *Arthur Andersen Consulting*: Assistent des Abteilungsleiters
Finanzierung. Berater bei Audit-Planung und Qualitätssicherung für die
Verantwortlichen der Außeneinsätze
1995 *McDonald's*, Place Clichy, Paris: Angehöriger des Personals
1994 *Barclays United*, New York: dreimonatiges Praktikum –
Bereich Investition und Finanzierung
1993 *Firestone* London: fünfmonatiger Einsatz Finanzcontrolling für
Arthur Andersen Consulting. Mitwirkung an Finanzierungsberechnungen

Sprachkenntnisse

Englisch: Wort und Schrift, Spanisch: Schriftlich, Russisch: Grundkenntnisse

EDV-Kenntnisse

Beherrschung von WORD, EXCEL, POWERPOINT, ACCESS
Webpage-Gestaltung mit DREAMWEAVER 2
Grundkenntnisse in JAVA SCRIPT

Hobbys

Reisen, v. a. Australien und Südafrika
Teilnahme an humanitärer Maßnahme in Äthiopien als Vertreter von
Arthur Andersen. Errichtung eines Brunnens
Segeln

Serge Brunat

Angestellter der Stadtverwaltung, 29 Jahre, verheiratet
12, Rue Pensac, F – 06010 Cannes
Tel. +33-05-67 89 86 40
sbrunat@grasse-ville@infonet.fr

Ausbildung

1996–1997 École Nationale des Collectivités Territoriales
1995–1996 Diplom der École Supérieure de Gestion, Paris, Sektion Audit
1993–1994 Vorbereitungskurs universitäre Aufnahmeprüfung
Betriebswirtschaft
1991 Lycée Chardonne (Cannes): Abitur im wirtschafts- und
gesellschaftskundlichen Zweig

Beruflicher Werdegang

seit 1998 Stadtverwaltung Grasse: verantwortlich für die Durchführung
städtischer Projekte. Vorbereitung des Projekts einer geschützten inner-
städtischen Zone – Mitwirkung an städtischen Beschäftigungs-
förderungsprogrammen – Vertreter in verschiedenen Gemeindegremien
1997 Stadtverwaltung Grasse (Département Alpes-Maritimes): Assistent
des Sozialreferenten
1996 Départementshauptstadt Nizza, Direktion der öffentlichen
Einrichtungen: sechsmonatiges Praktikum im Bürgerbüro.
Texterstellung. Konzeption der Kooperationspolitik der verschiedenen
Bürgereinrichtungen
1995 *France Telecom*: achtmonatiges Praktikum, Internationale
Abteilung, Büro des Direktors Kommunikation und Marketing.
Betreuung der Außenkontakte mit Partnerunternehmen
1994 Städtisches Finanzamt Mouans Sartoux: dreimonatiges Praktikum

Sprachkenntnisse

Englisch: Wort u. Schrift, Deutsch: Schrift, Russisch: Grundkenntnisse

EDV-Kenntnisse

Bürosoftware: WORD, EXCEL, POWERPOINT, Immobilienverwaltungs-
software: ARAMIS, Buchhaltungssoftware für lokale Verwaltungen:
COMPTA EXE

Hobbys

Schwimmen, Zeitgenössische Kunst, amerikanisches Kino,
Lesen: Kriminalromane

Anita Brunat
Wirtschaftsprüferin Stadtverwaltung Grasse
28 Jahre, verheiratet
12, Rue Pensac, F – 06010 Cannes
Tel. +39-05-67 89 86 40

Ausbildung
1995–1998 Universität Jean-Médecin, Nizza:
Diplom als Wirtschaftsprüferin
1992–1995 Universität Jean-Médecin, Nizza:
Magister in Betriebswirtschaft
1991 Lycée Henri-Hubert, Landres: Abitur im mathematisch-
physikalischen Zweig. Note: Sehr gut

Beruflicher Werdegang
seit 1998 Assistentin des Stadtkämmerers von Cannes: Buchhaltungs-
revision – Koordination der Finanzverwaltung – Betreuung zweier Buch-
halterinnen
1997 *Wirtschaftsprüfkanzlei Mollet*, Cannes: Wirtschaftsprüferin
1996 Praktikum in der privaten *Wirtschaftsprüfkanzlei Lourdelle*, Mont-
pellier

Sprachkenntnisse
Englisch: fließend in Wort und Schrift, Deutsch: Kenntnisse in Wort und
Schrift

EDV-Kenntnisse
Alle wesentlichen Buchhaltungssysteme,
Software COMPTALOG,
Bürosoftware

Hobbys
Tanzen
Zeitgenössische Kunst, Museen, Gruppenbetreuung innerhalb der
Eucharistischen Jugendbewegung

Benjamin Le Dantec
Student, 24 Jahre
geb. 12. Juni 1976 in Valenciennes
Ledig
7, Rue Duris
F – 75020 Paris
Tel. +33-01-43 49 47 30
Mobil +33-06-74 89 17 17
dantec@freesbee.com

Ausbildung
1999 Institut supérieur de la Communication, Paris:
Magister in Marketing
1995 Universität Paris-Dauphine:
Zwischenprüfung Wirtschaftswissenschaft
1994 Abitur im wirtschafts- und gesellschaftskundlichen Zweig;
Note: Gut

Beruflicher Werdegang
Publicis: zweimonatiges Praktikum. Mitarbeit an Werbemitteln – Kosten-
Nutzen-Analyse einer Werbekampagne

Sprachen
Englisch: fließend

EDV-Kenntnisse
DAO/PAO
Div. Bürosoftware
Photoshop – Imagineering System II
Internet

Hobbys
Sport: Tennis, Fußball
Mitarbeit an der Theaterzeitschrift *Planches*
Schallplatten- und Buchkritiken auf der Kulturwebsite
http://www.fluctuat.net

Samuel Cordier
Auditor im Finanzmanagement bei *HGM Industries*
24 Jahre, ledig
geb. 6. Dezember 1976 in Vannes
(Département Morbihan, Bretagne)
16, Rue Turbigo, F – 75003 Paris
samcordier@voila.fr

Ausbildung
1999 Diplom des Institut d'Études politiques, Rennes,
Fachbereich Betriebswirtschaft,
Schwerpunkt Finanz- und Rechnungswesen
1998 Lycée Lancel, Dijon: Vorbereitungsjahr zur Aufnahmeprüfung an
der École Normale Supérieure
1997 Abitur im mathematisch-physikalischen Zweig. Note: Gut

Beruflicher Werdegang
1998 Ploërmel (Bretagne): zweimonatiges Praktikum am städtischen
Bauhof. Überarbeitung des Lieferplans – Kassenbetreuung
1997 Industrie- und Handelskammer in Vannes: zweimonatiges Praktikum. Beteiligung an einem Schlichtungsverfahren landwirtschaftlicher
Unternehmen (Bereich Schweinezucht)
1996 Finanzamt Camors: zweimonatiges Praktikum. Erarbeitung eines
Konzepts zur Neustrukturierung der Zuständigkeitsbezirke der Sachbe-
arbeiter
1995 *Ouest-France* (regionale Tageszeitung):
sechswöchiges Praktikum. Teilnahme an der Redaktionsarbeit

Sprachen
Englisch: schriftlich, Deutsch: Schulkenntnisse, Latein: Schulkenntnisse, Bretonisch: schriftlich

EDV-Kenntnisse
Beherrschung der üblichen Bürosoftware, Internet

Hobbys
Techno, Seewasserkajak, Tennis, Skating
Kultur: italienisches Kino, Literatur

Goddie Saint André
Beamter, 25 Jahre
16, Rue Turbigo, F – 75003 Paris
Tel. +33-01-42 56 54 12
saintandre@yahoo.fr

Ausbildung
1999 Auswahlverfahren zur Beamtenlaufbahn, höherer Dienst,
im Finanzministerium, Paris
1997 Institut d'Études Politiques, Paris: Magistergrad im Fachbereich
Verwaltung territorialer Einheiten; Abschlussarbeit: »Kontrolle von
Entscheidungen der Finanzverwaltung auf kommunaler Ebene«
1994–1998 Institut d'Études Politiques, Paris –
Abteilung Öffentlicher Dienst
1993 Staatliches Institut zur Vorbereitung auf Hochschulaufnahmeverfahren: Vorbereitung auf Aufnahmeprüfung am Institut d'Études Politiques
1992 Lycée Louis-le-Grand, Paris: Abitur im mathematisch-naturwissenschaftlichen Zweig

Beruflicher Werdegang
seit 1999 Finanzministerium, Paris: Beamter im Höheren Dienst,
Haushaltsabteilung
1998 Außenministerium, Paris: dreimonatiges Praktikum
1996, 1997 Ferienzentrum Soulac-sur-Mer: Veranstaltungen im Rahmen
des Kulturangebots

Sprachen
Englisch: fließend (TOEFL-getestet), Spanisch: in Wort und Schrift, Italienisch: schriftlich, Deutsch: Schulkenntnisse

EDV-Kenntnisse
Sämtliche Bürosoftware
Verwaltungsbuchhaltungssoftware

Hobbys
Techno (eigene Produktion einer CD mit zwei Titeln)
Sport: Skaten, Schwimmen
Ehrenamtliche Arbeit als Jugendbetreuer
Kultur: italienisches Kino, englische Literatur

Sylvie Motte

Juniorauditorin bei *Arthur Andersen Consulting*
23 Jahre – in Lebensgemeinschaft lebend
126, Boulevard Saint-Germain, F – 75006 Paris
Tel. +33-01-40 05 32 74 (berufl.)
Mobil +33-06-87 27 54 16

Ausbildung

2000 Diplom als Wirtschaftsprüferin
1997–1999 Universität Paris-Dauphine: Magister in Finanzwirtschaft
1996 Französisches Gymnasium in Rom: Abitur im wirtschafts- und gesellschaftskundlichen Zweig

Beruflicher Werdegang

2000 *Arthur Andersen Consulting*: Junior-Autorin –
Abteilung Buchhaltungsaudit
1999 Französische Botschaft in Rom: zweimonatiges Praktikum
Haushaltsabteilung – Budgetkontrolle – Abfassung verschiedener Schriftstücke
1998 Italienische Botschaft, Paris: dreimonatiges Praktikum
Beziehungen mit internationalen Behörden –
Abteilung Außenbeziehungen

Sprachen

Italienisch: fließend, Englisch: fließend, Russisch: schriftlich

EDV-Kenntnisse

Grundlagen der Verwaltungssoftware
Buchhaltungsprogramme

Hobbys

Reisen
Klavierspielen
Malerei – italienische Renaissance

Fabienne Chiarelli
Technische Referentin bei *France Telecom*
25 Jahre – ledig
12, Rue de Tlemcen
F – 75020 Paris
Tel. +33-01-42 75 76 18 (priv.)
+ 33-01-39 17 39 23 (Büro)
fabienne.chiarelli@ft.francetelecom75.fr

Ausbildung
1998 Diplom der École Supérieure des Télécommunications
1993–1995 Universität Paris V-Sorbonne: Mathematikexamen
1992 Abitur im mathematisch-physikalischen Zweig. Note: Gut

Beruflicher Werdegang
seit 1998 *France Telecom*: Technische Leiterin des Ortsnetzes –
Informatikdienst – Studienbüro – Führungsverantwortung für vier
Angestellte – Betreuung des Netzes von lokalen Geschäftsverbindungen
1997 *Ressort Industries* (Douai): technische Studie bzgl. der Feder R456C –
Planung und Durchführung von Materialprüfverfahren
1995 Stadtverwaltung Paris: dreimonatiges Praktikum –
Planungsentwurf für einen Abwasserabschnitt

Sprachen
Englisch: fließend, Deutsch: in Wort und Schrift

EDV-Kenntnisse
Gute allgemeine Softwarekenntnisse
Individuelle Anwendungen, digitale Rechenmaschinen
Programmierung MS DOS, DBASE IV …
Internet: Navigation und Webpage-Gestaltung
Netzwerkadministration

Hobbys
Flugzeugmodellbau (Club von Chaussy-en-Brie)
Schwimmen

Jade Pinegaard
24 Jahre, ledig
Journalistin bei *In Magazine*
Wohnheim für junge Führungskräfte
13, Place d'Armes, F – 35000 Rennes
Tel. +33-06-92 78 67 43
pinegaard@inmagazine.com

Ausbildung
1999 École Supérieure de Journalisme, Lille: Diplom,
Fachbereich Printjournalismus
1997 Diplom des Institut d'Études Politiques, Paris, Abt. Kommunikation
1993 Abitur im philosophisch-philologischen Zweig. Note: Gut

Beruflicher Werdegang
seit 2000 Redaktionsmitglied bei *In Magazine* – Moderne Kunst
1999 *Vogue*, englische Ausgabe, London: sechsmonatige freie Mitarbeit –
Society-Reportagen – Reportagen über französische Mode
1997 *Le Monde*, Kulturredaktion: dreimonatiges Praktikum
1996 *Le Monde*, Politikredaktion: zweimonatiges Praktikum
1995 *L'Événement du jeudi* (Wochenzeitschrift): zweimonatiges
Praktikum
1994 *Buckley&Betcham*, Saint-Germain-des-Prés, Paris: Galeristin. Organisation einer Ausstellung zeitgenössischer Kunst (als Praktikantin)

Sprachen
Englisch und Spanisch: fließend, Deutsch: recht gut, Italienisch, Chinesisch: Grundkenntnisse

EDV-Kenntnisse
Textverarbeitungssoftware
Digitale Bild- und Filmbearbeitung, audiovisuelles Material
Webpage-Gestaltung

Hobbys
Bildhauerei
Autorenkino (Lars von Trier, Bergman, Paul Morrissey)
Musik: Klavierspielen

Buffalo Tim
28 Jahre – ledig
Verkaufsleiter bei *BSN Biscuiterie*
Wohnheim für junge Führungskräfte
13, Place d'Armes, F – 35000 Rennes
Tel. +33-06-75 76 44 07
buffalotim@bsn.net

Ausbildung
1997 Diplom der École des Hautes Études Commerciales, Versailles,
Internationale Abteilung
1995 Mastergrad in Betriebswirtschaftslehre in Yale (USA)
1993 Universität Paris-Dauphine: Wirtschaftswissenschaftliches Examen
1991 Lycée Français, New York: Abitur im wirtschafts- und
gesellschaftskundlichen Zweig

Beruflicher Werdegang
1998 Beginn des Beschäftigungsverhältnisses bei *BSN Biscuiterie* –
Verkaufsleiter – 170 Angestellte – Jahresumsatz 121 Mio. Francs
1996 GAP (New York): sechsmonatige Mitarbeit im Büro des
Personalchefs
1995 *Lindt International SA*, Bern (Schweiz): Praktikum – internationale
Beziehungen
1994 *Dassault Flugzeugtechnik*: dreimonatiges Praktikum – Assistent des
Verkaufsleiters
1993 *Schweppes France*: viermonatiges Praktikum –
Produktpräsentationen – Assistent des Bezirksleiters
1992 Lagerarbeiter bei *Décathlon Terne* (Paris, 17. Arrondissement)
1991 *Hard Rock Café*, Paris: Mitglied des Personals

EDV-Kenntnisse
Übliche Software

Hobbys
Volleyball, Schwimmen

Fabrice Aurousseau
25 Jahre, ledig
Banque Rothschild, Abteilung Fusion-Acquisition
10, Rue Lincoln, F – 75008 Paris
Tel. +33-01-43 49 47 30
aurousseau@banque_rothschild.com

Ausbildung
1994–1997 Diplomstudiengang an der École des Hautes Études de Commerce
1995 Postgraduiertendiplom Betriebswirtschaftslehre an der Universität Paris-Dauphine
1994 Magister in Betriebswirtschaftslehre (Universität Paris-Dauphine)
1992–1994 Lycée Henri-VI, Paris: Vorbereitungskurs universitäre Aufnahmeprüfung Betriebswirtschaft
1991 Abitur im mathematisch-physikalischen Zweig. Note: Gut

Beruflicher Werdegang
seit 1998 *Banque Rothschild*: Finanzprüfer in der Abteilung Fusion-Acquisition. Verantwortlich für Transaktionen Inland – Machbarkeitsstudien – Aktienmanagement – Marktbeeinflussung – Führungsverantworung für drei Juniorpartner – Finanzberater
1997–1998 Militärdienst im Staatssekretariat – Pressestelle des Premierministers – Pressekontakte
1995 *media.com* (Manhattan): fünfmonatiges Praktikum. Marktstudie für den Kabelsender US Cablenews
1994 Staatliches Wasserversorgungsunternehmen: viermonatiges Praktikum – Büro des Generaldirektors – Organisationsstudie
1993 Französische Botschaft, Washington: zweimonatiges Praktikum – Außenbeziehungen

Sprachen
Englisch: fließend (TOEFL – höchstes Niveau), Deutsch: fließend, Spanisch: Schulkenntnisse

Hobbys
Sport: Segeln (Katamaran – 1995 Teilnahme an der Regatta der École des Hautes Études Commerciales), Tennis, Surfen

Umfrage: Lebenszufriedenheit
leitender Angestellter
Zeitraum: Mai und September 2001
Stichprobengröße: 200 Leitende Angestellte

Wie zufrieden sind Sie generell mit Ihrem Leben?

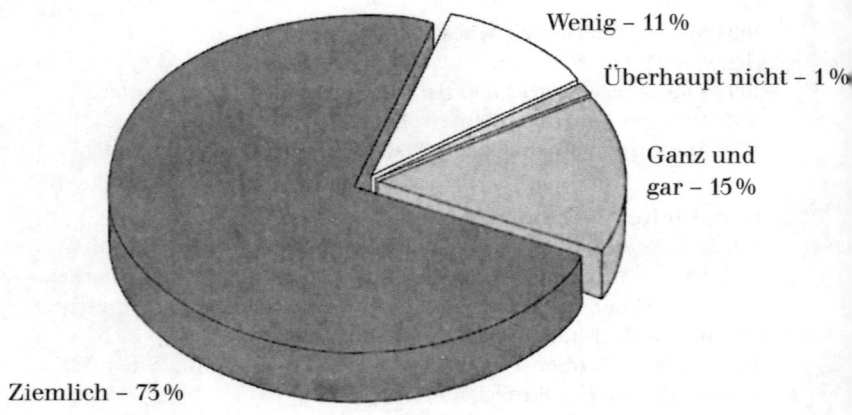

Wenig – 11 %

Überhaupt nicht – 1 %

Ganz und gar – 15 %

Ziemlich – 73 %

Welche Faktoren beeinflussen Ihre Lebenszufriedenheit

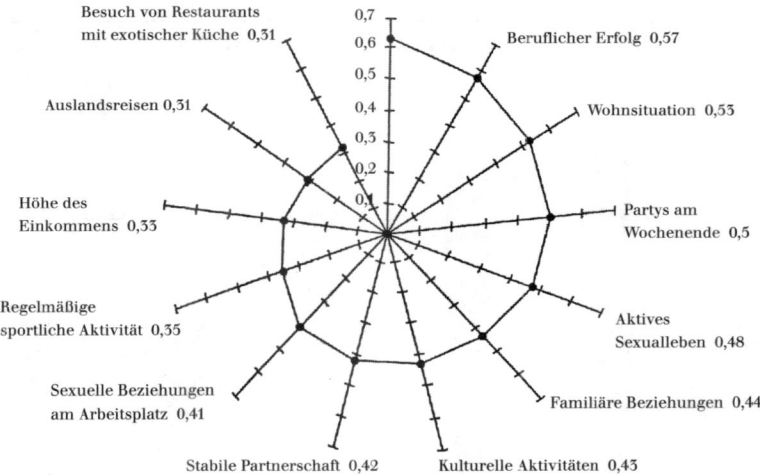

Wie zufrieden sind Sie mit den folgenden Bereichen:

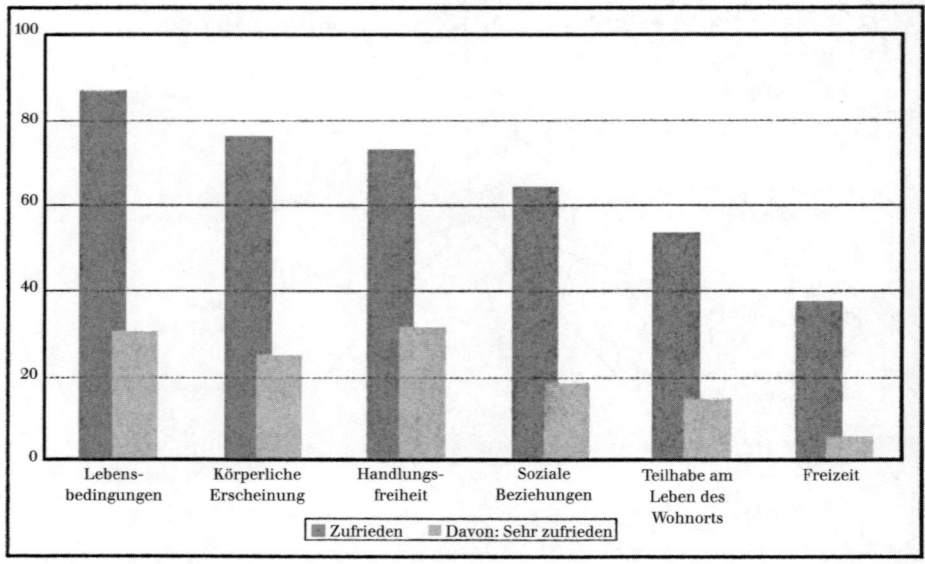

Frage: Wie anerkannt ist Ihre Tätigkeit in der Gesellschaft?
(Durchschnittswert: 2,12)

Wenig – 51 %

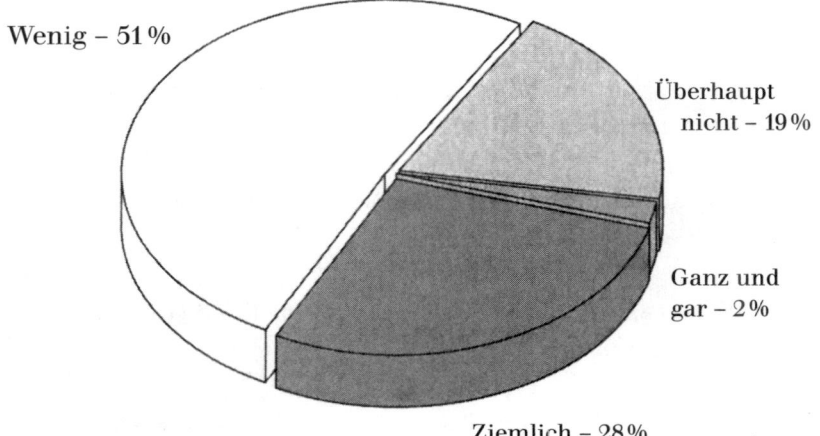

Überhaupt
nicht – 19 %

Ganz und
gar – 2 %

Ziemlich – 28 %

Herkunftsnachweis für die Übersetzungen der Kapitelmotti

Georges Bataille, Madame Edwarda. In: Das obszöne Werk, deutsch von Marion Luckow, Rowohlt Verlag, Reinbeck, 1972

John Keats, Werke, deutsch von Mirko Bonné, Reclam, Stuttgart, 1995

Giacomo Leopardi, Gesänge, Dialoge u. s. Lehrstücke, Zibaldone, deutsch von Hanno Helbing und Alice Vollenweider, Artemis und Winkler, Stuttgart, 1998

Jack London, Die eiserne Ferse, deutsch von Christine Hoeppener, Ullstein Verlag, Berlin, 1984

Pier Paolo Pasolini, Lutherbriefe, deutsch von Agathe Haag, Medusa Verlag, Berlin, 1983

Alexander Puschkin, Eugen Onegin, deutsch von Rolf Dietrich Keil, Insel Verlag, Frankfurt/Main, 1999

D.A.F. de Sade, Das Missgeschick der Tugend, deutsch von Katarina Hock, Merlin Verlag, Gifkendorf, 1990

Alle hier nicht ausdrücklich genannten Zitatübertragungen sind von Hinrich Schmidt-Henkel.